遇见大师　见证经典

建筑师的旅行地图

ARCHITECT'S TRAVEL MAP

李之吉——著

辽宁科学技术出版社
·沈阳·

图书在版编目（CIP）数据

建筑师的旅行地图：遇见大师见证经典 / 李之吉著 .—沈阳：辽宁科学技术出版社，2023.5
ISBN 978-7-5381-8364-1

Ⅰ . ①建… Ⅱ . ①李… Ⅲ . ①游记－作品集－中国－当代 Ⅳ . ① I267.4

中国版本图书馆 CIP 数据核字 (2020) 第 272331 号

出版发行：辽宁科学技术出版社
（地址：沈阳市和平区十一纬路 25 号　邮编：110003）
印 刷 者：凸版艺彩（东莞）印刷有限公司
经 销 者：各地新华书店
幅面尺寸：170mm × 220mm
印　　张：24
字　　数：450 千字
出版时间：2023 年 5 月第 1 版
印刷时间：2023 年 5 月第 1 次印刷
责任编辑：于　芳
封面设计：周　洁
版式设计：周　洁
责任校对：韩欣桐

书　号：ISBN 978-7-5381-8364-1
定　价：98.80 元

联系电话：024-23280367
邮购热线：024-23284502
E-mail: 1076152536@qq.com
http://www.lnkj.com.cn

写在前面

读万卷书，还要行万里路。对于建筑师来说，现场考察是非常重要且不可替代的专业学习方式，只有触摸建筑才能感受其灵魂所在。

一百多年前美国有关机构就设立了“罗什旅游奖学金”，支助优秀的建筑学专业毕业生到欧洲进行为期两年的参观考察，我们熟知的典雅主义代表人物爱德华·斯东，SOM建筑设计事务所的创始人路易·斯基德摩，普利兹克建筑奖获得者戈登·邦夏等人都曾经获得过该项奖学金。

柯布西耶等建筑大师在游学考察中感悟建筑创作的真谛，而安藤忠雄因旅行改变命运的故事更是被传为佳话，安藤忠雄的名言就是：旅行，造就了人，旅行，也造就了建筑家。

近些年来，我利用闲暇时间有计划地出行，先后去了40多个国家，近200个城市。出行路线和考察项目的拟定由初期的粗犷型，逐渐向后来的细致型转变，主导思想是关注建筑历史上的重要节点和经典建筑实例。

在出行方式上，我大都选择集体出行，这样做效率高，也节省体力和时间，可以在较短时间内走得更远、看得更多，行程拟定与时间分配更自由。在考察城市和建筑的同时，我还会抽时间去体验当地的风土人情，其中包括美食。

对于一个旅行者来说，注定就是走马观花，即便如此也存在怎么走、观什么花的疑惑，这确实是一件令人头疼的事情。再缜密的出行计划，也难免有疏漏和遗憾，与经典建筑或者建筑大师的作品擦肩而过的事情时有发生，甚至在本书写作过程中收集和整理资料时才发现，好的考察项目就在身旁，而没有察觉，遗憾之情真是难以言表。因此与大家分享我的出行路线和考察项目，以及考察过程中的经验，甚至教训与遗憾，这是我动手写这本书的初衷，希望对大家的出行有所帮助，因为绝大多数地方我们一生可能只去一次，错过了，也许就永远失去了！

我就从 2018 年寒假和暑假的旅程讲起，因为这两次出行所到之处对于大多数旅行者来说既充满诱惑，又陌生而遥远！

旅程，
因为有记录才更加精彩。
谨将此书
献给喜欢建筑和建筑旅行的朋友！

第一篇

印度、埃及、约旦、以色列和巴勒斯坦之旅

在很多人心里，印度和埃及往往是“谜一样的存在，梦一样的神奇”的地方，我自己对印度和埃及最初的印象是通过小时候看过的两部电影建立起来的，一部是印度电影《流浪者》，另一部是根据同名小说改编的电影《尼罗河上的惨案》。学习建筑史后进一步了解到两个文明古国都保留有灿烂的古代文明遗迹，是世界建筑历史长河中两个重要的组成部分。

由于团队成员都没有去过这两个国家，印度和埃及便成为我们考察计划中主要的目的地国家。印度位于南亚次大陆，埃及位于非洲东北部，两个国家夏季时都酷热难耐，零上四十几度是常态，因此比较适合在冬季寒假时间去旅行。

从国内到印度有多个航空公司的航班，可以直飞新德里和孟买等地，我们选择国航的航班，从北京直飞新德里。但是要从埃及返回国内只有埃及航空的航班，为了获得往返机票的优惠，在埃及周边寻找返回北京的国航航班成为影响行程计划的重要因素，这时候以色列的特拉维夫开始进入我们的视野，当时特拉维夫有返回北京的国航共享航班，由于历史原因，以色列与周边的阿拉伯国家大都没有直航，只有从比邻的约旦可以驾车或乘飞机前往以色列和巴勒斯坦地区。

我们最终将印度作为第一站，考察印度南北方的主要城市一周后，从印度孟买直飞埃及首都开罗，结束埃及之旅后再从开罗飞往约旦首都安曼，然后从陆路前往以色列和巴勒斯坦，最后从特拉维夫返回北京。

印度和以色列都需要单独签证，如果你护照上有英美或申根有效签证，就可以直接办理电子签证，埃及和约旦对中国游客实行落地签证，如果是团队游，地接公司会协助你办理，非常方便，这样出行前的签证很容易在短时间内就办理完毕。

日期	主要考察内容
第 1 天	搭乘晚间班机直飞印度新德里（中国航空 CA947，20:40—次日 01:40）。
第 2 天	**考察地：新德里** 新德里建筑考察：顾特卜塔及古建筑、法里布兹·萨哈巴主持设计的莲花寺、印度国家博物馆。傍晚乘车前往约 260 千米外旁遮普邦和哈里亚纳邦的共同首府——昌迪加尔。有时间还可以考察：罗米·科拉斯工作室设计的卡斯特罗咖啡店。
第 3 天	**考察地：昌迪加尔** 昌迪加尔建筑考察：皮埃尔·让纳雷设计的旁遮普大学系列建筑——甘地馆、图书馆、学生活动中心，勒·柯布西耶设计的系列建筑——昌迪加尔建筑学院、昌迪加尔行政中心、昌迪加尔艺术学院、昌迪加尔博物馆与艺术画廊、昌迪加尔城市博物馆、高等法院、《张开的手》雕塑、阴影之塔、沉思之坑、纪念碑、议会大楼、秘书处。傍晚乘车返回新德里。有时间还可以考察：石头公园、柯布西耶中心、萨卡基金会设计的小教堂。
第 4 天	**考察地：新德里** 新德里建筑考察：贾玛清真寺、圣雄甘地陵墓、胡马雍陵、美国 HOK 建筑设计事务所设计的英迪拉·甘地国际机场 T3 航站楼。搭乘晚间航班直飞博帕尔（印度航空 AI437，20:00—21:20）。有时间还可以考察：德里红堡、埃德温·鲁琴斯设计的印度总统府、拉兹·里华儿设计的国会图书馆、印度门、查尔斯·柯里亚设计的印度人寿保险公司大厦、阿克萨达姆神庙（耗资 20 亿卢比）、佩雷拉设计的圣托马斯教堂。
第 5 天	**考察地：博帕尔、桑吉** 早晨乘车前往博帕尔东北郊的桑吉。桑吉建筑考察：世界佛教重地——桑吉大窣堵波。博帕尔建筑考察柯里亚设计的系列项目：中央邦议会大厦。搭乘火车前往阿格拉。有时间还可以去看看其他建筑：历史悠久的泰姬清真寺、拉吉设计的印度森林管理学院、印度巴哈汶艺术中心、火车站。
第 6 天	**考察地：阿格拉** 阿格拉建筑考察：小泰姬陵、阿格拉城堡（1983 年入选《世界文化遗产名录》）、泰姬陵（1983 年入选《世界文化遗产名录》）。乘车前往斋浦尔。有时间还可以考察：阿克巴大帝陵园、阿克巴大帝妻子玛丽姆的陵园、位于西郊 30 千米处的法塔赫布尔西格里城堡和达加清真寺（1986 年入选《世界文化遗产名录》）。

日期	主要考察内容
第 7 天	**考察地：斋浦尔** 斋浦尔建筑考察：斋浦尔的标志——风之宫、柯里亚设计的斋浦尔博物馆、形态发生事务所设计的珀尔时尚学院、琥珀堡。有时间还可以考察：简塔·曼塔天文台（2010 年入选《世界文化遗产名录》）、城市皇宫、水之宫。
第 8 天	**考察地：艾哈迈达巴德** 搭乘上午航班前往艾哈迈达巴德（印度 GO AIR G8701，08:50—10：15）。艾哈迈达巴德建筑考察：巴克里希纳·多西设计的系列项目（桑伽事务所、甘地劳工学院、侯赛因与多西画廊、艾哈迈达巴德建筑学院、泰戈尔纪念会堂），印度国家设计学院。考察柯布西耶设计的系列建筑：艾哈迈达巴德市博物馆、索丹别墅、棉纺织协会总部。
第 9 天	**考察地：艾哈迈达巴德** 艾哈迈达巴德建筑考察：柯里亚设计的达尔帕特尔板球场、柯里亚的成名作——甘地纪念馆、阿达拉基阶梯井、世界文化遗产——艾哈迈达巴德历史城区、贾玛清真寺、辛迪·塞义德清真寺，搭乘航班（印地高航空 6E735，20:10—22:25）直飞班加罗尔。有时间还可以考察：印度学研究中心，路易斯·康设计的印度管理学院。
第 10 天	**考察地：索纳特布尔、班加罗尔** 早晨乘车前往索纳特布尔。索纳特布尔建筑考察：卡撒瓦神庙。之后乘车返回班加罗尔。班加罗尔建筑考察：班加罗尔州政府（市政厅）及卡纳塔克邦高等法院。搭乘晚间航班直飞孟买。有时间还可以考察：多西设计的印度管理学院班加罗尔分校、WOW 建筑师事务所设计的怀特菲尔德维万塔酒店、班加罗尔 IT 国际科技园区。
第 11 天	**考察地：孟买** 孟买英国殖民时期建筑考察：印度门、泰姬玛哈尔饭店、威尔士亲王博物馆、孟买大学老校区、孟买最高法院、威廉姆·史蒂芬设计的孟买火车站（2004 年入选《世界文化遗产名录》）、孟买市政厅，其他考察建筑：柯里亚设计的干城章嘉公寓、美国帕金斯威尔建筑事务所设计的“安蒂拉”私人豪宅、哈菲兹事务所设计的帝国双塔、思锐建筑师事务所设计的托特屋、SOM 建筑设计事务所的孟买贾特拉帕蒂·希瓦吉国际机场 T2 航站楼。有时间还可以考察：象岛石窟（1987 年入选《世界文化遗产名录》）。

日期	主要考察内容
第 12 天	**考察地：卢克索** 搭乘凌晨航班直飞埃及首都开罗（埃及航空 MS969，02:50—06:05），在开罗转机前往卢克索（埃及航空 MS361, 10:35—11:45）。卢克索尼罗河东岸地区建筑考察：卡纳克阿蒙神庙及狮身羊头像大道、卢克索阿蒙神庙及狮身人面像大道、卢克索博物馆。如果不考虑地接因素，应该先在开罗考察，选择晚班航班飞到卢克索或者阿布·辛拜勒会更节省时间。
第 13 天	**考察地：卢克索、伊德富** 卢克索尼罗河西岸地区建筑考察：帝王谷（图坦卡蒙法老的陵墓需要单独购票）、哈特什帕苏女王墓、曼都赫特普一世墓、曼农石像。下午乘车前往伊德富。伊德富建筑考察：何露斯神庙。之后乘车前往阿斯旺。有时间还可以考察：拉美西斯二世葬祭神庙、拉美西斯三世葬祭神庙。
第 14 天	**考察地：阿布·辛拜勒、阿斯旺** 凌晨乘车前往阿布·辛拜勒。阿布·辛拜勒建筑考察：阿布·辛拜勒神庙、尼菲塔莉神庙，可以在途中观看沙漠日出。乘车返回阿斯旺。阿斯旺建筑考察：阿斯旺大坝、苏联和埃及友谊纪念碑、未完工的方尖碑、菲莱神庙，黄昏一定要乘船看尼罗河日落。有时间还可以考察：努比亚博物馆、尼罗河丈量仪遗址、苏克大街。
第 15 天	**考察地：开罗** 乘坐早班飞机前往开罗（埃及航空 MS095，07:40—09:10）。开罗及周边城市建筑考察：折线金字塔、红色金字塔、昭赛尔金字塔、孟菲斯博物馆、吉萨金字塔区（胡夫金字塔、哈夫拉金字塔、门卡乌拉金字塔、王后金字塔、狮身人面像及太阳船博物馆）。
第 16 天	**考察地：开罗** 开罗城市与建筑考察：埃及博物馆、大城堡区及穆罕穆德·阿里清真寺。搭乘飞机直飞约旦首都安曼（约旦王家航空 RJ506， 21:10—22:25）。有时间还可以考察：伊斯兰艺术博物馆，开罗伊斯兰区（1979 年入选《世界文化遗产名录》）（建筑考察：伊本·图论清真寺、苏丹·哈桑清真寺、瑞法清真寺、蓝色清真寺）。

日期	主要考察内容
第 17 天	**考察地：杰拉什** 早晨乘车前往杰拉什，考察意大利本土之外保存最为完好的古罗马城市遗址，下午乘车经安曼前往南部小镇——瓦迪穆萨。
第 18 天	**考察地：瓦迪穆萨** 在瓦迪穆萨建筑考察：佩特拉古城遗址。午后乘车前往尼泊山，之后从陆路进入以色列和巴勒斯坦，前往耶路撒冷，登上橄榄山俯瞰圣城夜景。
第 19 天	**考察地：耶路撒冷** 耶路撒冷及周边城市与建筑考察：圣石清真寺、阿克萨清真寺、哭墙、圣墓教堂、大卫王墓、萨夫迪设计的犹太人大屠杀纪念馆、以色列博物馆、圣经之地博物馆、以色列国家图书馆、以色列国会大厦、卡尔米设计的以色列最高法院、圣地亚哥·卡拉特拉瓦设计的竖琴大桥。有时间还可以考察：莫瑟·萨夫迪设计的大卫城堡酒店。
第 20 天	**考察地：伯利恒、特拉维夫** 早晨乘车前往巴勒斯坦城市伯利恒。伯利恒建筑考察：圣诞教堂和圣凯瑟琳教堂、马槽广场、游客中心、隔离墙，之后返回耶路撒冷北部考察：泽维·霍克设计的拉莫特波林公寓、塞缪尔国家公园。午后乘车前往特拉维夫。特拉维夫建筑考察：特拉维夫大学、Geotectura 设计的环境学院实验中心、马里奥·博塔设计的西姆巴力斯塔犹太教会堂、散流博物馆、校园图书馆、萨夫迪设计的特拉维夫本·古里安国际机场航站楼。晚上搭乘飞机直飞北京（国航 CA5092，21:30—次日 13:30）。有时间还可以考察：罗恩·阿拉德设计的霍隆博物馆和造型独特的 Z 住宅、泽维·霍克设计的螺旋住宅、巴伊兰大学校园及丹尼尔·里伯斯金设计的胡尔中心、普雷斯顿·斯科特·科恩设计的特拉维夫现代博物馆、2003 年世界文化遗产项目——特拉维夫白城及包豪斯展览馆、萨夫迪设计的以色列拉宾纪念中心。

注释：行程中的航班信息仅供参考。

第一章 走进印度

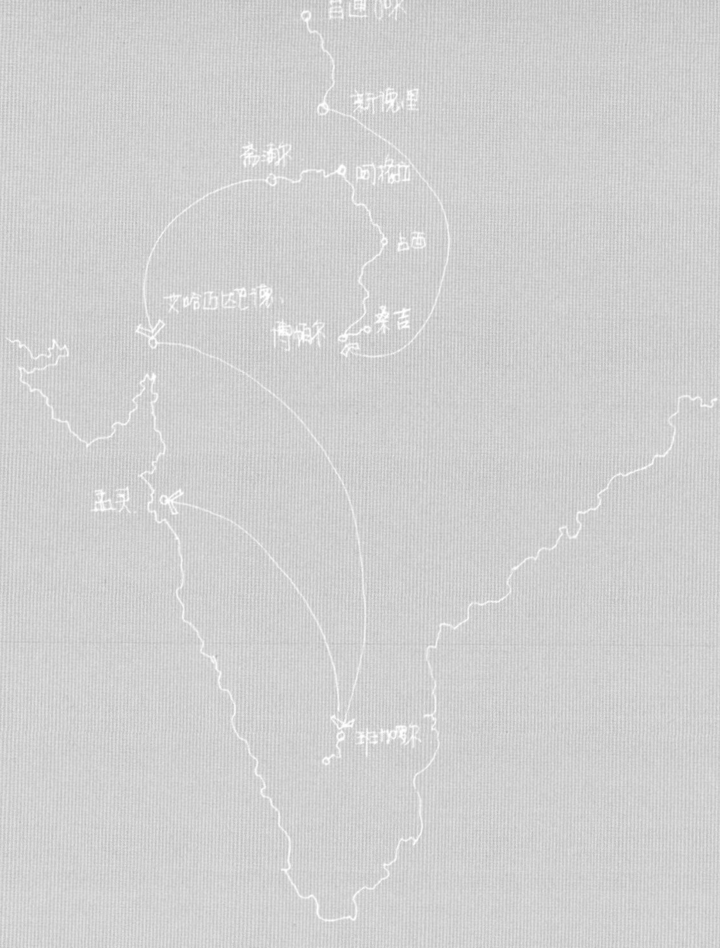

- 新德里
- 昌迪加尔
- 新德里
- 博帕尔
- 阿格拉
- 斋浦尔
- 艾哈迈达巴德
- 班加罗尔
- 孟买

历史与建筑

“印度一名来自印度河的名称（梵语叫 Sindhu），波斯人入侵印度河流域后，以印度河的名称称呼印度河流域及其以东的土地。公元前 327 年马其顿国王亚历山大入侵后，希腊人沿袭这一叫法，以后又被其他西方人袭用。英国征服印度后，把他们直接统治的地区称为英属印度。印度人也逐渐接受了这一名称，所以印度独立后，最初称为印度自制领，后正式命名为印度共和国。”[①]我国最早在唐朝时期玄奘《大唐西域记》中已经出现了印度的称谓。

据史料记载，印度河和恒河流域早在公元前3000年就有了非常发达的文明，这里有摩亨佐·达罗城市遗址（今巴基斯坦境内）等人类较早的城市文明和城市建设。大约在公元前 1500 年，一支雅利安游牧部落定居在印度河流域，为了维护统治者的地位，逐渐建立了种姓制度，将各色人等按职业划分为四等世袭种姓，并制定了严格的规定和制度，位于最高等级的是祭司，即婆罗门，他们通过主持对神的祭祀仪式获得至高无上的神圣权力。3000多年过去了，种姓制度在印度早已被废除，但是它的影响依然存在，通过穿戴与装扮，可以轻易地识别谁是婆罗门。

公元前6世纪末，自幼受婆罗门教育长大的迦毗罗卫释迦族的王子乔达摩·悉达多（释迦牟尼）在29岁时受到反传统的沙门思想的影响出家修行，6年后创立了佛教，佛教打破了婆罗门教的种姓制度，提倡“慈悲仁爱，众生平等”的思想。

提倡佛教的孔雀王朝在公元前3世纪中叶几乎统一了整个印度，后来孔雀王朝的阿育王（公元前268—前232年在位）皈依佛教，排斥婆罗门教，使佛教和佛教建筑在印度得到了快速发展，这一时期的代表建筑是大量建造的窣堵波（塔），还有规模庞大、雕琢精细的石窟造像。从公元前9世纪到公元3世纪，在印度北部开凿了1200多个石窟，最大的石窟可以容纳近700名僧侣修行，著名的阿旃陀石窟群就由26个石窟组成。在阿育王死后，佛教逐渐衰落，婆罗门教吸收佛教和其他宗教的教义，演变为后来的印度教，目前印度大部分人都信奉印度教，而佛教信徒只占总人口的3%左右。

10世纪后印度教逐渐发生了变化，在印度南北方形成了各具特色的神庙建筑，如印度教寺庙中最雄伟的坦贾乌尔神庙（995—1010年）、北方最著名的印度教庙宇克久拉霍的玛哈迪瓦神庙（建于1025—1050年）、保存最完整的南部印度教庙宇索纳特布尔的卡撒瓦神庙（1268年）、玛哈拉布兰的海滨庙（约建于700年）等。

10—13世纪时，印度还建造了大量的耆那教庙宇，耆那教是比佛教晚一些出现的宗教形式，它同样反对婆罗门教的种姓制度。耆那教的庙宇形制同印度教很相似，平面通常是十字形，在中间有八角或圆形的藻井。庙宇内外所有部位都精雕细琢，令人叹为观止。其中以阿布山的耆那教神庙群最为著名，据说工匠的收入是与凿掉的石头相同重量的金子，因此，工匠尽可能将石梁和石柱雕刻得玲珑剔透。

11 世纪后，印度北部和中部大部分地区被伊斯兰教徒征服。1526 年建立的莫卧儿帝国依然信奉伊斯兰教。从此，印度文化在各方面都受到伊斯兰文化的影响，印度的伊斯兰教建筑在世界建筑史上有非常高的地位。在 1947 年印巴分治之后，虽然很多伊斯兰教信众前往巴基斯坦，但印度目前仍然有一亿多伊斯兰教信众。

早在 15 世纪末的大航海时代，葡萄牙人、荷兰人、英国人和法国人都纷纷来到印度。16 世纪葡萄牙人控制了东方航线，垄断了东西方贸易。1600 年底，英国人成立了东印度公司，逐渐驱逐异己，到了 17 世纪末，英国殖民者已经在印度东西海岸建设了孟买、加尔各答、马德拉斯（1996 年更名为金奈）3 个重要的贸易和文化政治中心。随着外来势力的不断侵入，印度出现各方势力割据的局面。到 18 世纪中叶，莫卧儿帝国的控制范围只剩下以德里和阿格拉为中心的区域。

1757 年 6 月的普拉西战役之后，印度开始逐渐沦为英国的殖民地。“东印度公司征服印度，从 1757 年算起，到 1849 年兼并旁遮普止，共用了 92 年。”②

1857 年爆发了一场轰轰烈烈的印度民族大起义，起义持续了两年的时间，英国殖民者趁机废除了莫卧儿帝国，将莫卧儿帝国末代统治者巴哈杜尔·沙二世流放到缅甸仰光。1858 年 8 月 2 日，英国议会通过《印度政府法》，此后印度进入由英国政府直接统治的时代。1877 年成立了英印帝国，英国维多利亚女王兼任印度皇帝。

第二次世界大战之后，印度人民要求独立的呼声越来越强烈，英国的殖民统治开始瓦解。1947 年 6 月，临时替任印度总督的蒙巴顿提出印巴分治的方案，即著名的《蒙巴顿方案》。巴基斯坦和印度两个自治领分别于 1947 年 8 月 14 日和 8 月 15 日成立，英国在印度的统治宣告结束。1950 年 1 月 26 日，印度议会通过《印度共和国宪法》，建立共和国，1 月 26 日为共和国日，通常会在这一天举行盛大的阅兵仪式。

印度共和国建国初期，经济落后，社会亟待发展，这时现代主义建筑开始影响印度，柯布西耶、路易斯·康等世界建筑大师先后来到印度，他们针对印度经济发展的实际状况，特别是炎热的气候，设计出一批有影响力的建筑，其中特别要提及的是柯布西耶，他对印度现代建筑的发展产生了极其深刻的影响，其主持规划和设计的昌迪加尔行政中心已经于2016年列入《世界文化遗产名录》。

印度也出现了诸如查尔斯·柯里亚、巴克里希纳·多西、拉杰·里瓦尔等南亚重要的建筑师，他们结合当地炎热的气候，设计出了一批具有“新印度精神”的现代建筑，为世界建筑的发展做出重要贡献，值得广大发展中国家学习。因此，印度的城市与建筑考察既要考虑古代建筑，更要关注印度近现代建筑的发展。

旅行规划

- 路线：北京—新德里—昌迪加尔—新德里—博帕尔—桑吉—博帕尔—阿格拉—斋浦尔—艾哈迈达巴德—班加罗尔—孟买。
- 旅行时长：10天10宿。
- 住宿地：新德里、昌迪加尔、博帕尔、阿格拉、斋浦尔、艾哈迈达巴德、班加罗尔、孟买。

到达新德里

飞行时长：5 小时

世界四大文明古国之一，佛教的发源地和重要的佛事活动发生地，拥有独特的印度教寺庙和完美的古代伊斯兰教建筑——泰姬陵，这些都使印度成为建筑历史上一个不得不去的地方，但是网络上的种种评论又使我们对印度之行充满了疑问与未知，正像印度国家旅游宣传中那句极富诱惑力的口号一样——“不可思议的印度”，在 10 天的印度考察行程结束后再回味这句话，感觉非常贴切。

印度首都有德里和新德里两个名称，12 世纪末德里就成为印度的首都，英国殖民印度后将首都迁到加尔各答，后来为了加强对印度北方的统治，英国人逐渐放弃了位于东海岸的政治中心——加尔各答，在德里南部规划建设了新的首都（1911—1931 年），新首都的规划延续了当时盛行的轴线加放射形道路和圆广场的规划模式，在东西方向近 4000 米长的轴线两侧布置重要的行政机构和文化设施，而总督府（现在的总统府）就位于轴线底端最重要的位置。“新首都要体现的是‘英国皇家精神’，在规划伊始，这个新首都被命名为‘皇家德里’，后来才将这一过于露骨的有浓郁殖民色彩的名字改为‘新德里’。”[③] 这一时期新德里的规划与建筑风格受到英国驻印度总督查尔斯·哈丁的影响，查尔斯·哈丁主张要采用东西方兼顾的设计风格。

随着城市的不断发展，德里与新德里已经融为一体，现在的新德里已经远远大于旧德里的区域范围，人们习惯于用新德里作为这个城市的名称，而当地人依然使用德里和新德里的称呼。

从城市地图上很容易区分德里和新德里：德里道路网密集，自由生长；新德里轴线清晰，圆广场加放射形道路都体现出国家行政中心的气势。

根据联合国 2014 年发布的《世界城市化前景报告》，新德里人口已经达到 2500 万，位居世界最大城市排行前列。

从北京直飞印度首都新德里的国航班机经过了 5 个小时的飞行，在当地时间凌晨 1 点多降落在新德里英迪拉·甘地国际机场，该机场号称世界第六大机场，其中 T3 航站楼由美国 HOK 建筑设计事务所设计，2010 年 7 月投入使用。

通过飞机连接栈桥进入 T3 航站楼高大的内庭时，就感受到了新德里的空气质量状况，因为在大厅室内就能够看到淡淡的雾霾。从自动扶梯下到入境大厅，会看到边检柜台上部墙面的浮雕装饰，在紫铜色的圆盘之间，是 10 个巨大的观音手的雕塑造型，每个手心中都有印度国花——莲花的浮雕，让人们产生古代印度是佛教起源地的遐想。

办完出关手续到达旅馆已经凌晨 3 点多了，大家约定上午 10 点出发，第一站就选择距离旅馆最近的顾特卜塔。由于下午要前往昌迪加尔，

◇ 英迪拉·甘地国际机场 T3 航站楼入境大厅

新德里建议考察项目分布示意图

1. 顾特卜塔及古建筑
2. 莲花寺
3. 卡斯特罗咖啡店
4. 印度国家博物馆
5. 德里红堡
6. 贾玛清真寺
7. 圣雄甘地陵墓
8. 胡马雍陵
9. 美国驻印度大使馆
10. 英迪拉·甘地国际机场 T3 航站楼
11. 印度总统府
12. 国会图书馆
13. 印度门
14. 印度人寿保险公司大厦
15. 阿克萨达姆神庙
16. 圣托马斯教堂

顾特卜高塔区

再返回新德里时正好赶上星期一，博物馆等一些待考察项目都不营业，其中包括印度国家博物馆和莲花寺等地，因此今天要尽量多看一些。

顾特卜高塔区位于新德里南郊，这里据传是印度伊斯兰王朝的奠基者——苏丹顾特卜建造的“伊斯兰力量”（又译为全能伊斯兰）清真寺遗址，其核心建筑是遗址东南角的高塔，现在人们称其为顾特卜塔。该清真寺始建于 1193 年，1230 年建成，是印度第一座伊斯兰教建筑，高达 73 米的顾特卜塔号称印度七大奇迹之一，1993 年被列入《世界文化遗产名录》。据史料记载，这里原本是一座印度教寺庙遗址，清真寺就坐落在寺庙遗址之上，所用建筑材料和构件直接来源于周边 27 座被拆毁的印度教和耆那教神庙，因此你会看到用样式不一的石头柱子建成的柱廊，在这里可以同时感受到印度教文化和伊斯兰教文化的痕迹。除了高塔之外，目前还保存着连廊、铁柱和陵墓等遗址。

◇ 高达73米的顾特卜塔及阿莱门

顾特卜塔断面呈圆形，上下分为5段，每段之间都有出挑的平台，塔身遍布细密的经文与伊斯兰教风格图样的浮雕装饰，在塔身表面砌筑圆弧形和直角形隆起的竖向线脚，进一步加强高塔的立体感和装饰效果。高塔基座直径为14.32米，塔顶直径为2.75米，从下向上逐渐变细。高塔下部三段使用红褐色的砂岩建造，上部两段用白色大理石建造，红褐色砂岩做点缀，整个高塔浑然一体，气势巍峨。

双圆心尖券和火焰券遍布整个建筑群，体现出伊斯兰教建筑的特色。寺内庭院中矗立着一根古老的铁柱，该铁柱是原来印度教寺庙的遗物，柱上铭刻的梵文显示其距今已经有1600多年的历史，铁柱高7米，重约6吨，整个铁柱表面没有任何锈蚀，堪称奇迹。在建筑遗址群的北侧还遗留有一座巨大的高塔基座，据史料记载，14世纪时苏丹阿拉•乌德•丁试图建造一座远远超过顾特卜塔的第二座胜利之塔，其高度是前者的一倍，但是到其去世时，高塔只完成首层的建造，至今也只残留着27米高的基座。在顾特卜高塔区南部就是梅赫饶利考古公园，其中散布着许多陵墓与宫殿遗址，如果有时间可以去看看。

◇ 双圆心尖券拱门和重约6吨的铁柱

结束了顾特卜高塔区的考察之后，我们径直向东去看莲花寺，两地直线距离不到 8 千米，车程却用了半个多小时，我们开始感受到新德里拥堵的交通状况。黄色顶篷的三轮出租车特别醒目，像蝗虫一样穿梭在车流与人流之间，成为城市的一道风景线。

记得 20 世纪 80 年代末，在专业期刊上第一次看到莲花寺的照片时充满了好奇感，花瓣一般的造型非常吸引人，这次急于去看莲花寺是因为顺路，另外就是我们再返回新德里时正好赶上是星期一，莲花寺不开放。

莲花寺又叫巴哈伊灵曦堂，因其主体建筑造型酷似印度的国花——莲花，故被俗称为莲花寺。该建筑建成于 1986 年，由伊朗裔加拿大建筑师法里布兹·萨哈巴主持设计，1975 年接受设计委托时萨哈巴才 27 岁。据资料记载，巴哈伊教创建于 1844 年，是在伊斯兰教巴布教派的基础上形成的，该教派崇尚人类同源、世界大同，任何宗教信仰的人都可以进入莲花寺，安静地坐在里面冥想沉思即可。

莲花寺不需要购买门票，但需要像清真寺一样脱鞋进入，入口处会有志愿者发给你一个编织袋，把鞋子脱下来放到里面，自己拎着就可以了，因此在寺内拎着一个巨大编织袋参观的人群成为这里的一个特色景观了。

莲花寺主体建筑的造型在一定程度上借鉴了澳大利亚的悉尼歌剧院，故又有“印度悉尼歌剧院”的美誉，特别是站在壳体结构之下，这种感觉会更强烈。莲花寺的入口在南侧，其空间序列在设计上存在一些缺陷，游客需要从入口向北走近 150 米才能够到达建筑群的中轴线，东侧有一个下沉式的接待中心，红褐色的砂岩贴面是新德里的标志性做法，下沉式的设计手法将其对莲花寺主体建筑的影响降到了最低，手法成熟，效果理想，这里是莲花寺的最佳拍摄位置，周围挤满了拍照的人群。当我们距离莲花寺的主体建筑 250 米时，已经是下午 1 点了，因为主体建筑入口朝向东侧，能够上午或中午来，光线会更好一些。

莲花寺占地面积近 10 公顷，这里到处是树木和鲜花，主体建筑位于高架平台之上，下面有 9 座水池，仿佛是 9 个巨大的叶片，上面是 3 层共计 27 瓣的莲花造型，建筑最高处达 34.27 米，底座直径达 70 米，花瓣主体使用钢筋混凝土薄壳，外侧粘贴白色大理石。

莲花寺内部空间设计建造得更为精彩，这也是我想向大家展示其内部空间的缘由，屋顶中间九角形的造型仿佛是莲花的花蕾，花瓣一样的屋顶造型，阳光从花瓣间隙中倾泻下来，更加重了室内空间的凝重气氛。“莲花寺作为一切宗教信徒们的冥想隐居之地，宁静地坐落在城市的骚乱之中，散发出一种神圣的气息。它的确是将古老的图像转化为当代信仰的一个成功的标志。”[4]莲花寺室内外钢筋混凝土浇筑的质量十分精良，是我们在印度考察期间所看到的混凝土浇筑建筑质量最好的一个，没有之一。

◇ 远眺莲花寺

◇ 莲花寺室内屋顶造型

也许是为了便于管理，莲花寺进出流线被人为分隔得非常厉害，许多地方都用绳子阻拦，不可以随意走动，因此建议从入口对面的出口出来，这样可以看到建筑的另外一面。为了赶时间，我们是从入口处出来的，没有看到光线正好的西南侧。

从莲花寺出来原本想顺路看看由罗米·科拉斯工作室设计的卡斯特罗咖啡店，喝杯咖啡再去印度国家博物馆。这家咖啡馆于2008年建成，位于一所大学校园内，通体白色，设计风格简洁。导游下车与负责安保的人员多次沟通无果，他们无法相信一群外国人来到大学就是来看一个咖啡店，这让我们这些几乎走遍了欧美大学的人感到一头雾水，也隐约感受到未来的印度建筑之旅所面临的困难，之后的考察经历也充分证实了我们的猜想。在孟买恐怖袭击事件发生后，印度的政府机关和重点大学都由军队保卫，一般院校也有武装保安保卫，外国人想进入参观非常麻烦，更别说把车开进校园闲逛了。少看一个项目，也节省下一些时间，我们今天在新德里的最后一个项目是印度国家博物馆。

印度国家博物馆

◇ 印度国家博物馆

每到一地，选择几个重要的博物馆看看已经成为我们的考察习惯，这样会快速而深入地了解一个国家或区域的发展历史，在新德里我们只选择了印度国家博物馆。印度国家博物馆位于新德里国家行政中心的核心位置——国王大道中段的南部，据资料记载，印度国家博物馆建于1949年，馆内有大量的珍贵展品，甚至有中国敦煌的绘画，但是实际开放空间和展陈内容与形式都无法与中国国家博物馆相提并论，当时只有一层对外开放，我们只在博物馆里面停留了40分钟，当地时间下午4点，我们乘车一路向北，前往约260千米外的昌迪加尔，这一走就是7个多小时，让我们领略了印度当下的公路状况。

新德里—昌迪加尔

距离：约260千米

我们下午4点离开印度国家博物馆，前往印度北部边境城市，旁遮普邦和哈里亚纳邦的共同首府——昌迪加尔。在国内进行查询时，地图显示新德里与昌迪加尔的距离约为260千米，大约需要4个半小时的车程，由于我们预订的酒店在昌迪加尔国际机场的东南部，因此预计4个小时就能够到达。出了新德里市区，天色渐渐地暗了下来，公路上的交通状况让我们彻底傻了眼，所有的车辆都自觉地开着远光灯，汽车、摩托车、自行车、行人，偶尔还有牛车，逆行的、掉头的、穿越道路的车辆交织在一起，令人眼花缭乱，公路上几乎没有指示标志，而且多处正在维修，我们的司机虽然需要频繁并线，却驾驶自如，游刃有余。事后总结印度的车况和路况都没有国内好，也没有国内司机守规矩，在车辆比较多的情况下车祸并不多，说明印度司机的整体驾驶水平比较高。

新德里和昌迪加尔之间的44号公路是印度北部南北向的重要交通线路，交通运输非常繁忙，沿途有许多村镇，道路两侧有许多可以吃饭和住宿的休息站，甚至还看到了肯德基快餐厅。眼看不能按时到达昌迪加尔，我们晚上6点多在一个当地人吃饭的地方简单吃了一顿晚饭，虽然不好吃，但是内容很丰富，每人只花费了相当于20元人民币的餐费，其中还包含着导游的费用。由于路难走，再加上导游找错了旅馆（我们在印度一共住过8个旅馆，前后共找错了3个旅馆，这种情况以前很少遇到），一直到深夜11点半我们才进到旅馆房间，躺在床上，刚才的惊险之旅历历在目，仍然心有余悸，祈祷明天的昌迪加尔考察会顺利进行。

昌迪加尔建议考察项目分布示意图

1. 甘地馆
2. 图书馆
3. 学生活动中心
4. 昌迪加尔建筑学院
5. 昌迪加尔艺术学院
6. 昌迪加尔博物馆与艺术画廊
7. 昌迪加尔城市博物馆
8. 高等法院
9.《张开的手》雕塑
10. 阴影之塔、沉思之坑、纪念碑
11. 议会大楼
12. 秘书处大楼和行政大楼
13. 石头公园
14. 柯布西耶中心
15. 萨卡基金会设计的小教堂

柯布西耶与昌迪加尔

前往昌迪加尔的目的就是要看看柯布西耶设计的昌迪加尔城市规划，以及昌迪加尔行政中心等标志性建筑。第二次世界大战后，当现代主义的中心从欧洲转移到美国后，柯布西耶是美国之外最重要和最有影响的现代主义建筑大师。与其他一些现代主义运动的干将在战争前后纷纷移居美国不同，柯布西耶是少数几个依然留在欧洲的现代主义建筑家之一。由于法国在战争期间被德军占领，柯布西耶只能埋头写作和绘画，这期间他逐渐形成了一系列新的建筑和规划思想，其中最突出的是“模数观念”的形成。从1942年起，他开始潜心研究人体模数，他试图找到一种建立在数学公式和人体比例之间的模数关系，并采用模数进行建筑设计和城市规划设计，这样就能够把人与物和谐地、紧密地联系起来，为人创造最佳的环境和建筑。

1947 年，面对战后重建的巨大压力，法国政府终于同意给柯布西耶一个施展自己构想的机会，在法国南部的马赛设计一种新型的大容量住宅公寓建筑，如果能够成功，将作为战后法国城市住宅建筑的范本。为了这样的项目，柯布西耶已经等待了 20 多年，他要把这个项目设计成一个浓缩的社会，并通过它来创造一种新的生活方式，实现其对现代主义城市的构想。之后，柯布西耶设计了他一生中最重要的一批作品，例如朗香教堂（1950—1954 年）、印度北部旁遮普邦首府昌迪加尔行政中心（1952—1956 年）、圣玛丽修道院（1953—1959 年）和日本东京当代艺术博物馆（1957 年）等建筑，这些建筑的墙面都具有粗糙混凝土质感。

1947 年印巴分治后，原来的旁遮普帮首府拉合尔已经位于巴基斯坦境内，印度急需建设一个新的首府，在尼赫鲁总统的支持下，最终选择在现在昌迪加尔的位置建设一座新城，并要展现所谓的“新印度精神”。最初印度有关部门曾经邀请美国建筑师阿尔伯特 · 迈耶主持新城的规划设计，第一轮设计方案由于主要参与人员在 1950 年 8 月 31 日从印度返回美国时发生空难，美方的设计方案被搁置。之后印度有关方面辗转找到柯布西耶，最终柯布西耶接受了他一生中最重要的设计委托，并力邀皮埃尔 · 让纳雷（1896—1967 年）参与整个设计项目。

从资料显示来看，柯布西耶在印度做了大量细致的调查和前期工作，其中包括研究当地的日照、温度、降水等气候特征，甚至还进行过古建筑测绘，在《勒 · 柯布西耶全集》中我们可以看到柯布西耶绘制的设计草图中甚至还有树种的选择及栽种方式等细节，在新建筑设计中的遮阳、排水、水池等设计元素与方法实际上都来源于印度传统建筑的影响，只是柯布西耶使用现代的手法加以表现。

印度建筑评论家帕特万特·辛格在总结柯布西耶对印度现代建筑发展的影响作用时谈道："柯布在我国的作品，尤其是昌迪加尔，使印度从长久以来的迷茫状态中挣脱出来，印度需要这种震荡，印度并不缺乏人才，除了我们沉迷的石头花格、屋顶凉亭和穹顶外，柯布适时地给我们提出来更广泛的可能性，我们一直把那些形式当作典型的印度传统形式，而忽略了传统的真正含义，创造性蕴含于人类敏感的气质中，抄袭过去淹没了我们所具有的创造传统，昌迪加尔把我们从这个怪圈中拖了出来。"⑤

旁遮普大学

由于当天下午还要返回新德里，为了多看一些，我们早晨8点就离开了旅馆，第一站选择了离我们最远的旁遮普大学，想从远到近逐个参观。旁遮普大学校园里有柯布西耶最重要的设计助手、其堂弟皮埃尔·让纳雷设计的甘地馆、图书馆和学生活动中心3座建筑，值得一看。当柯布西耶奔走在法国和印度之间时，皮埃尔·让纳雷一直留在印度，将柯布在巴黎拟定的建筑方案付诸实施，正是皮埃尔·让纳雷等人的辅助，才使柯布西耶的设计构想能够顺利地实施。

随着车子进入主城区，经过规划的道路及开阔的街区空间逐渐映入眼帘，街道节点多半有圆形的广场，街道上空悬挂的标志牌清楚地写着道路的编号。当我们几经问路，绕到靠近这3座建筑的学校东门时，无论我们怎么解释，学校保安都不允许进入，后来经过反复磋商，特别强调我们是专门来看甘地馆的，保安才让我们徒步进入校园，但前提条件是不能够携带照相机和手机。

走入校园，向左一拐，远远望去就看到了像白色鸽子一样造型的甘地馆（1959—1961年），原有的水池已经干涸，影响了甘地馆周边的环境和氛围。整个建筑外侧由水刷石预制板粘贴而成，水刷石的石子粒径很大，建筑局部的开窗形式、色彩处理及造型处理都有柯布西耶设计的朗香教堂的影子。

甘地馆的斜对面就是图书馆（1955—1965 年），图书馆地上共 3 层，粗糙的混凝土墙面与红褐色砂岩石材交相辉映。学生活动中心（1955—1965 年）的平面为圆形，外立面露天的斜坡通道特别醒目。由于不允许拍照和随意走动，我们很快就离开了旁遮普大学，下一站是柯布西耶设计的昌迪加尔建筑学院。

昌迪加尔建筑学院

柯布西耶在昌迪加尔设计了两所学校的建筑，一所是昌迪加尔建筑学院，另一所是昌迪加尔艺术学院，两座建筑形式非常相近，都是一层，尤其是入口一侧的立面几乎一样，只是内部空间格局有较大差别，两座建筑都采用南北朝向，与昌迪加尔城市街路背靠喜马拉雅山脉，与南北方向建筑呈 60 度夹角的情况完全不同。

◇ 昌迪加尔建筑学院

◇ 昌迪加尔建筑学院入口装饰壁画

昌迪加尔建筑学院位于旁遮普大学的北侧，两地距离很近，在校园入口处，一位长相十分英俊的锡克教保安放行了我们的车辆，我们顺利进入校园，停在旁遮普工程学院礼堂前面的停车场，这一区域是由几个学院组成的校园空间，当天是周末，学生正在操场上训练和做游戏。

昌迪加尔建筑学院处于周末关闭状态，好在校园围墙比较矮，可以清楚地看到建筑南侧的状况，由预制混凝土空格装饰砖砌筑的墙面产生了丰富的阴影，它的设计灵感显然来自印度古代建筑中大量使用的石板花格窗，它既通风，又有很好的遮阳效果。建筑入口雨篷前的实墙面上绘有柯布西耶模数比例等标志性图案，这时已经是上午 10 点半了，大家商量一下，决定还是抓紧时间前往本次昌迪加尔考察的重中之重——柯布西耶设计的行政中心。

昌迪加尔行政中心

司机和导游对路况都不熟，第一次是从东侧的高等法院路口进入的，正好看到阳光下红、黄、绿色 3 个巨大而醒目的标志性壁柱，但由于道路封闭无法前行，于是又返回中轴线处的道路寻找进入昌迪加尔行政中心的入口，在中轴线的广场上看到通向秘书处大楼的路口已被军队设置的路障封锁，一侧建有碉堡，另一侧设有沙包堆砌的掩体，一架机枪正对着路口。再过 5 天就是印度的共和国日（1 月 26 日），在新德里将举行盛大的阅兵仪式，各方面的安保都非常严格，进入印度几天来我们已经感受到了这种特殊的氛围，再加上昌迪加尔临近印巴边境，安保防备就更加严格。

我们在道路东侧的停车场停下来，事后在谷歌地图上查询才知道，我们停车的地方就是昌迪加尔旅游信息中心的停车场，那栋精致的小型建筑虽然模仿柯布西耶的设计风格，却是在2014年才建成的，是专门为昌迪加尔申报世界文化遗产而建设的旅游信息中心，柯布西耶设计的昌迪加尔行政中心等17个建筑作品，由印度、阿根廷、比利时、法国、德国、日本和瑞士等国家共同申报，2016年获批世界文化遗产。

昌迪加尔行政中心每天都向公众开放3次，即上午10点、中午12点和下午3点，我们到达行政中心时原本可以预约12点参观，但是阴差阳错约到了下午3点，上下午两次进入行政中心也耽误了不少时间。

行政中心建在岗地之上，中间的道路是下沉的，东侧是种植树木和草地的慢坡，上面架设着铁丝网，而西侧为高高的混凝土挡墙，中间这条道路将行政中心分为东西两块用地，东侧为高等法院和《张开的手》雕塑，西侧为阴影之塔、沉思之坑、纪念碑、议会大楼、行政大楼和秘书处大楼等建筑，东西两块用地由一座宽达25米的钢筋混凝土桥连接起来，只有走过这条道路的人才能感受到行政中心占地面积之大，而在60多年前，缺少汽车的年代，建筑之间的距离还是非常远的，视线范围内无法一眼看全整个行政中心。上午11点，我们走到了《张开的手》雕塑下，雕塑朝向西侧，这时完全是背光的，《张开的手》雕塑及下面的下沉广场刚刚维修完，这里有讲台和观众看台，可以组织一定规模的室外活动。《张开的手》雕塑的构思在后来柯布西耶为印度设计喜马拉雅山中的帕克拉大坝附属建筑时又再次使用，但最后没有实施。

午饭后我们即返回旅游信息中心，这时已经是3点多了，接待人员正在焦急地等待我们。通过安检，我们加入了一个20多人的参观团，由专门的英文讲解员陪同，跨过拱桥，进入行政中心区域，在那辆一直停在高等法院草坪里的巡逻车上，一架机枪正好对着我们参观的队伍。

柯布西耶的昌迪加尔行政中心设计方案经过了很多次修改，原来中轴线底端的总督府几经调整，最终也没有建成。我们先到达了东侧的高等法院，建筑前面的水池已经干涸，从卫星照片上看到，这种状况已经持续多年了，没有水中的倒影对建筑视觉效果影响很大，高等法院是目前唯一局部开放供游人参观的建筑，可以通过中间的坡道一直上到3层。

高等法院是柯布西耶为印度设计的第一栋建筑，1951年开始设计，1956年3月份交付使用。整个建筑上面仿佛是一座巨大的遮阳伞，可以防止阳光直接照射到建筑屋顶上，遮阳伞与屋顶之间有很大的空隙，风很容易将热量吹走。而外侧的阳台和出挑的花格将直射阳光完全遮挡，上大、下小的回收不仅能够减少阳光的直射，还能够遮挡雨水的侵袭，而最终将雨水汇集到建筑前面的水池中，营造出良好的区域环境，同时也与印度传统的建筑环境，特别是伊斯兰教风格的水系相呼应，既有传统基因，又有全新的设计理念。建筑入口处红、黄、绿色的巨大壁柱极大地丰富了建筑的色彩，柯布西耶还为高等法院设计了9

◇ 高等法院

◇　高等法院最高法官办公室局部

◇　高等法院内部走廊

◇　《张开的手》雕塑

张壁画式挂毯，由于内部不对外开放，无法亲眼看见其风采。站在高等法院的坡道之上，可以清晰地看到对面的议会大楼以及更远处的秘书处大楼。

离开高等法院，我们再次来到《张开的手》雕塑前，这时由于风向，雕塑正好面对着广场，与中午我们看到的方向不同，说明它在随风转动，据说柯布西耶为《张开的手》绘制了100多张草图，在昌迪加尔博物馆与艺术画廊的展厅中就能够看到柯布西耶的一幅手绘原稿。在最初的设计方案中，《张开的手》内部采用木构架支撑，外侧用锻打的铁皮铆接而成，以减轻其重量，中间有一根竖轴钢管安装在滚珠轴承上，整个雕塑高达16米。这个奇特的手势造型的寓意，按照柯布西耶自己的说法：它并非“政治的象征”，它代表了“人和世界”的关联，以及“所有的事情皆有可能，所有的裂痕皆可抹平”。从这个角度来看《张开的手》似乎体现了柯布西耶对于区域和平的祈祷。

通过高架桥进入西侧地块，北侧是一座烈士的纪念碑，混凝土浇筑的坡道在夕阳下显得更为凝重。南侧为沉思之坑和阴影之塔，其中阴影之塔正在维修，工人们站在钢筋混凝土的隔板上衬托出建筑的尺度，从阴影之塔下面的坡道可以下到沉思之坑，如果说阴影之塔是为过往的人群提供短暂的遮阳，还不如说在高等法院与议会大楼之间 400 多米宽的巨大广场上建造一个形式特殊的建筑会起到画龙点睛的效果。

经过阴影之塔，面前就是议会大楼，建筑前的水池依然枯竭，建筑巨大的雨篷之下正在搭设维修施工的脚手架。议会大楼直到 1962 年才建成投入使用，是昌迪加尔行政中心最后建成的建筑。前面巨大的太阳伞由八片薄薄的不规则镂空的墙片支撑，其断面呈牛角形的优美曲线，整个屋面的雨水通过太阳伞落到建筑前面的水池中。

整个建筑几乎是正方形的，最为奇特的是建筑的屋顶造型，三角形天窗和巨大的冷却塔般造型的凸起部分都成为视觉焦点，其实这部分下面就是议会大厅，大厅直通屋顶，可以形成强烈的自然通风管道效应，有利于议会大厅内部的自然通风，而顶部雕塑般的造型则是柯布西耶

◇ 阴影之塔

最擅长的抽象雕塑，这是大师的标志性设计手法，据说与印度人崇拜的神牛有联系。

议会大楼内有一座沿中轴旋转的巨大钢制大门，上面有柯布西耶的精彩绘画。路易斯·康在第一次参观昌迪加尔时感叹道：“我一生从未见过一个人能够将他的神话凝固于建筑之中，柯布西耶已经在议会大楼中做到了。”[6]整个行政中心的参观时间只有一个多小时，主要是围绕核心区的政府广场周边进行参观，西侧的秘书处大楼没有开放，无法近距离观看。

下一站位于昌迪加尔行政中心对面，在昌迪加尔的城市中轴线上，这里有柯布西耶设计的昌迪加尔艺术学院、昌迪加尔博物馆与艺术画廊（艺术品陈列馆）、昌迪加尔城市博物馆（展览馆）和昌迪加尔科学博物馆（魔盒），共 4 座建筑，括号内是《勒·柯布西耶全集》中标注的建筑名称。从其建成的规模来看，最初的设计方案与实际建成的建筑之间存在一定的差异，设计方案中自主剧场的位置现在仅仅是一

◇ 议会大楼和秘书处大楼

片室外空地。昌迪加尔博物馆与艺术画廊和艾哈迈达巴德市博物馆是柯布西耶留在印度的两座博物馆。

昌迪加尔艺术学院

昌迪加尔艺术学院紧邻柯布西耶设计的昌迪加尔博物馆与艺术画廊、昌迪加尔城市博物馆和昌迪加尔科学博物馆 3 座建筑。我们的车停在了昌迪加尔艺术学院西侧的停车场上，与昌迪加尔建筑学院不同，这里完全是开放式的，大量的雕塑摆满了建筑周边的空地，甚至建筑立面的预制混凝土空格装饰砖上都有雕塑样稿，许多雕塑做得还真不错。由于长期没有维修，建筑外表破损严重，预制混凝土空格装饰砖砌筑在建筑外侧，看起来已经破败不堪，建筑中间建有两个方形的室外庭院，屋顶形式非常丰富，大部分都是内凹的曲线屋顶，设有高侧窗，其中庭院对面各有 3 座拱形屋顶，不知道室内空间是什么样的效果。

◇　昌迪加尔艺术学院

昌迪加尔博物馆与艺术画廊

昌迪加尔艺术学院南侧就是规模较大的昌迪加尔博物馆与艺术画廊，这里需要购买门票。进入建筑室内大厅，巨大的混凝土板型柱直达屋顶，三层高的大厅内标志性的坡道将一、二层空间连接起来，屋顶斜向的钢筋混凝土梁与侧向采光窗十分醒目，大厅光线柔和，非常适合展陈布置。除了看建筑，博物馆内最珍贵的是在二层展厅中陈列的柯布西耶的许多设计绘画手稿。博物馆主体建筑平面为正方形，外墙采用当地的红砖饰面与混凝土相结合的形式，红砖都采用对缝的砌筑方式，装饰感十足。建筑立面在二层中间的柱网处向内凹入，与出挑的巨大阳台形成对比，屋顶窄窄的梁头斜向出挑与薄薄的屋面板形成对应，整个屋面通过排水沟将雨水汇集到南北两侧的水槽内，北侧的水槽直接将雨水排入地面的圆形水池中。建筑南侧采用柯布西耶惯用的底层架空形式，向内退后 10 多米，在前面形成深深的阴影区。主体建筑北侧有一座可以容纳 200 人的报告厅，报告厅外墙面采用混凝土

◇ 昌迪加尔博物馆与艺术画廊

◇ 昌迪加尔城市博物馆

◇ 昌迪加尔城市博物馆展厅

浇筑，施工质量非常粗糙，模板印迹明显，入口采用沿中轴旋转的钢制大门，柯布西耶在许多建筑上都使用过这种做法。

昌迪加尔城市博物馆

在昌迪加尔博物馆与艺术画廊南侧，临街的一个小型建筑就是昌迪加尔城市博物馆，这个小型建筑与柯布西耶设计的瑞士苏黎世柯布西耶中心非常相似，整个平屋顶是架空的，坡道设在室外，连接一、二层空间，坡道下陈列着皮埃尔·让纳雷设计的昌迪加尔下水道的铸铁盖。昌迪加尔城市博物馆内摆放着昌迪加尔城市建设发展各阶段的规划设计图纸和建筑模型，还有几处当年工作的复原场景。

考察建议

虽然下午的光线不太理想，但总算是看到了想看的建筑，返回旅游信息中心，短暂修整一下，即刻乘车返回新德里，接下来还有六七个小时的车程等着我们，从昌迪加尔返回新德里的旅馆时又是深夜了。回顾昌迪加尔之行，如果能够按照计划考察昌迪加尔行政中心，主要地点都走到起码需要一整天，我们原计划是乘坐飞机往返，那样会节省一些时间。此外，尽量不要返回旅馆吃午饭，这样会节省更多的时间。

昌迪加尔—新德里

距离：约 260 千米

由于晚上就要飞往印度中部的博帕尔，因此早上 9 点我们就从昌迪加尔的最南端通过西部的环城高架路前往昌迪加尔的北部，10 点半时我们路过印度总统府，这里是 20 世纪英国人规划的行政中心，放射形的道路、整齐的街道和圆形广场，从空中看规划感十足，现在的印度总统府即是当年的总督府，从形式和色彩上都不难看出这里是欧洲古典文化与印度传统文化的有机结合，由于 1 月 26 日要举行阅兵仪式，到处都有黄色的路障和荷枪实弹的军人，从这里一直到印度门一带都已经封闭，只能在车上远远地看一眼。

我们很快就到了德里城区内的德里红堡，前一天去昌迪加尔时曾经路过这里。从莫卧儿帝国第 5 代国王沙贾汗开始，就将首都从阿格拉迁于此地，因为城墙及内部建筑大部分都由红褐色砂岩建造，所以俗称红堡，德里红堡由沙贾汗国王的御用建筑师尤希达・艾哈迈德主持设计，并与阿格拉红堡南北呼应，形式和布局相近，体现出莫卧儿帝国几代国王宫城的兴建规模与形制，也是古代印度高超的伊斯兰教建筑艺术的集中体现。

德里红堡共有 5 座城门，正门——拉合尔门面向西侧，因此要想拍摄光线好的照片，最好是下午来这里。由于是星期一，德里红堡不对外开放，我们就直接去了红堡斜对面的贾玛清真寺，贾玛清真寺和德里红堡都位于亚穆纳河的西岸，这里曾经是德里的核心区域，眼下人流与车流交织在一起，拥挤不堪，很难想象德里红堡开放时这里会是什么样的状况。我们的车子从主路拐进去，没走多远就堵得走不动了，所以干脆下车步行进入贾玛清真寺的北门。

贾玛清真寺

进入贾玛清真寺不需要门票，但是需要支付照相机票。1 月末的德里，室外温度不是很高，除了阳光照射的地面外，光脚站在地上还是比较凉的，而且贾玛清真寺内外的地面也不太干净，所以我们每人还是花了 100 卢比（大约相当于人民币 10 元钱）购买了一双一次性拖鞋，虽然能够看出拖鞋是被反复使用过的，甚至两只拖鞋大小和样式都不一样，但看起来还算比较干净，总比光着脚要好很多。

贾玛清真寺始建于 1644 年，是受沙贾汗国王授意兴建的，共使用了 5000 多名工匠。清真寺总平面为正方形，在北、东、南 3 面设有大门，其中东侧大门为正门，规模和体量也最大，当年这里是帝王专用的出入通道。西侧即为清真寺的大礼拜殿，四周由柱廊围护的长方形庭院可以容纳两万多人，院落中间有一座长方形浅水池，是信徒在礼拜前清洗身体使用的水池。

◇ 贾玛清真寺及巨大的庭院

贾玛清真寺的特点之一是整个建筑内部庭院的地面被抬高了七八米，外侧 3 个入口处设置了高高的台阶，从这里可以俯瞰周边区域，体现出清真寺的巍峨气势，从很远处就能够看到清真寺两座高 41 米的尖塔和 3 个饱满的白色洋葱头造型的穹顶。贾玛清真寺大殿的进深尺寸不大，只能容纳少数人进行礼拜，重大礼拜活动应该在庭院内进行，这种清真寺的空间布局形式在炎热地区十分常见，体现了气候对建筑设计的影响。

贾玛清真寺的大部分建筑和连廊以及地面都是由红褐色砂岩建造的，局部用白色大理石做点缀，唯有大礼拜殿以白色大理石为主，红褐色砂岩进行点缀，从而突出重点。贾玛清真寺将印度教与伊斯兰教建筑艺术特征融为一体，但琐碎的细节影响了清真寺的整体感和宗教氛围。

圣雄甘地陵墓

甘地被印度人尊为“国父”，1948 年 1 月 30 日被人刺杀。圣雄甘地陵墓位于贾玛清真寺的东南部，都位于亚穆纳河的西岸。整个陵园的布局与印度传统的陵园布局相似，独特之处在于巨大的陵园中间形成抬起的坡地，在东、南、西、北 4 个方向有通向陵园核心的通道，80 米见方的核心地带被石头廊子环绕，进入核心区域需要拖鞋，还要给管理人员小费。

陵园的中心是 4 片白色矮墙环绕的黑色大理石纪念台，纪念台之上设有长明灯。这里是焚化甘地遗体的地方，按照印度教的风俗，死者必须在死后 24 小时内火化，然后将骨灰撒入圣河。在整理资料过程中才了解到，印度独立后已故 4 位总理——尼赫鲁、夏斯特里、英吉拉·甘地和拉·甘地的火葬台也位于甘地陵园的周围。在陵园

◇ 圣雄甘地陵墓

对面的停车场内有一尊圣雄甘地的雕像，雕像为紫铜色，制作得惟妙惟肖，雕像西侧是甘地博物馆。

胡马雍陵

吃完午饭，赶到胡马雍陵时已经快下午 3 点了，我们从西侧的停车场进入，将这一区域的卫星地图进行比较可以看出，这里的道路近几年才做了比较大的调整，进入陵园需要穿越一道临时扒开豁口的围墙。

胡马雍陵是莫卧儿帝国第二代皇帝胡马雍的陵墓，建成于 1572 年，紧邻亚穆纳河西岸。成吉思汗和帖木儿的后裔巴布尔于 1526 年占领了印度北部的大部分地区，他的儿子胡马雍于 1530 年即位，并建立了伊斯兰教的莫卧儿帝国。莫卧儿帝国的几代君王先后修建了许多大型的陵墓，其中以建在德里的胡马雍陵最具代表性，并由此奠定了古代印度伊斯兰教风格陵园建筑的基本形制，史称“莫卧儿风格”。1857 年，莫卧儿帝国末代统治者巴哈杜尔·沙二世就是在胡马雍陵被俘，后来流放到了缅甸。

进入陵园的西门，近 350 米见方的巨大陵园被分割成棋盘状的 36 个方格，主陵占据中央的 4 个方格，体现伊斯兰教园林特色的水系四通八达、高低错落，陵园内古木参天，一派皇家气派，主体建筑每侧都有一个方形水池，建筑倒映其中。主体建筑建在 90 多米见方的巨大平台之上，伊斯兰教风格的尖券遍布建筑四周，主体建筑上部白色的穹顶饱满而挺拔，陵园建筑主体为红褐色砂岩，局部用白色大理石线脚做点缀。大穹顶下面两对凉亭与建筑整体比例有些失调，对主体建筑的成熟度产生影响。

◇ 胡马雍陵主体建筑

◇ 主体建筑室内

◇ 胡马雍陵西门

◇ 陵园内四通八达的水系

◇ 形制独特的理发师墓

由于受到一层大平台进深的限制，通向平台之上的台阶做得非常陡，这个问题在后来的泰姬陵中得到了很好的解决。从主墓室向四周又放射出 4 个小的墓室，里面分布着许多家族墓地。胡马雍陵是印度第一座花园型陵墓，对后期皇家陵墓的形制起到了示范作用。在陵园的东南角有一座小型陵墓，这里埋葬着皇帝最喜欢的御用理发师，陵墓的形制很独特，石板花格窗制作精美。

在胡马雍陵入口的南端还有一座八角形的花园陵墓——建于 16 世纪洛迪王朝的伊萨汗墓，外侧建有八边形的围墙，与胡马雍陵同时期建设，底座是八边形的，每侧有 3 座尖券形成拱廊，八角形屋檐每边都有一个凉亭，中间则是一座巨大的穹顶，局部使用釉面砖作为点缀，这显然受到波斯建筑的影响。

◇　伊萨汗墓

在离开了胡马雍陵之后，我们前往城市西部的美国驻印度大使馆，据说爱德华·斯东来到印度后曾经考察过泰姬陵，并从中得到启发。仅从美国驻印度大使馆办公楼的白色花格镂窗上看，斯东显然受到伊斯兰教建筑细节处理的影响。

此时天色已晚，远远看到馆内的喷泉在逆光中喷射得正旺，而临街大门却紧紧关闭着，美国驻印度大使馆的安保等级早有耳闻，大家已经疲于和保安纠缠，径直离开这里前往机场，准备搭乘当晚 8 点的飞机直飞博帕尔。

英迪拉·甘地国际机场 T3 航站楼

又回到了美国 HOK 建筑设计事务所设计的英迪拉·甘地国际机场 T3 航站楼，这次是从出发大厅进入，严密的安保措施、机器感十足的前台，以及人造石装饰的多边形白色巨型柱让人印象深刻。

◇ 英迪拉·甘地国际机场 T3 航站楼出发大厅

考察建议

为了避免在一天内出现长途汽车加飞机的中转方式，我们把新德里的行程分为两半，共计一天半的行程，由于德里红堡、阿克萨达姆神庙周一关闭，国会图书馆、印度总统府等多个景点在共和国日期间不对外开放，我们节省了不少时间，如果这些项目都要看到，新德里的考察最少需要两整天。

新德里—博帕尔

飞行时长：约 1 小时 20 分

经过一个多小时的飞行，我们到达了印度中部城市，中央邦的首府博帕尔，博帕尔机场不大，只有两座飞机栈桥。我对博帕尔的记忆还停留在 20 世纪 80 年代的“博帕尔毒气事件”，据资料记载，1984 年 12 月 3 日凌晨，美国联合碳化公司在博帕尔市的农药厂发生氰化物泄漏，该事故造成几万人死亡，后期的环境影响难以估量，当年事件中死亡儿童的照片仍历历在目，难以忘却。而我们来到博帕尔的主要目的是考察博帕尔东北部约 50 千米处的世界佛教重地——桑吉，顺便再看看柯里亚设计的中央邦议会大厦和印度巴哈汶艺术中心，以及拉吉设计的印度森林管理学院。

博帕尔周边多湖泊，博帕尔湖将城市分隔成南北两部分，北部是老城区，也是印度穆斯林集中的区域，博帕尔人口的 40% 是穆斯林，这里有许多著名的清真寺。博帕尔湖的南部则是现代化的新城区。

博帕尔—桑吉

车程：约 1 小时

因为下午 3 点多还要乘坐火车前往阿格拉，我们早晨 7 点半就离开了旅馆，前往东北部小镇——桑吉，博帕尔的温度要比新德里高一些，这里没有了汽车的拥堵，也少了一些人声的嘈杂。车辆驶出市区，蓝天白云，公路两侧的田野里开满了油菜花，虽然还不是最旺的季节，但也一洗我们这几天积攒在心里的阴霾。经过约一个小时的车程，我们来到了桑吉小镇，小镇南部突出的山丘上就是著名的世界佛教重地——1989 年被列为世界文化遗产的桑吉大塔所在地。

博帕尔建议考察项目分布示意图

1. 中央邦议会大厦
2. 印度巴哈汶艺术中心
3. 火车站
4. 泰姬清真寺
5. 印度森林管理学院

桑吉大塔

汽车绕过陡峭的盘山路，停在了景区的停车场，我们是9点进入景区的，映入眼帘的是道路两侧半球形的塔，太阳刚好照亮了塔北侧石门（如果再早一些，就能够拍摄到北侧有光线的照片），晨霭渐渐消散，静静的寺院里有一份少有的静谧，在这里可以俯瞰周围广阔的田野，真是一块风水宝地。

“窣堵波”是梵语，中文译为“塔”，也翻译为“浮屠”。在古代印度的阿育王时代，大量建造佛教建筑，其中数量最多的是用于埋藏佛骨和圣徒遗骸的窣堵波，据说在当时有8万余座。在佛教形成初期，佛教徒并不崇拜“偶像”，也不举行盛大仪式，而是把窣堵波作为佛祖的化身，对其顶礼膜拜。

窣堵波呈半球形，实心，象征着佛力无边、无迹、无形，其造型来源有两种说法：一是受民间坟墓和印度北方地区竹编住宅形式的影响；

二是古代印度人天宇观的体现。现存规模最大的窣堵波位于桑吉高地上，这里曾经是阿育王亲自选定的修隐之地。据史料记载，公元前262年，孔雀王朝的国王阿育王皈依佛教，为了表示对过去的忏悔，阿育王在他妻子的出生地附近——桑吉修建了桑吉大塔。桑吉高地上目前保存有多座窣堵波，其中1号、2号和3号窣堵波相对完整，1号窣堵波规模最大，通常被称为桑吉大塔。

桑吉大塔于公元前273年至公元前236年间建造，呈半球形，直径为32米，高16.2米，建在高4.3米、直径为36.6米的台基上。公元前2世纪，在桑吉以窣堵波为中心形成了一个规模庞大的僧院建筑群，有许多寺庙、僧舍和经堂。公元前1世纪，在外围栏杆上建造了4座石柱大门，大门高10米，仿木作的梁柱结构，表面布满浮雕和圆雕，题材大多是佛祖的本生故事，具有非常高的艺术水准，其中东侧石柱大门最下一层的横梁与石柱外侧的药叉女圆雕被公认为极具印度美的女性雕塑。石柱大门“经过多年之后由尼泊尔、中国和朝鲜传播到了日本，变成了日本寺庙的鸟居”。[7]

◇ 桑吉大塔南侧

大窣堵波在19世纪时被多次毁坏，1912年被修复。在大窣堵波的顶部，方形的围栏里有三层圆盘串联组成的相轮，它后来成为中国佛塔上塔刹的组成部分。佛骨和圣徒遗骸就埋在塔顶的小亭子里。据说只要在大窣堵波的东门进入，顺时针绕行大塔一周就可以“超升灵境”，我们在现场就看到许多远道而来的信徒顶礼膜拜的盛况。

2号窣堵波在大窣堵波西侧300多米远的半山坡上，需要走一段崎岖的山路，这里有一方潭水，在树木的映衬下，水光山色与窣堵波融为一体，仿佛是仙境一般。3号窣堵波修复得比较完整，南侧的石柱大门也得到了修复。

除了窣堵波外，景区内还保留有多处寺庙建筑遗址，其中最重要的是17号和18号寺庙遗址。17号寺庙遗址带有前廊，柱距很密集，这是最早的印度教神庙，而18号寺庙遗址是阿育王时期建造的讲堂。在大窣堵波的东侧还有一座小型神庙，里面供奉着释迦牟尼的雕像，外面的铁门平时是关闭的，需要召唤管理人员才能够打开入内参观，而神庙屋顶廊檐下的众多蝙蝠会让人看得浑身不自在。遗址最东侧，位于山顶边缘高地上的是45号寺庙遗址，这里原本有寺庙、讲堂与僧舍建筑。

我们在这里停留了2个多小时，碰到了一些学生在进行写生和古建筑测绘，在门前的商店买了好几本明信片和图书。因为还要赶回博帕尔，去看两个柯里亚的作品，我们只能抓紧时间下山赶回市区。回来整理资料时才发现，在山下售票处的东侧，还有一座小型博物馆——桑吉考古博物馆，游客可以凭借桑吉大塔的门票参观，这里有桑吉圣地内阿育王柱的柱头等展品，值得顺路看看。

在博帕尔市区的考察中还计划去参观柯里亚设计的中央邦议会大厦和印度巴哈汶艺术中心，以及拉吉设计的印度森林管理学院。由于印度

◇ 2号窣堵波

◇ 3号窣堵波

◇ 桑吉大窣堵波北侧大门局部

◇ 17、18号寺庙遗址

森林管理学院位于城市新区的南部，距离较远，没有时间去了，我们先赶到印度巴哈汶艺术中心，该中心坐落在博帕尔湖东岸的缓坡地上，建于 1975—1981 年，是一个集观演、展示与公共活动为一体的开放式活动中心，中心设有许多下沉式广场，采用红褐色石材贴面装饰，其中白色“大炮式”通风采光天窗是柯里亚习惯采用的造型元素，在孟买萨卡瓦教堂等多处都使用过。但是很遗憾，保安告诉我们下午 1 点这里才对外开放，我们时间紧，只能赶往下一站——中央邦议会大厦。

桑吉—博帕尔

车程：约 1 小时

博帕尔市区内丘陵起伏，中央邦议会大厦位于丘陵地势的高处，是柯里亚重要的代表作品。整个项目从 1980 年一直持续到 1996 年，虽然在 1980 年举行的设计竞赛中胜出，但是一直到 1983 年才动工建设，直到 1996 年才竣工交付使用。建筑设计理念融入了大量印度的传统精神与设计元素，比如曼陀罗图形、九宫格、阶梯井、方形庭院，当然最为醒目的还是窣堵波造型的屋顶，特别是刚刚看完桑吉大塔，对这个造型就更为敏感，整个上议院的会议厅被罩在巨大的窣堵波造型下面，对于设计者来说，这需要非常大的勇气，而对于使用者来说也需要更大的勇气来接受。窣堵波就是佛教徒的坟冢，对于东方人来说就是“阴宅”，另外，当下佛教在印度的影响力非常小，信众比例很低，在这种情况下，柯里亚的设计方案能够被大部分人，特别是政府官员接受，说明印度整个社会的开放态度。

政府办公建筑一般是不对外开放的，这一点我们已经习惯了，于是和保安沟通，我们只在建筑外侧拍摄照片，地处印度中部的博帕尔，安保的气氛要比新德里和昌迪加尔宽松许多。

◇ 中央邦议会大厦

博帕尔—阿格拉

车程：约 6 小时

关于印度火车的故事，在国内听到了很多，也是大家最为关注和担心的，但是网友的一句话提醒了我们，在印度旅行不坐火车总是多了一些遗憾，也可以这样说：没坐过印度的火车，就相当于没有到过印度。

从博帕尔乘火车前往阿格拉并不是我们拟定的计划，而是印度地接公司建议的行程安排。我们乘坐的火车原本是下午 3 点 15 分从博帕尔开出，晚间 9 点 10 分到达阿格拉。博帕尔有好几个火车站，我们要去的火车站位于城市的北部，这里是穆斯林集中的老城区。下午 2 点半到达火车站时，被告知火车要晚点半个小时，大家已经早有心理准备，干脆在火车站闲逛一会，看看来往的火车。

◇　博帕尔火车站站台

◇　博帕尔火车站铁道旁的水管

博帕尔的外国客很少，我们一群中国人站在站台上十分醒目，为了保证大家安全上车，地接公司专门多派了一名工作人员来协助我们。虽然秩序乱一点，横穿火车道的事情时有发生，一些火车在行驶时门是开着的，但是并没有想象得那么严重，只是没有弄明白火车线路两侧那么密集的水管究竟是干什么用的？后来在网上看到一张印度旅客乘坐火车的照片，一名旅客在打开的车窗前用从水管流出来的水洗头降温！

我自己单独在一个车厢，刚上车时车厢里人不多，相当于国内的二等座，除了设备陈旧一些之外，卫生状况还可以。与国内火车最大的差别是车上还供应两次餐食和一次小吃，最后还有一个冰激凌，虽然中间有“小强”的打扰，但感觉上还可以接受。

博帕尔周边以平原为主，车窗外都是农田，还有一些是荒地，天色渐渐黑了下来，随着火车不断到站停车，车上的人也开始多了起来，到了占西车站时上来许多日本人和韩国人，他们是从克久拉霍去阿格拉的游客。

当我们到达阿格拉时，这里刚刚下了一场小雨，气温凉爽了很多，空气中弥漫着煤烟的味道。从国内出发前刚刚在新闻节目中看到，由于对化石燃料过于依赖，因此印度北部的空气污染比较严重。阿格拉的泰姬陵受到很大威胁，白色的大理石都被熏黄了，正在进行维修，由于中间的大穹顶无法承受钢制脚手架的荷载，因此，正在定制竹制脚

考察建议

克久拉霍是印度教寺庙的重要遗址，也是世界文化遗产，一般常规旅游线路都走这里，如果在“占西”下火车，换乘汽车前往克久拉霍，再返回“占西”乘坐火车到阿格拉，需要多安排一整天的时间。或者可以选择从克久拉霍直飞瓦拉纳西，然后从瓦拉纳西再返回阿格拉，两段飞行时间都只有一个小时多一点，那样的话就需要增加一天半的行程。

瓦拉纳西是印度教的圣城，印度教信徒的四大愿望之一就是居住在瓦拉纳西，去过瓦拉纳西的游客永远都不会忘记在恒河主码头和浴场所看到的场景。澳大利亚 Lonely Planet（孤独星球）公司编写的《印度旅游手册》的版权页中对瓦拉纳西的描述更为精妙：“这里的丰富多彩令人目眩神迷，这里的混乱也不留余地，这里无所顾忌还对此毫无歉意，瓦拉纳西不会对任何人手下留情，如果你具有冒险精神，应该去这个地方看看。”

手架。同时为了限制人流，每天参观人数不容许超过 4 万人，而对外国旅客不加限制，还记得 2016 年 4 月英国威廉王子夫妇参观泰姬陵时，主陵建筑四周 4 座高塔中有 3 座罩着施工脚手架，因此一直担心我们看到的泰姬陵究竟会是什么样子。

阿格拉位于印度北方邦的西南部，恒河支流亚穆纳河的西岸，阿格拉也被称为亚格拉，从 16 世纪到 18 世纪初期，这里一直是印度的首都，也是印度最著名的旅游城市，最佳旅游季是每年的 10 月和 11 月，这里有 3 处世界文化遗产，其中市区内的泰姬陵和阿格拉城堡是印度第一批世界文化遗产（1983 年），市郊西部的法塔赫布尔西格里和达加清真寺于 1986 年被列入《世界文化遗产名录》。泰姬陵还与中国万里长城、约旦佩特拉古城遗址、巴西里约热内卢基督像、秘鲁马丘比丘印加遗址、意大利古罗马斗兽场和墨西哥奇琴伊察玛雅古城遗址并称为世界新七大奇迹。

如果有时间还想看看小泰姬陵、阿克巴大帝陵园和其妻子玛丽姆的陵园，以及沙贾汗女儿于1648年主持建造的贾玛清真寺，该清真寺位于阿格拉城堡的西北角，原来与阿格拉城堡相连，后来被铁路线隔开。

我们约好一大早就去泰姬陵，但是早晨一起来就傻了眼，窗外大雾锁城，10米开外什么都看不清，很多离开阿格拉的游客开始陆续启程，没有办法，我们只能在酒店等待浓雾消散。到了上午9点的时候，能见度开始好转，大家商量先去小泰姬陵和阿格拉城堡，午饭后再去泰姬陵，来一次印度，如果连泰姬陵都没有看到，实在是太遗憾了。

小泰姬陵

打开阿格拉的地图，你会清楚地看到，亚穆纳河弯曲着从这里流过，在河的西岸就是阿格拉城堡，在河的南岸就是泰姬陵，与阿格拉城堡相距1700多米，而在河的对岸西侧背靠亚穆纳河的就是小泰姬陵。

阿格拉建议考察项目分布示意图

1. 小泰姬陵
2. 阿格拉城堡
3. 泰姬陵
4. 阿克巴大帝陵园
5. 阿克巴大帝妻子玛丽姆的陵园

小泰姬陵建造于 1622—1628 年，是莫卧儿帝国第 4 位皇帝贾汉吉尔的首席大臣——乌兹尔的陵墓，比泰姬陵早几十年建成。之所以被称作小泰姬陵，是因为其背靠亚穆纳河的布局，特别是主陵建筑为通体的白色，以及精美的镶嵌技艺和四角设置白色高塔的设计理念与做法被后来的泰姬陵广泛吸纳，小泰姬陵也是亚穆纳河岸边第一座陵墓建筑。

小泰姬陵东西向约 160 米，南北向约 150 米，主陵建筑位于陵园中间，与德里胡马雍陵布局相似，均为花园型陵墓，陵园内有四通八达的水系，除了主陵建筑外，其他建筑以及地面均采用红褐色砂岩砌筑。主陵建筑建在一座红褐色砂岩砌筑的平台之上，要想进入主陵建筑需要光脚或者穿鞋套。

◇小泰姬陵主陵建筑

主陵建筑使用白色大理石建造，上面细密的深色大理石镶嵌技术非常精湛，在古代加工工艺受限制的情况下施工难度可想而知，特别是石头窗的制作工艺令人叫绝。主陵建筑只有一层，体量较小，中间采用宫殿建筑常用的屋顶形式，檐口水平出挑尺寸比较大，主陵建筑四角建了 4 座高塔，高塔顶部使用了凉亭式屋顶，与主体建筑尺度相比，4 座高塔过于粗壮，有些比例失调。

陵园在 4 个方向的轴线底端都有建筑，东、南、西侧建筑体量相似，东侧为入口门楼，临近亚穆纳河边的建筑规模较大。这时雾霾依然很严重，只有贴近建筑或者进入建筑室内时才能够看清细部，我们停留了一个小时，然后去了阿格拉城堡。

阿格拉城堡

阿格拉城堡位于亚穆纳河西岸的台地上，河流在这里转了一个大弯，由东西向变为南北向，阿格拉城堡由莫卧儿帝国第 3 位皇帝阿克巴和第 4 位皇帝贾汉吉尔主持建造，第 5 位皇帝沙贾汗又陆续增建。阿格拉城堡是莫卧儿帝国最重要的宫殿，绵延 2.5 千米、高达 20 米的城墙和近 500 座建筑大都采用红褐色砂岩建成，故又称为阿格拉红堡，与印度首都的德里红堡齐名，但是其历史价值和艺术价值都要远远高于后者（阿格拉城堡 1983 年列入《世界文化遗产名录》，而德里红堡 2007 年才列入《世界文化遗产名录》）。阿格拉城堡集印度教与伊斯兰教建筑艺术为一体，是莫卧儿帝国壮美的皇家都城。

阿格拉城堡南侧的阿马尔•辛格门是进入城堡的唯一入口，跨过石桥就到达了城堡的大门，穿过长方形的瓮城，面前是一条长长的坡道，坡道两侧是高高的挡土墙，反射并放大了行人的脚步声，具有很好的防御功能。坡道的东面就是贾汉吉尔宫，这里是后宫部分，墙面材料

◇宣礼塔在建筑构图中起到重要作用

◇ 泰姬陵陵园正门

◇ 陵园东侧的接待所

的影子了。十字水系东西两侧底端均建有建筑，以突出十字交叉的轴线关系，建筑形式和体量与角楼相近，西侧现为泰姬博物馆，有时间应该去看看。

我们在泰姬陵里停留了两个多小时，由于早晨大雾的原因，我们耽搁了一些时间，没能按计划去阿克巴大帝陵园及其妻子玛丽姆的陵园，更没有时间去看法塔赫布尔西格里城堡和达加清真寺。下午 3 点半我们就急匆匆上路，赶往 240 千米外的斋浦尔，大家有了去昌迪加尔的经历，对印度的路况心有余悸，好在从阿格拉到斋浦尔的路况比较好，车辆也比较少，晚上 9 点我们就到了斋浦尔的旅馆。

考察建议

总结一下阿格拉的行程安排，市区内的主要景点需要一整天的时间才能够仔细看完，如果再想去西郊的法塔赫布尔西格里城堡和达加清真寺，则需要再增加半天。如果你有时间，而且有心情，还可以住在泰姬陵南侧的旅馆里，这些旅馆的屋顶平台是观赏泰姬陵日出的绝佳地点。

阿格拉—斋浦尔

距离：约 240 千米

我们预订的旅馆位于斋浦尔北部，琥珀堡东侧不远处，在旅馆三层大厅可以清楚地看到琥珀堡的夜景。快到旅馆时正好赶上一场当地人的婚礼，道路上站满了人，聚光灯照亮了天空，我们到了旅馆房间，窗外婚礼的歌声和音乐依然吸引着我们，大家约好一起去看看。原来这里是一个专门举行婚礼的院子，婚礼已经到了尾声，一群青年男女和小孩儿在一块不大的舞台上随着歌声欢快地起舞，我们光忙着录像看热闹，却忘了看新娘子长什么样，斋浦尔之行就从当晚的一场婚礼开始了，但愿我们明天的考察能够顺利进行。

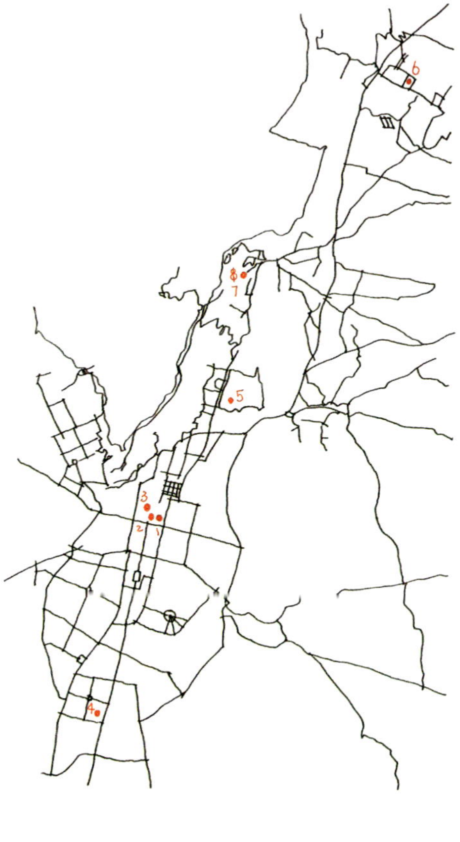

斋浦尔建议考察项目分布示意图

1. 风之宫
2. 简塔·曼塔天文台
3. 城市皇宫
4. 斋浦尔博物馆
5. 水之宫
6. 珀尔时尚学院
7. 琥珀堡

斋浦尔是印度拉贾斯坦邦的首府，来到斋浦尔除了想参观风之宫、世界上最大的石造天文台——简塔·曼塔天文台（2010年列入《世界文化遗产名录》）、城市皇宫和琥珀堡等传统旅游景点外，更希望看看柯里亚设计的斋浦尔博物馆（又称为贾瓦哈·卡拉·肯德拉艺术中心）和形态发生事务所设计的珀尔时尚学院。

由于风之宫朝向东方，为了拍摄更好的照片，我们第一个考察项目就是风之宫，路过琥珀堡时正好看到一队大象拉着游客走在上山的坡道上，在清晨阳光的映衬下，起伏的山势、巍峨的宫殿，以及水面上的倒影交相呼应形成了一幅美丽的画卷。路过萨格尔湖时还看到了一座水中宫殿，淡淡的雾霾再加上不知名的水鸟增添了别样的气氛。

由于印度气候炎热，临水甚至在水中建造建筑的情况非常多，其中最著名的就是旁遮普邦阿姆利则的金庙，那里是锡克教徒一生必须前往的圣地，但是由于靠近印巴边境，距离昌迪加尔还有近5个小时的车程，很少有中国游客前往。

◇ 萨格尔湖中的水中宫殿

风之宫

风之宫位于斋浦尔老城内，其西侧是简塔·曼塔天文台和城市皇宫，如果说风之宫是一座建筑，倒不如说是一座牌楼，它好像一只开屏的孔雀伫立在道路一旁，从侧面看最窄处好像进深都没有 3 米。据史料记载，风之宫建于 1799 年，在临街一面分布着 953 扇精心雕琢的窗子（不知道是怎么计算出来的），建筑整体呈现粉红色，细节装饰线脚和图案采用白色勾勒，在这里还看到了雕琢精细的石板花格窗。当年宫中嫔妃和侍女可以透过这些窗格俯瞰脚下繁华的街道和熙熙攘攘的人群。

在风之宫门前的马路上不时有大象走来走去，如果想拍摄特殊角度的照片，还可以到对面的建筑上取景，看到老城内拥挤的人群，我们没有去简塔·曼塔天文台和城市皇宫，直接去了贾瓦哈·卡拉·肯德拉艺术中心。

◇　风之宫

◇ 主入口

贾瓦哈·卡拉·肯德拉艺术中心

柯里亚设计的贾瓦哈·卡拉·肯德拉艺术中心建于1986—1992年，在国内也被简称为斋浦尔博物馆，通过地图标识和现场考察来看，前者应该更贴切。艺术中心位于城市南部的新城区，这里道路宽阔、建筑整洁，与老城区形成鲜明对比。柯里亚在这里沿用了与博帕尔中央邦议会大厦相同的设计手法（中央邦议会大厦在前，贾瓦哈·卡拉·肯德拉艺术中心在后），两者都采用了印度古老而神秘的曼陀罗图案，只是前者为圆形，后者是方形。

九宫格的中心依然采用方形庭院的形式，庭院内部的台阶形式处理来源于印度古代的阶梯井。据介绍，9个正方形分别代表了九大行星，室内空间的色彩也与之相呼应，而入口处的正方形脱离主体，形成入口前的广场空间。整个建筑外立面和中心庭院均采用红褐色石材贴面，其他部位则使用涂料，建筑施工质量比较粗糙，再加上一些地方构造设计不尽如人意，影响了建筑的整体效果。

入口门厅的侧墙上有一幅木制的艺术中心平面图，仔细看时才发现，

◇　中心庭院

◇　小庭院

◇　窣堵波造型的穹顶

◇　穹顶内部

脱离出来的正方形平面图角度放错了。在入口门厅对面看到了窣堵波的造型，里面绘有许多印度传统图案。

在艺术中心除了可以欣赏建筑本身外，还可以看许多设计展览，其中的一个展厅正在展览公共厕所设计方案，通过在社区的调研，设计团队设计出不同类型的公共厕所，不论是图纸表现，还是模型制作，都达到了很高的专业水平，令人刮目相看。另外一个展厅则是介绍柯里亚及其事务所后期的一些设计作品，入口处正在播放柯里亚的学术演讲录像，设计方案模型制作得依然精致而专业，给我们留下了深刻的印象，室外展区还有景观设计作品和空间造型设计作品的展览。

据说在 1876 年，为了迎接英国威尔士王子，斋浦尔将老城内的建筑都刷成了粉红色，因此斋浦尔又有“粉红之城”的美誉，也由此想到柯里亚在设计贾瓦哈·卡拉·肯德拉艺术中心时为什么大量使用红褐色石材和涂料了。

珀尔时尚学院

我们返回旅馆吃完午饭后，决定去看珀尔时尚学院，该学院位于斋浦尔北部，距离琥珀堡 8 千米，这里是一个工业园区，还有一些酒店和大型的赛车场。为了能够顺利地进入校园参观，我们特意带了一封介绍信，说明我们的来意，经导游与校方安保人员交流后，容许我们进入校园，并专门委派一名建筑设计专业的女教师陪同我们一起参观。

珀尔时尚学院教学楼由印度当地的形态发生事务所设计，2008 年建成使用，学校设有服装设计、首饰设计、展陈设计等艺术设计专业，但是没有建筑设计专业。该建筑的设计特色在于时尚的设计手法中蕴含了许多印度传统的设计元素，例如建筑的外表皮完全采用外挂的遮

◇ 珀尔时尚学院

◇ 珀尔时尚学院内部庭院

阳板，而用金属制作遮阳板的形式来源于印度传统的石板花格窗，遮阳板宽度一致，只有两种高度尺寸，非常便于施工和安装。长方形的建筑内设有 3 个曲线状的内部庭院，半地下层的地面采用阶梯井的设计理念做成浅水景观，既便于营造小气候，又体现了传统文化，值得我们深思和学习。

琥珀堡

结束了珀尔时尚学院的考察，答谢完陪同参观的女教师，我们前往琥珀堡。由于下午无法骑大象上山，我们只能改乘专门的吉普车上山，这种车辆外表看起来很干净，内部却十分简陋，而且行驶起来颠簸得非常厉害，骑乘大象是从琥珀堡前面的坡道上山，而坐吉普车是从后面山路盘旋而上。

琥珀堡位于一座山丘之上，顺着山势呈南北向布局，周围有许多城墙堡垒环绕，壁垒森严，这里曾经是拉贾斯坦土邦王的行宫，始建于 1592 年，历时 100 多年才建成，由于在阳光的照射下周围的山石呈现出琥珀的颜色，故俗称琥珀堡。沿着南北方向，琥珀堡有 4 层建于不同时期的院落空间，第 1 层院落空间面积最大，从大门进入后是一个长方形的院落，四周被城墙和建筑环绕。第 2 层院落空间中有一座

◇ 远眺琥珀堡和斋格尔堡

巨大的柱廊大厅——公众大厅，从象头神大门穿过，就进入了第 3 层院落空间，主体建筑是镜厅，镜厅建于 1675 年，是土邦王的寝宫，也是琥珀堡内最重要的景点，整个建筑内部使用大量镜子做饰面材料，制作精细，富丽堂皇。镜厅西侧是一个精致的莫卧儿风格的花园，几何形的线脚和图案令人眼花缭乱，花园西侧就是举行庆祝活动的欢喜厅。第 4 层院落空间叫作萨那纳宫，庭院中间有一座方亭，当年这里可以挂上布幔，是土邦王与后宫佳丽约会的地方，这里有多重的院落分隔，从这里还可以上到 2 层回廊，回廊内非常狭窄，可以环绕庭院一周并俯瞰内庭院。

如果你还有时间和体力，可以再花半个小时的时间登上背后的斋格尔堡，斋格尔堡建于 1036 年，又叫老虎堡，这里有长达 8 米、号称世界上最长的古代炮车，从这里还可以俯瞰琥珀堡及周边的城墙要塞。

◇　公众大厅内部

◇ 黄昏中的镜厅

◇ 萨那纳宫庭院及方亭

◇ 琥珀堡大门及内庭院

斋浦尔—艾哈迈达巴德

飞行时长：1 小时 25 分

艾哈迈达巴德，这个城市的名字很长而且拗口，在之前也没有留下什么特殊的记忆，但是在整理印度考察路线时发现，从柯布西耶到路易斯·康，从柯里亚的代表作到多西的系列作品，真是大师作品云集，这个城市值得一去。

我们乘坐上午 8:50 的飞机离开斋浦尔，一个小时多就到了艾哈迈达巴德，这里的温度比斋浦尔高了很多，从机场的规模和进入城市的道路就能够看到这是一个经济实力很强的城市。据资料记载，艾哈迈达巴德又译为阿麦达巴，是印度古吉拉特邦的第一大城市、印度第六大城市、印度重要的棉纺织工业中心，萨巴尔马蒂河从城中穿过，当年柯布西耶就是受当地棉纺织协会的邀请在该市设计了一系列作品。

到了这里才知道，这几天即将上映的一部电影在印度的一些城市引发了严重的骚乱，地接公司在博帕尔增加一人协助我们乘坐火车就是防止发生意外。对于艾哈迈达巴德，导游一直忧心忡忡，甚至充满恐惧，反复提醒我们要注意安全。

桑伽事务所

到旅馆放下行李后，我们即刻前往第一个考察项目——巴克里希纳·多西设计的桑伽事务所，在印度现代建筑师中柯里亚和多西是重要的代表，柯里亚的事务所设在孟买，而多西的事务所则建在艾哈迈达巴德，也就是桑伽事务所。我们赶到这里时已经是下午 1 点了，大门虚掩着，进去才知道，当天是印度的共和国日，虽然是星期五，但是事务所放假休息，我们和保安反复沟通，说明我们的来意，保安打电话与负责人联系后容许我们进入，一对印度学生也幸运地跟我们一起进入院子参观。

桑伽事务所的建筑面积不到600平方米，部分建筑半埋入地下，以躲避炎热的气候，室内没有空调系统，墙壁上安装有电风扇。建筑屋顶采用筒形拱的形式，通过檐沟将雨水收集起来，流到地下水窖进行贮存，院内的一方水池倒映着优美的拱形屋顶，连保安都可以向我们解释雨水是怎样收集，又如何再次利用的，可想而知这种设计理念及实际应用已经深入人心。桑伽事务所利用自然排风和雨水循环系统达到抵御炎热气候的设计手法，适合当时印度的经济社会发展状况，在城市中营造出回归自然的生活与工作环境。

建筑筒形拱屋顶和排水沟渠表面都使用白色碎瓷片拼贴，据说是多西从工厂里捡回来的废料，让人联想起建筑大师高迪的瓷片拼贴技艺。通过玻璃窗可以看到桑伽事务所的室内，带有拱形屋顶的空间仿佛窑洞一般，空间稍显局促，也许使用惯了会感觉好一些，桑伽事务所院落内树木繁茂，花草及水景都经过精心设计，只可惜没有机会深度交流，原本想问询多西设计的印度学研究中心所在的位置，也只能作罢了。

◇　桑伽事务所

◇　桑伽事务所内部

巴克里希纳·多西

1927年8月26日巴克里希纳·多西出生于印度的浦那，早年在印度学习建筑，1951—1955年在柯布西耶事务所实习，1958年前往美国芝加哥大学进修学习，当柯布西耶和路易斯·康在印度开展项目时，多西作为助手参与工程项目的设计，深深受到两位建筑大师的影响，这也成为多西成长的重要经历。

多西既是一名建筑师，也是一名教育家，他创建了艾哈迈达巴德建筑学院，并兼任首任院长，对印度建筑教育做出重要贡献。2017年7月，多西的个人作品展览在上海当代艺术博物馆举行，展示了这位南亚建筑大师的设计作品和思想理念。2018年多西获得普利兹克建筑奖，成为获得该奖项的第一位印度建筑师。

桑伽事务所是多西个人的工作室，建于1979—1981年，是多西开始摆脱柯布西耶和路易斯·康这些大师的影响，寻找适合印度当地气候与文化的重要代表作，“桑伽”（Sangath）是“一起工作”的意思，多西曾经说过，桑伽像一个不断学习的村落，是走进我人生历程的通道。

甘地劳工学院

甘地劳工学院位于桑伽事务所东侧，两座建筑相距很近，由于当天休息，我们也只能在院外看看。甘地劳工学院建于1980—1984年，在这里多西再次使用了筒形拱屋顶，只是规模和尺度都要比桑伽事务所大很多，屋顶还是采用白色碎瓷片拼贴的形式，这样可以反射更多的阳光，但墙面材料完全不同，施工质量要比桑伽事务所好很多，多西将“台地、院落、广场、水池、廊桥等元素注入其中”。[8]

◇ 甘地劳工学院入口

◇ 侯赛因与多西画廊

侯赛因与多西画廊

侯赛因与多西画廊建于1992—1995年，用于陈列印度著名艺术家马克布勒·菲达·侯赛因的作品，由多西与侯赛因合作完成。该画廊位于多西创建的艾哈迈达巴德建筑学院的南侧，画廊建筑的主体部分都在地下，在东西两侧设有出入口。

建筑屋顶由大小十几个半球形的穹顶组成，拱肋在穹顶的外侧，穹顶表面依然采用白色碎瓷片拼贴，加上圆形的采光窗，整个建筑就是一件艺术作品。多西认为其设计灵感来源于古代印度的石窟以及窣堵波造型等历史元素，但我觉得这里依然有高迪的影子。从现场看这个画廊已经有段时间没有对外开放了，隔着玻璃门能够看到室内的景象，墙面和穹顶上布满了色彩鲜艳的抽象绘画，局部还有黑色的人体舞蹈剪影雕塑。

艾哈迈达巴德建筑学院

艾哈迈达巴德建筑学院主体建筑就在侯赛因与多西画廊的北侧，虽然也有安保人员，但是这里可以随意参观，行走在建筑学子之间，心情也变得放松了很多，有一种久违了的感觉。艾哈迈达巴德建筑学院于1962年由多西创建，建筑学院和后来“创建的规划学院以及管理和技术学院合并成为环境规划技术中心（CEPT）”。[9]

整个建筑群建于1966—1968年，采用开放式的布局形式，其中形式

◇ 建筑学院和规划学院内部庭院

◇ 双楼梯入口

◇ 科技学院

独特的双楼梯入口成为 CEPT 的标志。建筑内部多变的空间形式，加上其中活跃的年轻学生使这座建筑在建成 40 多年后依然充满了活力。出挑夸张的排水口以及建筑外部红砖墙体与混凝土的结合形式，都能够让人从中感受到柯布西耶的影响。

棉纺织协会总部

当我们赶到柯布西耶设计的棉纺织协会总部时已经是下午 3 点多了，从大门上的营业时间来看，这里星期日和公共假日关闭，平时上午 10:30 到下午 3:00 开放，周六上午 10:30 到 11:30 开放，当天虽然是周五，但也是印度的共和国日，这里没有开放，当我们第二天按时赶到这里时，管理人员却以种种理由拒绝我们入内参观，实在令人费解。

棉纺织协会总部位于萨巴尔马蒂河的西岸，建于 1954—1957 年，建筑平面为正方形，地上 3 层，顶层有夹层，内部空间自由分隔，变化丰富，设有办公室、会议室，还设有两部电梯。建筑东西两侧均设有遮阳板，西侧为斜向的遮阳板，由于遮阳板并没有按照建筑层数设置，因此形成了良好的比例关系，在建筑西侧是一条直达二层的长长坡道。下午正适合拍摄西侧主入口处，

◇ 棉纺织协会总部

混凝土墙面、斜向的遮阳板产生了丰富的阴影变化，再加上入口处长长的坡道以及红色的钢制大门，构成了棉纺织协会总部的总体印象。

索丹别墅

索丹别墅位于棉纺织协会总部南侧 900 米处，沿东西方向隔着一个街区，于 1957 年建成，当年柯布西耶在艾哈迈达巴德一共设计了 4 栋居住建筑，其中索丹别墅规模最大，目前已经变为一栋普通住宅，可以随意参观建筑外部。

据资料记载，最初柯布西耶受棉纺织协会秘书萨罗丹姆·胡塞斯的委托设计一栋私人别墅，在设计完成后，胡塞斯又将设计图纸卖给了索丹先生，虽然场地发生了变化，但是由于场地面积比较大，并没有修改原有设计，该项目就被称为索丹住宅或者索丹别墅。虽然柯布西耶自己认为索丹别墅的设计构想来源于萨伏伊别墅，但是从现场来看，倒更像是棉纺织协会总部的姊妹篇。

索丹别墅地上 5 层，室内依然设计有一条长长的坡道，西南向有进深很大的“印度凉台”，起到很好的遮阳作用，建筑主体之外还设有相连的车库和用人房，第 5 层完全是架空的花园，并与第 4 层空间相互渗透，起到很好的通风与隔热作用，椭圆形的游泳池保存完好。

泰戈尔纪念会堂

泰戈尔纪念会堂紧邻萨巴尔马蒂河西岸，和西侧柯布西耶设计的艾哈迈达巴德市博物馆一起成为这一区域重要的标志性建筑，是巴克里希纳·多西的代表性作品。该建筑是为纪念印度近代著名诗人、文学家、

◇ 索丹别墅

◇ 索丹别墅入口

社会活动家、哲学家和民族主义者泰戈尔建立的，我对泰戈尔形象的记忆都来源于徐悲鸿的画稿以及 1924 年泰戈尔来中国访问时与梁思成、林徽因、徐志摩等人的合影，那长长的胡须和长袍令人印象深刻。

1861 年 5 月 7 日，拉宾德拉纳特·泰戈尔出生于印度加尔各答，17 岁时赴英国留学，1880 年回国专门从事文学创作，1913 年获得诺贝尔文学奖，成为获得该奖项的第一位亚洲人。1961 年为了纪念泰戈尔诞辰 100 周年，印度政府在艾哈迈达巴德市建设了这座纪念堂。

泰戈尔纪念会堂外墙采用混凝土浇筑，模板印迹清晰可见，侧墙采用折板的形式，凸凹变化明显，既充分发挥了混凝土的可塑性，又产生了丰富的光影变化，设计手法非常纯熟，但其设计灵感显然来自马歇尔·布劳耶设计的明尼苏达圣约翰大学教堂。在这座建筑上我们也能

◇　泰戈尔纪念会堂

够清晰地看到，这一时期多西的设计理念依然受到柯布西耶的深刻影响。会堂内部设有 500 座的观众厅，我们参观时正赶上一场义务献血活动，还在观众厅里看了一会儿魔术表演。

艾哈迈达巴德市博物馆

柯布西耶在规划设计昌迪加尔时，被邀请设计艾哈迈达巴德市博物馆，艾哈迈达巴德市博物馆在形式上与昌迪加尔博物馆与艺术画廊非常相似，混凝土主体部分附加红砖墙饰面，只是规模要小一些。艾哈迈达巴德市博物馆平面呈正方形，从 1953 年开始设计，到 1957 年建成使用，建筑中间有一个方形的露天庭院，更适合该地炎热的气候。

柯布西耶的设计方案也经历了多次修改，从最初的一组建筑变为后来独立的单体建筑，也从最初的复杂变为后来的简单。建筑采用 7 米见方的柱网，中庭南北向为 14 米，东西向为 21 米，屋顶开设了 14 米见方的开口，形成露天庭院，便于建筑的自然通风和采光，高达 4 层的混凝土圆柱直通屋顶，一个熟悉的巨大坡道设立在中庭一侧，联系着一层和二层空间。最初柯布西耶在屋顶的设计方案图上采用了覆土种植，以减少太阳辐射的影响。目前整个建筑年久失修，特别是一层顶部弧形挑檐破损严重，甚至影响安全使用。

据资料记载，柯布西耶一生只设计有 3 座博物馆，其中两座在印度，另外一座在日本东京。回国后在整理资料时看到，盖蒂保护机构于 2018 年 2 月初在印度的昌迪加尔和艾哈迈达巴德两个城市召开学术会议，就两座建筑的保护与使用进行研讨，真心希望这两座建筑能够得到更好的保护与利用。

结束考察时已经是傍晚了，夕阳照射在建筑上形成了非常好的色彩效果，

◇ 艾哈迈达巴德市博物馆

◇ 博物馆中间的露天庭院

马路对面的一座建筑吸引了我们的目光，走近一看原来这里是印度国家设计学院，经过与安保人员沟通后允许我们徒步进入，但是不能够拍摄照片。这是一组规模庞大的建筑群，由多重庭院组成，无论是内部的陈列展览，还是局部的景观环境，都充满了设计感。在建筑东侧还有一座古老的用红砖砌筑的伊斯兰教建筑遗迹，从该学校网站上能够看到这里经常举行毕业典礼和聚会，整个建筑群的设计理念和风格与我们考察过的艾哈迈达巴德建筑学院非常相近。

达尔帕特尔板球场

第二天一早我们去看柯里亚设计的达尔帕特尔板球场。达尔帕特尔板球场是柯里亚为数不多的体育类建筑设计作品，该建筑

查尔斯·柯里亚

柯里亚是我们熟知的印度现代建筑大师，1930 年 9 月 1 日，查尔斯·柯里亚出生于印度的塞康德拉巴德，1949—1953 年就读于美国密歇根大学，获得建筑学学士学位，1953—1955 年就读于美国麻省理工学院，获得建筑学硕士学位。

柯里亚不仅是一名建筑师，而且是一名规划师、建筑理论家和社会活动家，曾经担任过印度国家城市建设部主席，他创立的将印度传统、历史文化及

气候影响因素与现代建筑设计相结合的设计理论与方法，为印度历史文化的传承，特别是为发展中国家建筑创新开辟了一条崭新的道路，因此他成为南亚重要的现代建筑大师之一。柯里亚于 2015 年 6 月 16 日在孟买去世，印度建筑师学院院长评价道："查尔斯·柯里亚是 1947 年之后印度建筑向现代化发展的灵感源泉，我们失去了一位潮流铸造者和一位深受爱戴的大师。"

◇ 达尔帕特尔板球场局部

位于萨巴尔马蒂河西岸的城市中心位置，球场呈圆形，是专业的板球场地。板球起源于英国，由于历史原因，在澳大利亚、新西兰、印度、孟加拉、尼泊尔等国家非常盛行，在印度，板球是人们喜欢的一项体育运动。这座圆形板球场建于 1959—1966 年，建筑外围巨大的混凝土折板以及主看台上方出挑巨大的混凝土折板雨篷都令人印象深刻，看台上的设备十分简陋，甚至没有座椅，预制混凝土看台下有非常大的缝隙，即使人员众多，自然通风也会非常好。

甘地纪念馆

甘地纪念馆位于城市的北部，东侧紧邻萨巴尔马蒂河西岸，建于 1958—1963 年，是柯里亚的成名作。被尊称为印度"国父"的甘地在 1917—1930 年期间曾经定居于此，并在这里领导了印度的独立斗争，因此该地段及其附属建筑具有非常重要的纪念意义。

1958 年柯里亚学成返回印度后，不久就接受甘地故居基金会的委托，开始着手设计甘地纪念馆，这是柯里亚职业生涯中第一件重要的作品。纪念馆位于场地的北侧，柯里亚使用了6米见方的亭子空间作为模数单元，每个单元均为四坡顶、红色陶土瓦、红砖柱子、钢筋混凝土梁，51个模数单元空间或围合或连通，形成了丰富的展览流线和展示空间。在建筑核心处打开了4个模数单元空间作为开敞式庭院，形成纪念馆的核心空间，同时又改善了建筑的采光与通风。屋顶的雨水会随着排水系统流到庭院内部的水池中，在这里我们看到了柯布西耶使用过的长长的落水口。其他几个分散的小型庭院内种植了花草树木，对改善局部的采光和通风都会起到很好的效果。

纪念馆入口处是著名的《三不猴》雕塑，3只猴子分别捂着嘴、眼睛

◇　甘地纪念馆水景庭院

◇　甘地纪念馆局部

◇　甘地纪念馆展厅内部

◇ 甘地纪念馆入口处的《三不猴》

◇ 萨巴尔马蒂河景观带

和耳朵。《三不猴》既有东方的“非礼勿视、非礼勿听、非礼勿言”的儒家思想，更体现出圣雄甘地所推崇的“非暴力、自我完善、谦卑与和平的力量”的思想理念。

整个纪念馆除了办公空间和资料室外，没有封闭的外墙，也没有空调系统，在炎热的夏季，从河面上吹过来的风可以起到降低温度的作用，为我们展示了一个低成本、本土化并适应当地气候特征的建筑设计范本。

在甘地纪念馆可以俯瞰萨巴尔马蒂河两岸的景观带，感觉这里刚刚改造完，即使是在 1 月，这个地区温度最适宜的时间，景观带中也几乎看不到人影，要是在炎热的夏季，更是难以想象的了。

阿达拉基阶梯井

阶梯井又被称为阶梯池塘，是古代印度一种重要的建筑类型，也是古代印度人民应对炎热干旱气候的智慧发明。阶梯井通常比较深，通过台阶直达地下，既可以获取地下水，又可以休息纳凉，阶梯井往往成为一个村庄或者区域生命赖以生存的水源地。因此为了更好地保护阶梯井，常常会在周边建设相应的建筑，久而久之就形成了具有地域文化和宗教特征的标志性建筑，印度最著名的阶梯井是位于古吉拉特邦帕坦县的皇后阶梯井，它于 2014 年被列入《世界文化遗产名录》。但是皇后阶梯井距离艾哈迈达巴德市中心有 130 千米的距离，往返需要 6 个多小时的时间，好在市区北部有一座规模较大的阶梯井，据说是艾哈迈达巴德最美丽的阶梯井——阿达拉基阶梯井，这里距离甘地

◇ 阿达拉基阶梯井外部

◇ 阿达拉基阶梯井内部

纪念馆只有 16 千米，大约需要半个小时的车程。阿达拉基阶梯井始建于 1499 年，平面呈十字形，可以从东、南、西 3 个方向进入阶梯井内，主体建筑都在地下，共计 5 层，建筑梁柱及墙面遍布浮雕，具有典型的伊斯兰教建筑风格。

艾哈迈达巴德历史城区

离开阿达拉基阶梯井，我们又返回了市区，去看看艾哈迈达巴德历史城区，该历史城区在 2017 年被列入《世界文化遗产名录》。萨巴尔马蒂河呈南北向从艾哈迈达巴德市区流过，城市西侧是新城区，东侧为老城区，历史城区就位于老城区的核心地带。

当我们的汽车停在世界文化遗产之一的辛迪·塞义德清真寺门前时，被告知前面的老城区不允许大车通行，只有三轮车可以进出，经过商量大家决定步行去看看老城区内的核心建筑——贾玛清真寺。回国后在地图上量取距离才知道这段距离其实还不到一千米，但是这一千米

◇ 老城内的石头拱门

给我们留下了深刻的印象，因为我们进入印度以来还没有看到过如此多的车与行人。

拐过一个弯，就看到远处的一座城门，三开间的石头拱门上满是雕刻，等了半天只能拍一张人车混行的照片了，感觉这里像是一个批发市场。进入贾玛清真寺内院之后，门外尘世的喧闹刹那间归于平静，我们可以在这里暂时休息一下。贾玛清真寺的庭院为东西向长的长方形，北、东、南3侧建有柱廊，西侧为清真寺的礼拜殿。庭院中间设有清洗水池，由于东侧建有伊斯兰教墓地，我们从北侧的道路直接到达清真寺的内庭院。

由于曾经拆除了大量印度教庙宇来建造清真寺，因此许多清真寺都具有印度教建筑的细节与装饰，贾玛清真寺也不例外，该清真寺于1423年建成，礼拜殿的主体建筑形式很独特，与耶路撒冷阿克萨清真寺（建于705—715年）的造型相近。入口处为三开间尖拱大门，两侧为开敞式侧廊，高度比中间略矮，并与柱廊完美地结合在一起。

清真寺礼拜殿的屋顶部分由15座石头砌筑的穹顶组成，室内可以清楚地看到穹顶与石头梁柱的完美结合。大厅内石柱林立，据说这里共有260根柱子。我们正赶上信徒下午2点在清真寺做礼拜，在资料照片中可以看到人多时整个庭院满是做礼拜的信众。

从贾玛清真寺返回下车的地点，去看看对面的辛迪·塞义德清真寺，清真寺位于闹市街头，建于1572年，整个清真寺进深很小，入口处为开敞式的五开间尖券拱廊，清洗水池靠南侧设置。礼拜殿西侧的石头漏窗采用植物枝叶的形式，雕刻得非常精细，很有特色，我们是下午3点多

◇ 贾玛清真寺

◇ 贾玛清真寺大厅

◇ 辛迪·塞义德清真寺

到这里的，应该是最佳的观看和拍摄时间。但是由于准备不足，当时只在室内观看，没有去看建筑西侧立面，后来在网上看到网友们拍摄的精美照片，遗憾的心情真是难以言表。

总结艾哈迈达巴德的考察经历，近两天的考察时间不算多，也不算少，感觉遗憾的是周五、周六恰逢当地的公共假日和休息日，一些建筑没有开放，尤其是没有看到路易斯·康设计的印度管理学院教学楼，这是艾哈迈达巴德之行的最大遗憾。

艾哈迈达巴德—班加罗尔

飞行时长：2 小时 15 分

从艾哈迈达巴德飞到班加罗尔需要两个多小时，我们到达旅馆时已经是第二天凌晨了，因为当天还要乘坐晚间 9:30 的飞机飞往孟买，所以大家约好吃完早餐后 8:30 出发，前往距离旅馆 130 多千米的索纳特布尔，考察印度南部保存最完整的印度教庙宇——索纳特布尔的卡撒瓦神庙。

索纳特布尔位于班加罗尔的西南部，这里临近迈索尔，迈索尔是一座有 600 年历史的城市，这里有印度最壮观的皇家宫殿——迈索尔皇宫，如果能够从迈索尔飞回孟买，就可以避免走回头路了，但是距离迈索尔周边的机场较远，迈索尔南部的小机场又查不到航班信息，我们只能从索纳特布尔返回班加罗尔。

当初选择来班加罗尔，主要是希望走进并感受南印度的风情，计划活动的区域是由班加罗尔、金奈（旧称马德拉斯，1996 年更名为金奈）和坦贾武尔组成的三角形地带。在金奈可以沿着世界上最长的城市海滩考察世界文化遗产——默哈伯利布勒姆古迹群，以及五辆战车神庙、海岸神庙等地，也可以去看看玄奘法师曾经到过的甘吉布勒姆。在坦贾武尔可以考察世界文化遗产——印度最雄伟的古代神庙坦贾武尔神庙。但是在实际拟定行程时发现三地之间的交通中转都需要经过金奈，需要三四天的时间，如果选择乘坐夜间火车，大家又都心有疑虑，后来就取消了金奈和坦贾武尔的行程，保留了班加罗尔的行程。

在班加罗尔我们除了考察索纳特布尔的卡撒瓦神庙外，还计划考察市区内的班加罗尔州政府（市政厅）及卡纳塔克邦高等法院，多西设计的印度管理学院班加罗尔分校，以及怀特菲尔德维万塔酒店等项目。

周末的清晨，汽车行驶在班加罗尔的高架桥上，我们感受着窗外温暖而湿润的空气，心情变得放松起来。班加罗尔是印度南部卡纳塔克邦的首府，印度第五大城市，这里是印度的科技研究中心，印度科学学院等重要的研究机构都设在这里，如今的班加罗尔被称为“印度的硅谷”，是印度 IT 业发展的中心，也是印度发展快速的城市之一，这里有大量新建建筑，城市面貌和环境都与艾哈迈达巴德有很大差别。据史料记载，1809 年英国人来到这里，并于 1831 年将此地更名为班加罗尔，2006 年 11 月，这座城市又重新恢复了原有的名字——本加卢鲁，但是人们依然习惯称其为班加罗尔。

班加罗尔的城市建设及管理相对都要好一些，但还没有出城，就遇到了堵车，即使是出了班加罗尔市区，道路也时有拥堵，车速时快时慢。除了中间有短暂的休息，司机和导游顺便吃顿早餐外，我们的车一直处于行驶状态。

班加罗尔建议考察项目分布示意图

1. 班加罗尔州政府（市政厅）及卡纳塔克邦高等法院
2. 印度管理学院班加罗尔分校
3. 怀特菲尔德维万塔酒店
4. 班加罗尔 IT 国际科技园区

随着越来越靠近索纳特布尔，路上的车辆越来越少，道路两侧的树木发生了变化，从棕榈树换成了椰子树，玉米正在抽穗，风景如画，大家感叹这真是一块风水宝地。

卡撒瓦神庙

经过3个多小时的颠簸，我们在中午12点的时候才赶到位于索纳特布尔的卡撒瓦神庙，这里看起来像是一个小村庄，一条斜向的道路伸向远方，路的尽头是一棵大树，虽枝繁，但叶不茂，仿佛是一幅展开的画卷，看到如此美景，大家一路的疲劳随之烟消云散了。

卡撒瓦神庙西侧背靠高韦里河，其平面布局与其他地区有所不同，它采用围廊式的院落，这同中国佛寺早期廊院式的布局非常相近。卡撒瓦神庙始建于1268年，院落平面为长方形，院落中靠西侧一座宽大的台基上有由3个圣坛组成的主体建筑，圣坛的塔形屋顶只有10米高，

◇ 卡撒瓦神庙入口

◇　卡撒瓦神庙主体建筑

◇　卡撒瓦神庙主体建筑背面

◇　卡撒瓦神庙室内

◇　卡撒瓦神庙室内藻井

内部空间十分狭小，反映出该地印度教庙宇的布局特征，即注重外部形式，并以圣坛为主要膜拜对象，大型宗教仪式活动都在廊院中进行。

受早期木结构营造技艺的影响，卡撒瓦神庙仍然模仿木结构建筑的特点，布满建筑外表的细密雕刻令人窒息。黑色的石材加上精细的雕刻形成了卡撒瓦神庙突出的艺术特色。庙内许多柱子显然是由磨具进行水平切削和打磨而成的，尺度夸张的落水斗不知道柯布西耶事先看没看过，在柯布西耶、柯里亚、多西的设计中都出现过。建筑内外有许多修复的痕迹，有些地方甚至是临时堆砌而成的，整个庙外侧有高达 4 米多的封闭石墙围护。

我们在卡撒瓦神庙只停留了大约一个小时，就返回班加罗尔，路上在当地人吃饭的餐厅吃了顿午餐，快进入市区时又遇到了堵车，赶到市中心时已经是晚上 6:00 了。不到 140 千米，往返近 10 个小时，想一想内心都要崩溃，已经没有时间去考察其他项目了，趁着太阳还没有落山，只能抓紧时间去看看市中心的班加罗尔州政府及高等法院了。

班加罗尔州政府及卡纳塔克邦高等法院

班加罗尔州政府建于1952—1957年，是印度独立初期将印度的传统文化与西方传统建筑相结合的代表作品，处处流露出时代的痕迹，这一点很像我国1950年代初的建筑理念。班加罗尔州政府对面就是卡纳塔克邦高等法院，两个建筑中间隔着一条封闭的道路，卡纳塔克邦高等法院是一座罗马复兴式风格的建筑，建筑规模不大，入口处是爱奥尼柱式的外廊，后刷的红褐色涂料具有典型的印度地域特色。

◇ 班加罗尔州政府

考察建议

班加罗尔之行大都在城市之外奔波，如果不去卡撒瓦神庙，用一天时间考察班加罗尔市内项目还是比较宽裕的，其中多西设计的印度管理学院班加罗尔分校、现代化的怀特菲尔德维万塔酒店都值得一看。

班加罗尔—孟买

飞行时长：1 小时 45 分

从班加罗尔飞往孟买的飞机准点到达贾特拉帕蒂·希瓦吉国际机场，由于我们预订的旅馆距离 T1 航站楼非常近，很快就到了。这是一家五星级旅馆，虽然老旧，但是各项设备设施非常齐全，这是我们进入印度以来卫生条件最好的旅馆，办理完入住手续，到达房间时已经是子夜 1:00 了，我们约定上午 10:00 出发考察孟买。

一月底的孟买气温比班加罗尔还要高，到中午时穿着短袖 T 恤还感觉热。我们从孟买城市北部一路向南，沿着长长的班德拉·沃利跨海大桥一直驶向孟买岛的南端——印度门，这座连接马希姆港湾南北两端的印度最长的斜拉大桥于 2009 年建成，大桥的西侧是阿拉伯海，隔着海湾东侧就是薄雾中的孟买。

提到孟买，许多人都喜欢将它同中国的上海进行比较，两者之间确实有许多共同点，但是两者之间的差异也是不言而喻的。孟买是印度最

孟买建议考察建筑分布示意图

1. 印度门
2. 泰姬玛哈尔饭店
3. 威尔士亲王博物馆
4. 孟买大学老校区
5. 孟买最高法院
6. 孟买火车站
7. 孟买市政厅
8. 干城章嘉公寓
9. 安蒂拉私人豪宅
10. 帝国双塔
11. 托特屋
12. 贾特拉帕蒂·希瓦吉国际机场 T2 航站楼
13. 象岛石窟

大的海港、商业中心和电影基地，著名的宝莱坞影城就位于孟买的北部。孟买是马哈拉施特拉邦的首府，人口达到2000多万，仅次于首都新德里。历史上孟买曾经先后被葡萄牙和英国占领，印度门附近的许多欧式建筑就源于这段历史。

印度门

印度门位于孟买岛东南端的阿波罗码头上，面对孟买湾，据说这里是英国殖民者最先登陆孟买岛的地点，也是1947年印度独立后英国军队撤离印度的地方。印度门高26米，是为了纪念1911年英国国王乔治五世和王后到访印度而建设的，现在已经成为孟买的标志性建筑之一，印度门西南角奠基石上标注的动工时间为1913年3月31日，但是一直到1924年才建成。印度门的整体造型有西方凯旋门的影子，但是许多细节做法，例如浮雕图案和石板花格窗都来源于印度教和伊斯兰教建筑的影响。

◇　印度门

◇　印度门局部

泰姬玛哈尔饭店

印度门的西侧就是泰姬玛哈尔饭店，即泰姬陵饭店，这是一家五星级饭店，用陵墓的名称来命名饭店对于我们来说很难理解，该建筑建于1903年，是西方建筑与印度传统建筑风格的结合，立面上一排排细密突出的阳台让我们看到了斋浦尔的风之宫的影子。在2008年孟买恐怖袭击事件中，泰姬玛哈尔饭店成为恐怖袭击的目标而遭到局部损毁，东侧白色的高楼为泰姬玛哈尔饭店新建部分。

我们原本计划从印度门前往象岛石窟，象岛石窟建于450—750年，1987年被列入《世界文化遗产名录》，也是我们印度之行选择的唯一一个石窟考察项目。象岛石窟位于孟买湾内，距离印度门大约11千米，需要乘坐渡轮前往，渡轮售票室就在印度门西侧的半地下空间里，参观往返需要3个多小时，由于当天是周一，因此象岛石窟及大部分博物馆均闭馆，这使我们原本时间比较紧张的孟买考察计划变得轻松了许多。

◇ 泰姬玛哈尔饭店

除了泰姬玛哈尔饭店外，在印度门一带还有一些英国殖民时期的建筑值得一看，例如威灵顿广场附近的威尔士亲王博物馆、孟买大学老校区及孟买最高法院。威尔士亲王博物馆建于1904—1914年，由英国建筑师乔治·维泰特设计，该建筑使用了大量印度传统建筑的语汇，巨大的白色穹顶让我们想起了泰姬陵，该博物馆于1921年正式开馆，因威尔士亲王1905年来到孟买为其奠基而得名。孟买大学老校区位于威尔士亲王博物馆西北侧，孟买大学始建于1857年，是印度历史上最悠久的大学之一，由设计过英国最美丽的火车站——伦敦圣潘克斯火车站的吉尔伯特·斯考特主持设计，高达80米的拉贾拜钟塔及图书馆都充满了哥特复兴的气氛。同样是哥特风格的孟买最高法院位于孟买大学的南部，中间隔着一条大学路，建于1848年。

孟买火车站及孟买市政厅

孟买火车站位于印度门北侧大约2000米处，该火车站于1878年建成，为了纪念维多利亚女皇即位50周年而被命名为维多利亚终点站，由英国建筑师威廉姆·史蒂芬设计，是一座哥特复兴式建筑。1996年，“维多利亚终点站”更名为“贾特拉帕蒂·希瓦吉终点站”，2004年被列入《世界文化遗产名录》。

孟买火车站为尽端式站台，目前仍然在运营，室内售票大厅和站台都保存完好。该建筑外表以石材为主，通过灰色、米黄色和红褐色石材的交替使用，创造出丰富的视觉效果，除了局部装饰图案具有印度传统特色之外，形式上没有印度传统建筑的痕迹，整个建筑布满了装饰图案与构件，特别是主穹顶上部夸张的排水口让人眼花缭乱。

孟买火车站西侧是孟买市政厅，高高的塔楼吸引着人们的目光，这座建筑于1893年建成，同样为哥特风格，但是建筑整体造型要简约一些，土

◇ 孟买火车站

体建筑两侧的高塔受到印度及伊斯兰教建筑的影响，细部浮雕装饰中加入了许多印度传统文化元素。由于两座建筑使用了相同的材料，虽然体量和形式有所不同，但仍然形成了较为完整的建筑群体效果。

干城章嘉公寓

干城章嘉公寓是柯里亚的代表作之一，建于1970—1983年，位于孟买临阿拉伯海一侧的南北向快速路西侧，我们前往印度门时就已经看到了它的身影，在高层建筑林立的孟买，干城章嘉公寓的色彩和造型都显得非常独特。

据资料记载：干城章嘉公寓平面呈正方形，高85米，共27层，有32套豪华公寓住宅，以三室户型和四室户型为主，通过增加局部跃层组合成更大的户型，这种复杂的户型设计显然受到柯布西耶马赛公寓的影响。每一户都设有夹层或错层，并拥有两层高的、私密性非常

◇ 孟买市政厅

强的室外阳台，挑高的阳台将高层住宅的室内外空间很好地结合起来，对于炎热的孟买来说，还可以加强通风效果，这就是我们在外侧看到建筑四角超尺度凹入阳台的原因，柯里亚设计的干城章嘉公寓为高层住宅的室内外空间设计创造了一个崭新的形式。

安蒂拉私人豪宅和帝国双塔

在干城章嘉公寓北侧相邻地块内还有两栋比较特殊的居住建筑，其中一栋是号称世界上最贵的私人豪宅——安蒂拉，该建筑由美国帕金斯威尔建筑事务所按照绿色建筑标准进行设计。据资料记载，该建筑高173米，造价高达20亿美元，屋顶设有直升机停机坪，而业主印度富豪穆克什安巴尼一家只有六口人，建筑周围安保人员荷枪实弹，仿佛是在看守一座监狱。安蒂拉造型奇异，既有W形的斜向支撑，还有巨大的出挑阳台，堆砌感十足。对地图不同时间的影像分析，2003年原有建筑开始拆除，新建建筑2009年封顶，2011年建成使用。这一区域树木茂盛、环境幽静，周围都是高档居住区。

◇ 干城章嘉公寓

◇ 安蒂拉——私人豪宅

在安蒂拉东北侧就是两座高达250米的帝国双塔，由哈菲兹事务所设计，2002年开始建设，2011年竣工，为60层的居住建筑，两座玻璃尖顶和蓝色的墙板非常醒目。干城章嘉公寓、安蒂拉私人豪宅、帝国双塔这3座建筑都是高标准的居住建筑，是孟买不同时期、不同类型居住建筑的代表。

托特屋

托特屋由思锐建筑师事务所设计，并于2009年改造完成，这里原来是建于19世纪末的巨大的皇家赛马场——马哈拉希米赛马场，赛马场周围遗留有马厩等大量的历史建筑，目前赛马场依然在运行，我们去时一场比赛正在进行，观众的欢呼声都听得非常清楚。

托特屋是一个改造设计项目，设计师是在保护建筑内部重新营造了一个新的空间，从现场来看是在保留原有建筑的基础上，在建筑内部重新建设了一个钢结构的支撑系统，置身其中仿佛是在大自然中一样，树状结构完美过渡，没有看到任何明显的焊接点，据介绍，施工时采用了激光切割和精致的焊接技术，整个改造工程不仅包括室内设计，

◇ 托特屋入口及室外环境

还包括室外景观设计，整体的改造施工品质无可挑剔。但是从现场实际情况来看，目前的经营出了一些问题，大餐厅内空空如也，我们原本想在这里吃午饭的安排也只能作罢了。

贾特拉帕蒂·希瓦吉国际机场 T2 航站楼

10 天印度考察的最后一站是 SOM 建筑设计事务所的孟买贾特拉帕蒂·希瓦吉国际机场 T2 航站楼。我们从印度孟买飞往埃及首都开罗的飞机是第二天凌晨 2:50 起飞，可以有充足的时间仔细看看机场航站楼，昨天我们从班加罗尔到孟买是在 T1 航站楼进港的，没有看到 T2 航站楼，当车辆驶入 T2 航站楼前面宽阔而巨大的雨篷时，我们都被航站楼营造的氛围震撼。

贾特拉帕蒂·希瓦吉国际机场 T2 航站楼从 2008 年开始设计建设，2014 年 1 月 10 日新航站楼正式启用，在新航站楼施工期间，南侧既有航站楼还在运行，新航站楼边施工，老航站楼边拆除，一直到 2016 年初新航站楼才全部建设完成，新航站楼建筑面积达 41 万平方米，年旅客吞吐量可以达到 4000 万人次。送客车辆可以直接从北侧的高架桥进入位于四层的出港大厅，大厅前面巨大的雨篷营造了一种宾至如归的氛围，雨篷与出港大厅之间设立了一道世界上最长的斜拉玻璃幕墙，15 米高的玻璃幕墙只有细细的斜拉钢索拉接，既通透又充满了技术含量，按照规定，没有机票是不能够进入航站楼内部的，这片通透感极强的玻璃幕墙成为亲朋好友相互告别的地方。

新航站楼 28 根巨大的蘑菇状柱子为人们营造了一个特殊的视觉空间，充满渐变韵律的外表皮组装构件与灯光交相辉映，让人们联想起印度的国鸟——孔雀，通体白色的顶棚让我联想起泰姬陵，贾特拉帕蒂·希瓦吉国际机场 T2 航站楼算是印度之行带给我们的最后一个惊奇，该建筑获得了美国建筑师学会（AIA）2020 年建筑大奖。

◇ 贾特拉帕蒂·希瓦吉国际机场 T2 航站楼雨蓬

印度旅行总结

回国后总结了本次印度的行程计划及注意事项：从艾哈迈达巴德前往班加罗尔飞行距离比较远，如果不去金奈和坦贾武尔，建议可以取消这段行程，直接从艾哈迈达巴德飞往孟买，也可以安排从博帕尔坐火车在“占西”下车前往克久拉霍，用克久拉霍替代班加罗尔对于普通旅游者来说，应该是更明智的选择。

对于去印度旅行，大家以往多是关注安全和卫生问题，对于团队游来说，安全问题不大；而旅行中的卫生问题，如果你没有洁癖，也不去一些偏僻的地方，不想到恒河里去沐浴，一切都还可以忍受；如果你有洁癖，最好带一套旅行睡袋。其实前往印度旅行，大家往往都忽略的一个问题就是吃饭，在印度旅行吃饭是一件重要的事情，占用的时间也比较多，这里几乎没有华人开设的中餐馆，国外常见的麦当劳、肯德基和汉堡王等西式快餐厅也很少见，西式早餐就算是最好的餐食了，而当地人吃的食物国人大部分都很难接受，有强烈气味的咖喱饭偶尔吃一顿还可以，而其他红红绿绿的调味酱更是难以下咽，因此对饮食比较挑剔的人要做好准备工作；还有一个影响因素是印度一些旅馆会提供午餐，不管你是否吃都已经包含在住宿费里了，因此往返于参观地点与旅馆之间要多花费一些时间，建议如果时间紧张可以在市中心吃快餐，这样会节省很多时间，但事先要告知旅馆；再就是网络问题，印度大都是3G，甚至是2G的网络，手机导航非常困难，事先要做好细致的出行准备，熟悉考察路线和考察项目所在位置；最后就是交通问题，印度没有真正的高速公路，路况大都不好，交通拥堵比较严重，通过公路进行不同城市的转换就变得比较困难，往往需要较长的时间，因此建议尽量乘坐飞机，当地的飞机还算比较准时，机票价格也比较便宜，例如我们从新德里到昌迪加尔，如果改为乘坐飞机，总体时间会节省一些，舒适度也会更好，只是印度国内航班托运行李的重量限定为15千克，但通常对手提行李没有重量要求。

印度虽然没有高铁，但是三四百千米之间的距离也可以乘坐火车，当地火车等级不同，卫生和舒适度都有很大差别，当然车票价格差别也很大，我们从博帕尔前往阿格拉的火车条件就算不错了，中间还提供餐食和冷饮。

10天的行程对于印度这样历史悠久、地域辽阔的国度来说，实在是太过紧张了，只能走几个重要的点，许多地方路途太远，由于不便于形成旅行线路而不得不取消。

引文注释

① 林承节.印度史[M].北京：人民出版社，2014:5.

② 林承节.印度史[M].北京：人民出版社，2014:193.

③ 邹德侬，戴路.印度现代建筑[M].郑州：河南科学技术出版社，2002:67.

④ 欧文.有生之年非看不可的1001座建筑[M].李诗晴，胡朦，译.北京：中央编译出版社，2014:633.

⑤ 邹德侬，戴路.印度现代建筑[M].郑州：河南科学技术出版社，2002:118.

⑥ 邹德侬，戴路.印度现代建筑[M].郑州：河南科学技术出版社，2002:113.

⑦ 格兰西.建筑的故事[M].罗德胤，张澜，译.北京：生活·读书·新知三联书店，2003:113.

⑧ 邹德侬，戴路.印度现代建筑[M].郑州：河南科学技术出版社，2002:159.

⑨ 汪永平，张敏燕.印度现代建筑：从传统向现代的转型[M].南京：东南大学出版社，2017:119.

参考文献

[1] 林承节 . 印度史［M］. 北京：人民出版社，2014.

[2] 邹德侬，戴路 . 印度现代建筑［M］. 郑州：河南科学技术出版社，2002.

[3] 欧文 . 有生之年非看不可的 1001 座建筑［M］. 李诗晴，胡朦，译 . 北京：中央编译出版社，2014.

[4] 格兰西 . 建筑的故事［M］. 罗德胤，张澜，译 . 北京：三联书店，2003.

[5] DK 公司 . 伟大的旅程［M］. 翟娜娜，译 . 北京：北京美术摄影出版社，2013.

[6] 汪永平，张敏燕 . 印度现代建筑：从传统向现代的转型［M］. 南京：东南大学出版社，2017.

[7] 奥博席耶 . 勒・柯布西耶全集：第 5~8 集［M］. 牛燕芳，程超，译 . 北京：中国建筑工业出版社，2005.

[8] 赵恒博 . 查尔斯・柯里亚［M］. 北京：中国三峡出版社，2006.

[9] 萧默 . 天竺建筑行纪［M］. 北京：三联书店，2007.

[10] 吴卫平，宋振东，宋洁 . 第一次玩印度就上手［M］. 北京：化学工业出版社，2012.

[11] 范毅，周敏 . 世界地图集：第 2 版［M］. 北京：中国地图出版社，2011.

[12] 邱秋娟 . 世界遗产之旅，艺术瑰宝［M］. 北京：中国旅游出版社，2005.

[13] 左尼斯 . 勒・柯布西耶：机器与隐喻的诗学［M］. 金秋野，王又佳，译 . 中国建筑工业出版社，2004.

[14] Lonely planet. 印度［M］. 郭翔，译 . 北京：中国地图出版社，2014.

[15] 李之吉 . 中外建筑史［M］. 北京：中国建筑工业出版社，2015.

[16] 夏普 .20 世纪世界建筑：精彩的视觉建筑史［M］. 胡正凡，林玉莲，译 . 北京：中国建筑工业出版社，2003.

在第二塔门前屹立着两尊拉美西斯二世的雕像，走过塔门就看到了神庙内最重要的建筑——拉美西斯二世安排建造的著名的多柱大殿。这是一座令人叹为观止的巨型建筑，大殿内部净宽 103 米，进深 52 米，密密麻麻排列着 134 根柱子，其中中间两排 12 根纸草盛放式圆柱高 21 米，直径 3.57 米，其余 122 根是简化的纸草束茎式圆柱，高 12.8 米，直径 2.74 米。中央石柱上架设着 9.21 米跨度的石梁，重达 65 吨。中央两排柱子比较高是为了形成采光的窗口，可以想象，当微弱的阳光渗过窗格游入石林般的大殿时，会是何等森严神秘的景象。

在第三和第四塔门之间原有 4 座方尖碑，目前只存留有一座为图特摩斯一世建立的高达 22 米的方尖碑。走过第四塔门，可以看到为哈特什帕苏女王建立的两座方尖碑，其中一座方尖碑已经断裂，残部被摆放在第七塔门前的小广场上，保存完好的方尖碑高达 30 米，重约 325 吨，由一整块红色花岗岩建造而成，上面刻满了图案和文字。穿过图特摩斯三世庆典大厅就可以看到后面的拉美西斯二世神庙遗址和最后一道塔门，这里是卡纳克阿蒙神庙的最东端。

◇ 从圣湖看卡纳克阿蒙神庙遗址

◇ 卡纳克阿蒙神庙正门

◇ 哈特什帕苏女王建立的两座方尖碑

◇ 图特摩斯三世庆典大厅

◇ 拉美西斯二世和最后一道塔门

据说卡纳克阿蒙神庙内有壁画浮雕5000余幅，雕像8万余件，充分展示了新王国时期古代埃及文明的灿烂与辉煌。如果有时间最好绕到圣湖的南侧去拍摄神庙的整体照片，圣湖南侧的坡道是夜晚灯光秀的观众席，如果上到那里，也可以拍到特殊角度的照片。

卢克索阿蒙神庙

卢克索阿蒙神庙位于卡纳克阿蒙神庙西侧，两者距离不到3000米，原来两座神庙之间有长长的狮身人面像大道相连，现在一些地段还在挖掘和修复，将来会逐渐恢复当初的样貌。因为卢克索阿蒙神庙正门朝向东北，一大早去可以拍摄光线更好的照片，而我们赶到时已经是快下午4点了，还好夕阳正好照亮了方尖碑的西北侧，不巧的是一台起重机停在这里，正在修复一尊雕像，原来是拉美西斯二世立姿雕像残缺的头像。我们只好跑到北侧，躲开起重机，拍摄出的照片效果还不错。

卢克索阿蒙神庙是由阿门荷太普三世于公元前1360年开始修建的，后来拉美西斯二世又对它进行了扩建，神庙大门前原有6尊拉美西斯二世的雕像，其中2尊为坐像，现在只有4尊相对完整，1尊正在修复。石墙上刻满了公元前1286—前1285年拉美西斯二世在叙利亚卡叠什同赫梯军队作战场景的浮雕，这些浮雕和拉美西斯二世的坐像原来都是彩色的。入口前面原有两座方尖碑，现存一座，另外一座在 1833 年被运到法国，1836 年竖立在巴黎协和广场上。

从大门进去要经过拉美西斯二世庭院和阿门荷太普三世庭院才能到达神堂。在两个院子间是阿门荷太普三世建造的气势雄伟的巨大柱廊，在阿门荷太普三世庭院内曾经挖掘出大量文物，它们现在都陈列在卢克索博物馆。冬季埃及大部分文物遗址都在下午 4 点或 5 点关闭，只有博物馆

◇ 黄昏中的卢克索阿蒙神庙

◇ 拉美西斯二世庭院

◇ 卢克索阿蒙神庙前的狮身人面像大道

很晚还开馆，也算是与前者相互弥补一下。

◇　卢克索博物馆

◇　卢克索博物馆室内展厅

◇　精美的浮雕

卢克索博物馆

卢克索博物馆位于卢克索阿蒙神庙和卡纳克阿蒙神庙之间，建于尼罗河岸边，是除了埃及博物馆之外，埃及最值得看的一个博物馆，这里上午开馆，中午休息，下午5点再次开馆。我们去的早了一些，就坐在尼罗河的堤岸边，欣赏着尼罗河的日落美景，眺望对岸悬崖峭壁下隐隐约约的哈特什帕苏女王墓，想着明天一早就要看到神秘莫测的帝王谷，内心有一种说不出的感觉。

卢克索博物馆只有两层，展览面积不大，主要展览卢克索周边区域考古挖掘出来的文物，其中许多精美的雕像制作工艺精湛，我们无法相信在几千年前，古代埃及人是怎样在坚硬的花岗岩上雕刻出如此精美的艺术作品的。以往在其他博物馆中看到古埃及时期的雕像时大都匆匆而过，现在仔细琢磨才有了全新的认识，卢克索博物馆让我们重新认识了古代埃及文明。

我们住的旅馆就在尼罗河边上，早晨起来到河边走走，清澈的尼罗河缓缓地流淌，天空中飘浮着热气球，帆船和游轮静静地停靠在岸边，出境十几天来第一次有了度假的感觉，卢克索是世界上几处比较适合乘坐热气球的观光地，在空中可以俯视尼罗河两岸的建筑遗址。

帝王谷

帝王谷朝东，因此最好一早就来这里，人少而且光线好。一个小时后，我们才从卢克索阿蒙神庙绕到了尼罗河西岸的帝王谷，但是天空依然还是灰蒙蒙的，我们坐上黄色的专用车辆进入景区。虽然古代埃及建设了规模庞大的太阳神庙，但新王国法老们的实际葬身之处是在山崖后一处后来被称为“帝王谷”的神秘山谷中。其背景上的一座高山酷似金字塔，给这里平添了几分神圣的含义。第一位埋葬于此的法老是图特摩西斯一世，其目的是躲避盗墓者，但据史料记载，63 座王室陵墓中，除了图坦卡蒙法老的陵墓之外，所有墓室都被历代盗墓者发现并洗劫一空。1922 年 11 月，英国考古学家卡特和卡那封勋爵经过 6 年的探索和挖掘，终于发现了唯一未被盗掘的第十八王朝少年法老图坦卡蒙的地下墓室，这可能是考古学历史上最激动人心的发现之一，

◇ 帝王谷（右下角为图坦卡蒙法老的陵墓入口）

图坦卡蒙墓室中的文物绝大部分都陈列在开罗的埃及博物馆中。图坦卡蒙生前默默无闻，不到20岁就莫名死去，3000多年之后却成为知名度最高的法老，按照古埃及人的传说，他应该已经在天堂中复生了。

考察建议

持帝王谷的门票可以参观3个法老的墓室，据说是为了保护好这些重要的文化遗产，减少游客对墓室内雕刻和绘画的影响，每天开放的3个法老的墓室都不相同，但是要进入图坦卡蒙墓则需要单独买票，图坦卡蒙墓室非常小，而且墓室内不容许照相。

我们在弥漫着死亡气息的帝王谷只停留了一个多小时，离开帝王谷之后，我们就前往号称埃及“武则天”的哈特什帕苏女王墓地，这里离帝王谷只隔着一座山梁，距离非常近，开车绕一个弯也就十几分钟，半路上还看到山丘之上一座保留完好的院落，半球形的住宅屋顶非常醒目，那里就是图坦卡蒙墓的挖掘者——考古学家卡特的老宅，现在作为博物馆对外开放，据说那里还有一个图坦卡蒙墓室的复制品，对考古感兴趣的朋友可以去看看。

◇ 地下墓道

◇ 地下墓室

哈特什帕苏女王墓

在哈特什帕苏女王墓前的停车场就能够清楚地看到高高的悬崖和下面的墓地了，但如果想进入，还需要坐一段景区内的专用车辆，要想拍摄没有游人的照片，就得在早晨开门之前就赶到这里。

新王国时期依然非常重视陵墓的建造，公元前 1470 年，埃及历史上第一位女王哈特什帕苏在底比斯西岸那座 500 多年前中王国的缔造者曼都赫特普一世陵墓旁建造了一座样式相似，但规模和气派远胜一筹的新陵墓，使之成为新王国时期气势最为宏大的陵庙建筑之一。

在面向东南方的一处高约 300 米的红色山崖前，一条两旁站立着众多的斯芬克斯像的长长大道，从尼罗河河畔一直延伸到塔门前，进入塔门之后是一个巨大的庭院，庭院的尽头建有巨大的柱廊，柱廊中央是

◇　哈特什帕苏女王墓和曼都赫特普一世墓

◇ 第三层平台

◇ 曼都赫特普一世墓

一条长长的坡道通向第一平台。现在坡道前只有一座修复的斯芬克斯像，其他都已损毁，女王墓直接暴露在沙漠尽头的山崖之下。

哈特什帕苏女王墓的造型十分简洁，如果没有古埃及的纹饰和后来修复的雕像，它看起来简直就是一座现代建筑，从第二平台可以眺望尼罗河对岸的卡纳克阿蒙神庙。哈特什帕苏女王墓曾经遭到人为的破坏，图特摩斯三世极力破坏这位继母留下的一切信息，第三层柱廊外侧众多女王的雕像都是由破碎的石块修复而成的，从 1891 年开始不断的挖掘和修复才使女王墓逐渐展现原来的面貌。

曼都赫特普一世墓

在哈特什帕苏女王墓的西侧就是比女王墓要早 500 多年的曼都赫特普一世墓（在位约 50 年），墓前也建造了规模宏大的祭祀殿堂，它开创了古代埃及帝王陵墓的新形制。陵庙的正面朝向东南方，通过一条两侧站有狮身人面像的石板路，然后是一个宽阔的封闭庭院，再由长长的坡道登上第一层平台。平台前沿是一层柱廊，平台的中央留有建筑的痕迹，它的四周建有柱廊。这座遗迹曾被认为是一座坍塌的有金字塔式屋顶的祭堂，体现其受早期金字塔陵墓的影响。最后面则是一座从山岩里开凿出的有 80 根柱子的大厅，这是已知最古老的多柱式大殿。目前曼都赫特普一世墓破损严重，没有对外开放。哈特什帕苏女王墓朝向东南方，最好中午前来这里。

曼农石像

由于要在下午 4 点闭馆前赶到 120 千米外的何露斯神庙，我们放弃了拉美西斯二世葬祭神庙和拉美西斯三世葬祭神庙两个考察项目，只是在曼农石像前做了短暂停留，但是从哈特什帕苏女王墓前往曼农石像的路上正好路过拉美西斯二世葬祭神庙的考古现场，高大的雕像令人震撼，如果有时间应该去看看。

曼农石像位于进入西岸庞大遗址群道路的东侧，这两座面目不清、高达 18 米的巨型坐像令人震撼。据说曼农的名称来源于一个传说，在公元前 27 年，底比斯发生了一场强烈的地震，地震导致这两座巨型雕像破损并倒塌，后来人们发现每当清晨太阳升起的时候，破损

◇ 巨大的曼农石像

的雕像都会发出悠长的声音，后来被人们演绎为是战死在特洛伊战场上的晨曦女神传奇之子曼农的哀叹，“曼农石像”的称呼一直沿用至今。实际上这两座石像都是阿蒙霍特普三世法老，西侧雕像的腿部两侧是阿蒙霍特普三世母亲和妻子的雕塑，据说这里是埃及目前发现的最大葬祭神庙遗址，当年“金砖筑墙、银砖铺地”，随着考古挖掘，这里正在逐渐展现出原有的面貌，远处的一座高大石雕坐像正在修复过程中。

考察建议

前一天中午到卢克索，第二天中午离开这里，实际上我们在这里只停留了一天，如果想仔细看看，卢克索需要安排两天的时间，最少也要一天半。

卢克索—伊德富

距离：约 120 千米

伊德富小镇位于卢克索的南部，尼罗河的西岸，这里是卢克索前往阿斯旺的必经之路，顺路考察非常方便，但是需要早早离开卢克索，这是之前没有考虑到的。我们中午 12 点就离开了曼农石像，前往伊德富，中间简单吃了顿午餐，约 120 千米却走了 3 个多小时，沿路的车辆不多，路况也可以，但是每隔一段路程就会遇到一个减速带，车辆必须以很慢的速度才能够通过，沿途军人和武装人员管理的哨卡和路障不计其数，赶到伊德富小镇时已经是下午 3 点了，正好可以欣赏夕阳下的伊德富小镇和何露斯神庙。

何露斯神庙

伊德富是古希腊统治时期建立的城市，被希腊人称为“太阳之城”，这里曾经是宗教和商业中心。何露斯神庙是托勒密王朝时期建造的重要神庙，始建于公元前237年，用时180年才建造完成。由于建成时间相对较晚，又没有遭到尼罗河水灾的侵害，何露斯神庙是目前埃及保存最为完整的古代神庙。

何露斯神庙位于距离尼罗河西岸900米处的高地上，周边庞大的建筑废墟遗址令人震撼，这里曾经被黄沙掩埋，上面甚至盖满了民居，19世纪中叶才因考古专家的意外发现而重见天日。

◇ 何露斯神庙入口

◇ 献祭厅及庭院

何露斯神即俗称的老鹰神，其老鹰的头部造型浮雕和雕像遍布古埃及神庙和陵墓，整个神庙布局呈南北向的长方形，大门前就是著名的诞生之屋，是庆贺何露斯与哈特之子诞生的地方，墙面上有哈特哺育爱子的浮雕。拐过诞生之屋就可以看到宽79米，高36米的塔门，两座威猛的老鹰神雕像屹立在塔门两侧，塔门两侧高墙上的浮雕描绘着托勒密十二世祭杀敌人的画面。

进入塔门后，眼前是一座宽阔的祭祀庭院，两侧柱廊映衬着底端高大的献祭厅，这里的柱式具有更为完整的柱头和比例匀称的柱身。献祭厅入口两

◇ 塔门入口处的老鹰神雕像

◇ 献祭厅前的老鹰神雕像

侧各屹立着一尊老鹰神雕像，西侧的雕像头戴代表上下埃及的王冠，威严怒目、气宇轩昂。穿过第一和第二多柱大厅，就可以看到圣堂里面的圣船，前面是老鹰神的木雕像。

其实最能感受到神庙空间感的是U形侧廊，这里空间狭小，墙面布满了浮雕。我们在何露斯神庙一共停留了一个半小时，赶到阿斯旺市区时天已经黑了下来。

伊德富—阿斯旺—阿布·辛拜勒

车程：约8小时

阿斯旺是埃及最南端的城市，这里资源丰富，盛产黄金和花岗岩，自古以来就是努比亚文化遗存的集中区域。我们在阿斯旺只停留一整天的时间，计划凌晨前往努比亚最重要的遗址——阿布·辛拜勒神庙和尼菲塔莉神庙，之后返回阿斯旺，参观阿斯旺大坝、菲莱神庙和尚未完工的方尖碑及采石场，如果有时间还想去看看努比亚博物馆和著名的苏克大街。

阿布·辛拜勒神庙

凌晨起床，在餐厅简单吃一口打包的早餐就前往埃及的最南端，距离苏丹边境不到40千米的阿布·辛拜勒，陪同我们一起去的有4个人，2名司机、1名导游和1名旅游警察。我们一路向南，出了市区卡口后，一路上再没有了减速带，几乎所有的车辆都朝南行驶，大约早晨6点

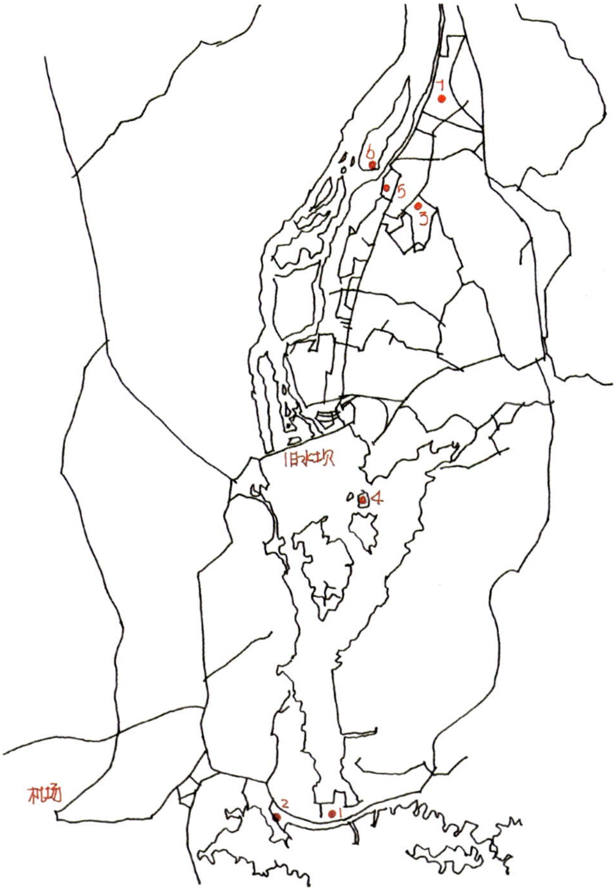

阿斯旺建议考察项目分布示意图

1. 阿斯旺大坝
2. 苏联和埃及友谊纪念碑
3. 未完工的方尖碑及采石场
4. 菲莱神庙
5. 努比亚博物馆
6. 尼罗河丈量仪遗址
7. 苏克大街

时东方开始逐渐亮起来了，6:35一轮红日冉冉升起，司机把车子停在路边，大家尽情地欣赏沙漠日出的美丽景象，由于沙漠一望无际，没有任何阻挡，再加上天气晴朗，火红的太阳分外妖娆，这时回头看，月亮还挂在半空中呢。

我们到达阿布·辛拜勒时已经是早晨8点了，这时游客还不多，远远望去，一座人工堆起来的小山映入眼帘，小山的另一面就应该是阿布·辛拜勒神庙，这时突然没有了昨天在卢克索考察神庙遗址的那种神圣感，好像来到了一处人造景观一样。

公元前1250年，执政长达67年的拉美西斯二世在尼罗河上游努比亚地区的阿布·辛拜勒修建了一座雄伟而独特的神庙。神庙全部是在尼罗河西岸的崖壁上开凿而成。面朝东方，宽36米、高32米的门楼前有4尊高22米的拉美西斯二世巨型坐像，雕像的小腿之间是其他王族的雕像，其中包括拉美西斯二世的母亲、王后和儿子，它们的尺度是如此之小，反映了古埃及森严的等级制度。入口最上方是迎接朝阳的22只狒狒的浮雕，中间则是雷·哈拉克提的雕像，入口两边侧墙上的浮雕描绘着在卡叠什战役中被俘虏的敌人。

神庙内部进深超过60米，由许多厅堂组成。第一多柱大厅长18米，宽16.7米，设有8尊高达10米的拉美西斯二世雕像，穿过第二多柱大厅就可以看到圣坛内的4尊雕像，从左至右分别是：卜塔、阿蒙、拉美西斯二世和雷·哈拉克提，每年的2月20日和10月20日，也就是拉美西斯二世的生日和加冕日，阳光都会穿过多柱大厅射入圣坛，照亮右侧的3尊雕像，唯有左侧的雕像依然隐藏在黑暗之中，因为这尊雕像是黑暗之神——卜塔，据说神庙迁到新址以后，这种现象被推迟了一天。

在拉美西斯二世葬祭神庙的东侧还有一个神庙，是皇后尼菲塔莉的神庙，献给女神哈托尔。在入口处有6尊10米高的雕像，法老雕像中间就是皇后的雕像，头戴象征哈托尔女神的王冠，石窟内的柱子上也有皇后的雕像，两座神庙室内都不容许游客拍摄照片。

据史料记载，1813年5月22日，瑞士探险家路易斯·布尔克哈特意外发现了4尊掩埋在沙土中的巨型雕像。1817年8月1日，一名意大利探险家通过挖掘清理发现了神庙的入口，消失了11个世纪的神庙开始重新进入人们的视野。后经法国学者弗朗西斯·商博良对神庙中的文字进行考证，确定阿布·辛拜勒神庙是由拉美西斯二世建造的。

20世纪50年代，埃及政府决定修建新的阿斯旺大坝，到时候湖水将抬高约50米，努比亚地区大量的文物遗址将被淹没，阿布·辛拜勒首当其冲。1955年，联合国教科文组织委托法国地理研究所负责对埃及尼罗河流域进行文物调查和航拍工作。最初对阿布·辛拜勒神庙提出了多种保护方案，例如英国小组提出的水下保护方案，意大利小组提出的整体顶升方案，以及建造围堰阻隔湖水等方案。考虑神庙是由沙砾聚集而成的砂岩雕凿而成的，以及所在地交通运输条件的限制，最后决定采用切割的方式，两座神庙被切割成2000多块重达10~40吨的石块，许多地方是由手工切割完成的，锯口被控制在6毫米范围内，整个切割工作进行了两年。之后在原址后方60米高的地方重新组装起来，为了保证修复后的结构强度，在阿布·辛拜勒神庙后面浇

◇ 尼菲塔莉的神庙和远处的拉美西斯二世葬祭神庙

◇ 拉美西斯二世葬祭神庙

筑了一座钢筋混凝土的穹拱，整个工程耗资约4000万美元，历时4年才完成，1968年9月重新对外开放。

今天我们看到的是已经迁移了50多年的神庙遗址，但是周边环境依然有比较明显的人工痕迹，阿布·辛拜勒神庙切割的印迹也历历在目，如果是今天肯定会有更好的保护方式，这也说明文物本体一旦离开它们原有的环境，其历史信息就会改变并造成很大缺失。

我们在阿布·辛拜勒停留了一个半小时，在返回阿斯旺的途中看到道路两侧丘陵起伏，有些山丘与金字塔非常相似，不知道金字塔最初的建造理念是否受到这种自然地貌的影响。其间还在沙漠公路上看到了海市蜃楼的景象，据说这种现象应该属于下现蜃景，看到了这么多平时从来没有看到的景象，早起的疲劳和辛苦也算值得了。

◇ 金字塔造型的山丘

考察建议

几乎所有从阿斯旺乘车前往阿布·辛拜勒神庙的旅游团都是要凌晨三四点出发，非常辛苦，主要原因是要在途中观看沙漠日出，并在中午时返回阿斯旺，以便有充足的时间参观阿斯旺周边的项目。如果最初进入埃及时从开罗经停阿斯旺转飞阿布·辛拜勒，就可以避免早起的辛苦，当然也就无法看到沙漠日出了，这是不同的选项，大家可以根据各自的情况进行选择。

阿布·辛拜勒—阿斯旺

距离：约 290 千米

阿斯旺大坝

在返回阿斯旺的路上，我们顺路去看了阿斯旺大坝。据资料记载，随着人口的增长，用水量也急剧增加，1898 年由英国工程师威廉·威尔科克斯爵士主持修筑阿斯旺大坝，大坝长 2441 米，高 50 米，即现在的旧水坝，历史上旧水坝曾经被迫在 1912 年和 1934 年加高两次，以满足灌溉和发电的需要，我们前往机场和阿布·辛拜勒都要经过旧水坝上的道路。

◇ 阿斯旺大坝旁的苏联和埃及友谊纪念碑

新水坝从 1960 年开始施工，于 1970 年竣工，水坝高 111 米，长 3830 米，当年苏联提供了部分工程资金以及工程师和重型机械设备，水坝起点处的苏联和埃及友谊纪念碑完好地保留到现在。

未完工的方尖碑

◇ 未完工的方尖碑

阿斯旺是埃及花岗岩的主要产地，在城市周围有许多采石场，其中最值得一看的是城市南部采石场中一个尚未完工的方尖碑。采石场上留下了大量开采石料的痕迹，一座未完工的方尖碑斜卧在石床之上，让人们看到当年方尖碑艰难的开采过程，工匠使用一块更坚硬的石头反复敲砸，形成一条深沟，开采下来的方尖碑通过水渠中的木船运输到工地现场。据说这座未完工的方尖碑重达 1168 吨，是古埃及开采的最重的一块石头，由于存在裂缝而被中途遗弃。至今我们也难以想象，古埃及人是怎样加工和运输如此巨大的石头的。

菲莱神庙

从未完工方尖碑的采石场出来，返回市中心吃完午饭，我们就前往菲莱神庙。菲莱神庙位于新旧水坝之间的湖心岛上，需要坐船前往，单程大约 1500 米。很早以前这里就是伊希斯女神的圣地，早期遗址建于公元前 7 世纪，最重要的部分遗址由托勒密二世修建（公元前 285—前 246 年在位），一直到古罗马皇帝戴克里先（284—305 年在位）统治时期的500多年时间里都有所增建，直到公元535年神庙里的祭司才被驱逐。

早在旧水坝建成后，菲莱神庙大部分时间都要被水淹，1932年旧水坝再次增高后，菲莱神庙就完全浸泡在水中。1960年代新水坝修建时，联合国教科文组织发起了努比亚救助行动，以挽救水坝修筑后被湖水淹没的古埃及遗址，整个保护行动持续了近30年，一共有20余座遗址被拯救，其中就包括阿布·辛拜勒和菲莱神庙，这是人类历史上规模最大的一次，也是最成功的一次文物保护行动。1979年，联合国教科文组织将努比亚地区拯救的古代埃及文物列入世界文化遗产。

几座规模较小的神庙后来被赠送给主要参与救助的国家，例如安置在西班牙马德里的德波神庙，安置在意大利都灵的埃勒神庙，安置在荷兰莱顿荷兰国立古物博物馆的塔法神庙，以及被安置在美国纽约大都会博物馆的丹铎神庙，2014年夏天我曾经看到过丹铎神庙的芳容。

由于菲莱神庙已经被浸泡在水中，因此要先在其周围建立1.7万米长的围堰，把围堰内的水抽干并清除淤泥，然后将神庙建筑拆解成4.5万多块，移至西北侧300米远的阿基奇亚岛，并按照原貌修复。为了尽可能地复原菲莱岛的地形地貌，将阿基奇亚岛削平了30多米，并对岛屿岸线进行了修整，整个工程耗资3000万美元，于1972年开始施工，1980年3月修复工程结束，之后正式对外开放。

菲莱神庙是古代埃及保存最为完整的3座托勒密时期的神庙之一，何露斯神庙我们之前已经去过。我们的船停靠在阿基奇亚岛南端，从这里上岸，映入眼帘的是柱廊北端的第一塔门，塔门高18米，高墙上描绘着托勒密十二世与敌人战斗的场景。通过第一塔门进入中央庭院，西侧柱廊柱头上部有女神哈托尔的头像浮雕，女神面部神情被刻画得

◇ 从湖上眺望神庙西部侧廊

细致入微。在神庙东侧是一座造型优雅的建筑——图拉真亭，14根立柱和矮墙围合成一个方形空间。菲莱神庙遗留有不同历史时期的建筑，它们既有差别，又和谐统一，成为古埃及文明、古希腊文明和古罗马文明的完美载体。

◇ 神庙大门

◇ 精美的图拉真亭

考察建议

泛舟尼罗河，眺望阿斯旺的日落美景是埃及旅游中必须要有的选项，也属于特色旅游项目。我们从菲莱神庙回到市区时已经是下午5点多了，夕阳西下，尼罗河两岸洒满了金色的阳光，河上的三角帆船非常有特色，成为尼罗河上一道亮丽的风景线，我们顺便搭乘三角帆船返回旅馆，沿途欣赏尼罗河的日落美景，这种三角帆船完全依靠风力产生动力，一个船工就可以自由驾驭，但是一旦没有风，就只能原地等待了。

◇ 黄昏的尼罗河

阿斯旺—开罗

飞行时长：1 小时 30 分

我们计划乘坐早班飞机从阿斯旺飞往开罗，由于酒店位于一座岛上，进出都需要乘船，飞机机组人员和我们住在一个酒店里，大家是坐同一条船离开酒店的，船上还开玩笑地说不必着急，咱们不到飞机是不会起飞的。

阿斯旺机场规模比较大，但是航班并不多，机场建筑设计中蕴含着许多历史的元素。一个半小时之后就到了开罗，我们预定的旅馆就在机场附近，先到旅馆将行李放下，就赶往吉萨金字塔区，据说携带行李到旅游区安检会很麻烦。远远地看到了金字塔，没有想到金字塔离市区这么近，但是路上堵车非常严重，拐向金字塔方向的道路上挤满了车辆，我们临时决定先去开罗南部的达舒尔，从最远处开始看，看完红色金字塔、折线金字塔、昭赛尔金字塔和孟菲斯博物馆后再返回开罗。

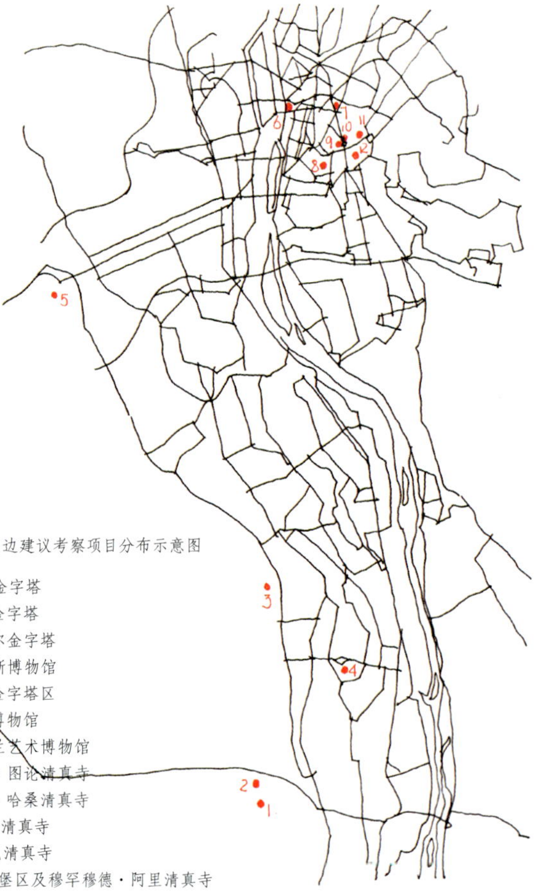

开罗及周边建议考察项目分布示意图

1. 红色金字塔
2. 折线金字塔
3. 昭赛尔金字塔
4. 孟菲斯博物馆
5. 吉萨金字塔区
6. 埃及博物馆
7. 伊斯兰艺术博物馆
8. 伊本·图伦清真寺
9. 苏丹·哈桑清真寺
10. 瑞法清真寺
11. 蓝色清真寺
12. 大城堡区及穆罕穆德·阿里清真寺

我们沿着尼罗河西岸一路向南，沿路看到了很多金字塔，经历几千年的风雨剥蚀，一些金字塔已经坍塌，变成了土堆和石头堆，据说埃及至今已经发现了 118 座金字塔，而且还不断有新的发现。感觉我们走了很长时间，先路过了昭赛尔金字塔，到达红色金字塔时已经是中午 12 点了。

折线金字塔与红色金字塔

塞尼法鲁法老在孟菲斯以南，一个叫达舒尔的地方建造了两座金字塔，为金字塔的最终定型奠定了基础。其一建于公元前2570年，底边长187米，外形原本要建成方锥形，但由于坡度达到60度，所以建到一半高度时将坡度改为45度，成为一座高约105米奇特的折线金字塔，也称为弯曲金字塔。其二建于公元前2560年，因使用红色石灰石建造，而被俗称为红色金字塔，它是一座坡度为52度的真正的方锥形金字塔，它标志着古埃及金字塔的造型已经成熟。

◇ 折线金字塔

◇ 红色金字塔

折线金字塔和红色金字塔是在一个管理区域里，我们购票和接受安检后进入园区，这里游客很少，远远就看到了沙漠之上的红色金字塔，在黄色的沙漠上，金字塔颜色很深，但是真的看不出来红色。向南方看，能够看到折线金字塔灰蒙蒙的剪影。我们的车辆停在红色金字塔北侧脚下的停车场，这时正好有一批游客登上金字塔的墓室，墓室入口在金字塔半腰处。近处观察，建造金字塔的砂岩石块尺寸较小，且风化严重，其建造难度也相对小一些。由于周边缺少其他建筑或者金字塔作为陪衬，100多米高的体量在广袤的沙漠中显得很矮小。

折线金字塔位于红色金字塔南侧2000米外，折线金字塔下部保存比较完整，能够清楚地看到斜面上后填充部分，建成时表面应该是平滑的。塔体靠近地面部分的石块坍塌比较严重，东北角还用垂直支撑进行加固，折线金字塔的墓道入口不像红色金字塔那样在半腰，而是在底部。

在这里放眼周边会看到许多金字塔的残骸，它们正在慢慢地风化和消失，其中折线金字塔东侧由阿蒙涅姆赫特三世（公元前 1855—前 1808 年在位）用泥坯砖建造的“黑色金字塔”已经坍塌。向北看，隐隐约约能够看到 6000 米外的昭赛尔金字塔的身影。

孟菲斯博物馆

孟菲斯博物馆位于红色金字塔与昭赛尔金字塔之间靠近尼罗河一侧，距离红色金字塔有 10 千米，去昭赛尔金字塔正好顺路。孟菲斯博物馆的建筑规模很小，是为了专门放置拉美西斯二世的残缺雕像而建造的，号称世界上最小的博物馆，博物馆西侧还有大面积的露天展览，展示的内容都是孟菲斯周边出土的文物，它向人们进一步证明孟菲斯确实曾经存在过，这个博物馆虽小，但值得一看。

◇ 巨大的拉美西斯二世雕像

博物馆中最重要的几件文物都来自卜塔神庙，第一号文物当然是拉美西斯二世的雕像，它原来位于卜塔神庙遗址的塔门处，雕像膝盖以下已经缺损，残像高 12.88 米，雕工精细。第二号文物就是用雪花石雕琢的狮身人面像，长 8 米，高 4 米，重约 90 吨，据说是女王哈特什帕苏的狮身人面像。

昭赛尔金字塔

孟菲斯博物馆距离昭赛尔金字塔的停车场只有 6000 米，十几分钟就到了，这一区域位于丘陵状的沙丘之上，周围有大量的金字塔和墓葬遗址，其中昭赛尔金字塔规模最大，保存也最完整。昭赛尔金字塔建于公元前 2650 年，是第三王朝的创始者昭赛尔法老的陵墓，这座里程碑式的金字塔底边呈长方形，东西长 126 米，南北宽 106 米，高约 62 米，共分为 6 层，完全用石头建造，是历史上第一座使用石材建造的金字塔，安放木乃伊的墓室按照玛斯塔巴的形制深藏在金字塔下 25 米深的竖井中。

◇ 昭赛尔金字塔

金字塔周围还建有祭祀用的神庙，模仿王宫的附属建筑物以及陪葬的墓群，祭祀的人由入口进去，里面是一个约 70 米长的黑暗甬道，从昏暗的甬道出来，眼前是宽阔的庭院，长约 175 米，宽约 110 米，庭院底端蔚蓝的天空之下就是巨大的金字塔，这种强烈的对比震撼人心。

◇ 祭祀神庙

近些年新修复的神庙与年久失修的金字塔塔身形成强烈的对比，由于建造金字塔的石灰岩石块不大，且缺少加工，外形尺寸也不规则，虽然比较容易施工建造，但是坚固性比较差，目前金字塔的底部和四角多处都出现了坍塌。我们看到的红色金字塔、折线金字塔和昭赛尔金字塔虽然规模较大，但所用石块尺寸并不大，比较容易加工、运输和施工安装，很容易推算其工程量。

吉萨金字塔区

我们从南部回到开罗市区，吃完午饭赶到吉萨金字塔区时已经是下午3点多了，由于金字塔区规模比较大，车辆可以进入园区内部，主要入口在胡夫金字塔的北侧，在南端的狮身人面像处设有出口，行人也可以从这里进入狮身人面像区域。

走到金字塔下，我们被眼前的景象惊呆了，胡夫金字塔上下站满了游客，席地就餐的，爬上爬下的，警察在不停地吹着哨子，招呼那些爬得太高的游客，马和骆驼跑来跑去，到处是它们留下的粪便，在嘈杂而喧闹的气氛中，金字塔和法老的威严都被游人踩在脚下。

◇ 吉萨金字塔区，远处就是开罗市区

◇ 胡夫金字塔下的太阳船博物馆

◇ 太阳船博物馆内部

◇ 建造胡夫金字塔的巨大石块

◇ 移走太阳船后留下的大坑

3 座巨大的金字塔位于开罗南部的吉萨高地上，在金字塔巨大的身影下，开罗城市与建筑都显得异常的渺小。胡夫金字塔东侧有两个长约 50 米的深坑，这就是埋藏太阳船的地方。据资料记载，在胡夫金字塔周围共挖掘出 5 艘太阳船，1954 年 5 月 26 日，考古学家在胡夫金字塔南侧发现了被埋在 3.5 米深坑中的太阳船，上面覆盖着 41 块巨大的石板，经过 14 年的修复，到 1968 年完成了 1224 块雪松碎片的拼合，修复后的太阳船长达 43.3 米。太阳船的木结构之间采用榫卯结构进行连接，再使用绳子穿过木板上的孔洞将其连接起来形成船体，据说修复时共计使用了长达 1600 米的绳子。

传说中太阳船可能是运载法老灵魂升天用的，修复后的太阳船被陈列在太阳船博物馆内，这座位于胡夫金字塔南侧的博物馆是专门为太阳船量身打造的，进入博物馆要穿上帆布做的鞋套，因为冬季下午 4 点博物馆就要关闭，我们必须先抓紧时间去看看。从太阳船博物馆出来，我们重新上车，在园区内穿行，绕到门卡乌拉金字塔西侧 600 多米远的高地上，从这里可以观看黄昏中的金字塔群，大漠之上，夕阳之下，3 座大金字塔此时染上了金黄色，远处的开罗城呈现出紫色的剪影，生与死在这一刻是那样的靠近，不由得让人想起几千年来的历史变迁。

公元前2500—前2465年，埃及金字塔建造的巅峰时刻到来了。塞尼法鲁的儿子胡夫、胡夫的儿子哈夫拉以及哈夫拉的儿子门卡乌拉3位法老相继在孟菲斯西北的吉萨建造了3座大型金字塔。门卡乌拉金字塔，高66.4米，底边长108米；哈夫拉金字塔，高143.5米，底边长215米；胡夫金字塔，原高146.6米，底边长230米，现存残高为137米。这3座大金字塔是古埃及金字塔形式最成熟的代表，塔身倾斜角均为52度，都是典型的四棱锥体。它们的排列位置和方向与猎户星座相对应，更为后人留下无尽的遐想。

胡夫金字塔是古埃及最大的一座金字塔。它大约使用了230万块平均重2.5吨的石块叠砌而成。墓室顶部的巨石更是重达50~80吨。这样一座前所未有的巨大体量的人工建筑物，其施工精度非常高。据测量，胡夫金字塔的长边与短边的差只有21厘米，两个对角的高度误差仅1.24厘米。胡夫金字塔入口在北面离地17米高处，通过长长的甬道与上中下三层墓室相连。此外，墓室中还有两条极为细长的通道一直通向金字塔外，可能是法老灵魂升天的道路。胡夫金字塔的东面还有3座较小的呈一字排列的金字塔，据说是为他的3位皇后和嫔妃建造的，在它们的周围还散落着许多陪葬的玛斯塔巴。

哈夫拉金字塔的附属神庙保存得最为完整，它与胡夫金字塔的附属建筑一样都是由靠近尼罗河的河谷神庙、金字塔下的殡仪神庙，以及连接两座神庙的一条数百米长的封闭甬道构成的。哈夫拉在建造金字塔的同时，还在河谷神庙旁建造了一座长73.5米、高19.8米的守护神斯芬克斯像（狮身人面像），这尊雕像除前肢部分外，主体是由一整块重达200吨的石头雕凿而成的，它的脸部形象被确认为哈夫拉法老本人，面向太阳升起的地方。

近距离观看金字塔及附属神庙建筑，发现内部与外部的材料有很大的差别，内部与表皮采用不同的石材，内部使用石灰岩，而外部使用花岗岩。石灰岩容易加工，重量也相对轻，用量最大，加工运输都更容易，但是也容易风化；而花岗岩加工要求高，放在表面更能发挥其价值。经过几千年的风雨剥蚀，石灰岩风化严重，而花岗岩变化较小。由于吉萨金字塔区内的三座大金字塔所使用的石材尺寸比较大，且加工整齐、砌筑质量较好，不容易发生坍塌，耐久性更好，与昭赛尔等早期金字塔相比形成明显差别。

大约 4 点半时，观光警察就开始驱赶游客离开，金字塔园区内汽车拥堵得很厉害，等我们赶到狮身人面像时已经是 5 点钟了，夕阳西下，只能看到狮身人面像和金字塔的剪影了。我们购买了晚上 7 点的金字塔灯光表演秀，晚饭后又再次来到狮身人面像对面的观众席，整个灯光表演形式陈旧，灯光亮度与变化都无法让人满意，园区内巡逻警车开着大灯时常穿越画面，让人啼笑皆非，尤其是无病呻吟般的中文配音更是让人无语，一个小时的表演乏善可陈，缺乏吸引人的亮点。

狮身人面像

早晨起来，窗外的天气非常好，由于昨天到狮身人面像时已经天黑了，大家约好一早再去金字塔园区的东侧入口看狮身人面像。随着车辆靠近金字塔区，雾霾也越来越大，站在 200 多米外的门口甚至看不到狮身人面像，导游也开玩笑说：“狮身人面像今天不上班、休假了。”没有办法，我们只能返回市区去看埃及博物馆，好在周日路上车不多，没有浪费太多的时间。在参观博物馆结束后，大雾渐渐散去，我们又返回东侧入口，已经能够看到薄雾中的狮身人面像和金字塔了，我们约定在附近吃完午饭后再次进入金字塔园区。我们在开罗只停留了一天半，却先后 5 次来看金字塔和狮身人面像，可能连法老也被我们感动了，虽然还有薄雾，但毕竟还是近距离看到了狮身人面像。

◇ 狮身人面像及哈夫拉金字塔

◇ 狮身人面像

◇ 神殿外侧为花岗岩，内侧为石灰岩

埃及博物馆

埃及博物馆位于著名的解放广场北侧，建于1902年，由法国建筑师设计。由于埃及悠久而又神秘的历史，以及多达15万件的丰富藏品，这里成为游客必到之处。博物馆一层的展览主要是按照年代进行展出，而二层则是不同主题的展览，博物馆内陈列着大量极其珍贵的展品，其中最吸引人的就是图坦卡蒙法老的展室，尺寸比较大的展品在外面的展厅，例如图坦卡蒙内脏储藏罐及外棺、兽形寝具等，尤其是那双精致而时髦的拖鞋令人印象深刻，而最尊贵的展品则在专门的展室里，例如重达 11 千克的图坦卡蒙黄金宝石面具，但这里不允许拍照。

在埃及博物馆你能够随意看到 4000 多年前的雕像，威严的哈夫拉法老，精美的门卡乌拉三位一体雕像，眼光中闪烁着光芒的祭司，含情脉脉的拉合泰普与妻子雕像，都使我们看到了古代埃及的高度文明，许多方面甚至使古希腊与古罗马文明都黯然失色。

由于博物馆内部空间狭小，展品众多，许多木乃伊都叠放在一起，参观导引及语音介绍，甚至是灯光都满足不了现代化博物馆展陈的需要。鉴于老博物馆的现状，2012 年在位于胡夫金字塔北侧不到 2000 米远处“大埃及博物馆”开始建设，目前已经陆续有展品从老博物馆运到新馆。曾经担任埃及文物局长和考古发掘督察的法国考古学家奥古斯特·马里埃特积极促进埃及博物馆的建立，他的陵墓就建在博物馆门前花园的西侧。

◇ 埃及博物馆

◇ 埃及博物馆室内展览大厅

◇ 门卡乌拉三位一体雕像

◇ 哈夫拉法老雕像

开罗伊斯兰区

原计划从埃及博物馆出来就直接去东侧1000米远的伊斯兰艺术博物馆，然后去1979年被列入《世界文化遗产名录》的开罗伊斯兰区走走，计划看看伊本·图伦清真寺、苏丹·哈桑清真寺、瑞法清真寺、蓝色清真寺、征服门和凯旋门，最后到达大城堡，从大城堡俯瞰开罗市区，看完开罗日落后再去机场。但由于多次往返金字塔，耽误了一些时间，我们只能临时调整考察路线，下午2点离开吉萨金字塔区后直接前往大城堡，我们到达大城堡时已经快下午3点了，大城堡下午5点就关闭了。

大城堡位于开罗伊斯兰区的南端，这里地势较高，可以俯瞰开罗市区。大城堡始建于1176年，我们今天看到的大城堡内的许多建筑都是由埃及总督——穆罕穆德·阿里统治埃及时期建造的，他的陵墓也安放在清真寺的礼拜大厅里。大城堡内除了高大雄伟的穆罕穆德·阿里清真寺、古朴的纳西尔·穆罕穆德清真寺（建于1318年）之外，还有军事博物馆和警察博物馆等旅游景点。

◇ 穆罕穆德·阿里清真寺

穆罕穆德·阿里清真寺

穆罕穆德·阿里清真寺建于1830—1848年，由来自土耳其的建筑师尤瑟夫·波斯塔克主持设计，两座宣礼塔高达82米，借助大城堡的地势，周围很远区域内都能够看到它，也成为大城堡的标志。整个清真寺与南北方向几乎呈45度角布置，背对麦加方向。

◇ 庭院内的洗礼亭

◇ 清真寺内部

◇ 纳西尔·穆罕穆德清真寺

清真寺中间方形的庭院由柱廊环抱，中间的洗礼亭造型端庄秀美，庭院北侧钟塔上的大钟是法国国王路易·菲利普于1846年赠送给埃及的，据说是作为1829年埃及将卢克索阿蒙神庙前的方尖碑赠送给法国的答谢，但是这座大钟没有使用多长时间就坏掉了，直到今天依然不好用。

清真寺内部空间开阔，巨大的帆拱之上是直径达21米的穹顶，在清真寺大殿的东北角就是穆罕穆德·阿里的陵墓。整个清真寺内部装饰华美，金色与红色成为主色调。

在大城堡的观景平台上，游客可以俯瞰开罗市区，据说开罗有1000多座宣礼塔，因此开罗又有“千塔之城”的美誉，在北侧观景平台可以俯瞰苏丹·哈桑清真寺、瑞法清真寺，如果有时间还可以去大城堡东侧苏莱曼帕夏清真寺及花园看看，这里可以俯瞰开罗东部市区。

下午5点我们离开了大城堡，在车上浏览了伊斯兰区内的几个主要清真寺，之后前往机场准备搭乘晚上9点的飞机前往约旦首都安曼。

◇ 俯瞰苏丹·哈桑和瑞法清真寺

考察建议

总结埃及的行程安排：埃及的旅游业是其传统的支柱产业，这一点在电影《尼罗河上的惨案》中就能够领略到。团队游从关外接机协助办理落地签证手续到陪伴旅游，以及专人送机做的都非常周到，主要旅游路线和景点也比较安全，在埃及还有一些中餐馆可以选择，西餐厅也比较多，但饮食方面也会碰到一些问题，埃及与印度相隔 4000 多千米，可饮食却非常相近，其中的原因不得而知。开罗是埃及最大的城市，交通时有拥堵，各个景点之间的距离也比较远，我们在开罗只停留了一天半的时间，再加上多次去吉萨金字塔区，因此市区内的一些考察项目没有全部看完，如果想仔细看看最少应该安排两整天的时间。

5 天的埃及之旅太过匆忙，但却印象深刻，如果有时间还可以去埃及的地中海港口城市——亚历山大以及红海沿岸的度假胜地，而我们留下的遗憾只能以后再弥补了。

引文注释

① 李多译 . 埃及建筑［M］. 济南 . 山东美术出版社，2002:10.

② 陈文捷 . 世界建筑艺术史［M］. 长沙：湖南美术出版社，2004:12.

③ 墨刻编辑部 . 埃及玩全攻略［M］. 北京：人民邮电出版社，2012:132.

参考文献

[1] 李多 . 埃及建筑［M］. 济南 . 山东美术出版社，2002.

[2] 陈文捷 . 世界建筑艺术史［M］. 长沙：湖南美术出版社，2004.

[3] 墨刻编辑部 . 埃及玩全攻略［M］. 北京：人民邮电出版社，2012.

[4] Lonely planet. 埃及［M］. 闵楠，译 . 北京：中国地图出版社，2002.

[5] 总参谋部测绘局 . 世界地图集［M］. 北京：星球地图出版社，2006.

[6] 范毅，周敏 . 世界地图集：第 2 版［M］. 北京：中国地图出版社，2011.

[7] 费根 . 世界古代 70 大奥秘［M］. 姜镔，吉生，惠君，译 . 桂林：漓江出版社，2003.

[8] 胡允桓 . 世界遗产之旅，古代文明［M］. 北京：中国旅游出版社，2004.

[9]《亲历者》编辑部 . 大美世界遗产：环球卷［M］. 北京：中国铁道出版社，2015.

[10] 纪江红 . 典藏世界名胜［M］. 北京：北京出版社，2004.

[11] 李之吉 . 中外建筑史［M］. 北京：中国建筑工业出版社，2015.

第三章 短暂的约旦之行

◇安曼

◇瓦迪穆萨

◇尼泊山

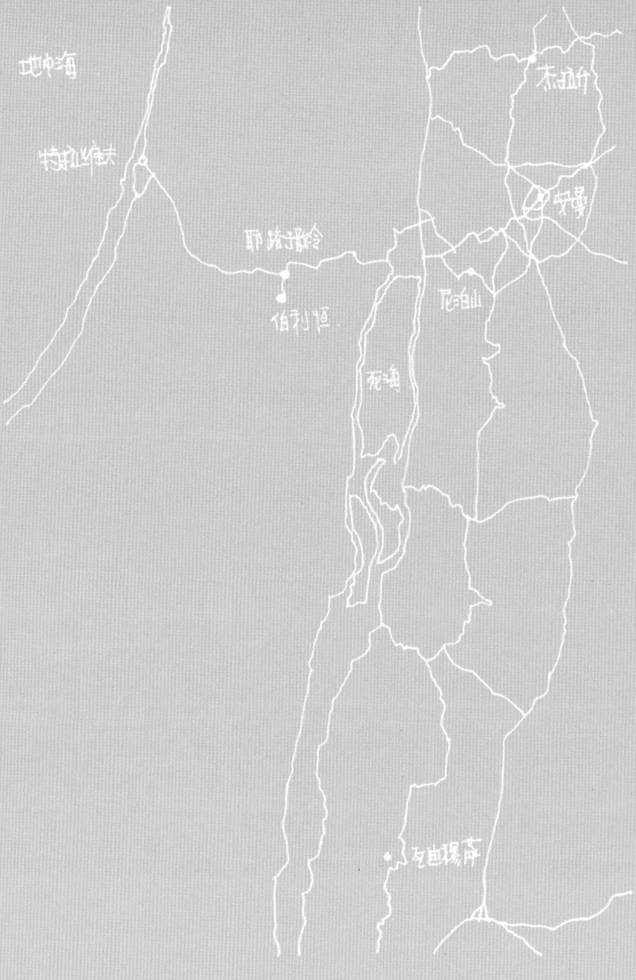

历史与建筑

约旦全称为约旦哈希姆王国，位于阿拉伯半岛的西北部，阿拉伯高原之上，人口653万（2013年），阿拉伯人占主体，其中约旦阿拉伯人占40%，巴勒斯坦阿拉伯人占60%，官方语言为阿拉伯语，通用英语，首都是安曼。约旦历史上曾经被纳入古罗马的版图，因此留下了许多古罗马时期的城市与建筑遗址，据介绍“世界上十大古罗马城市中，约旦就占7座”。[①]

7世纪时，约旦归属阿拉伯帝国，开始接受伊斯兰教。1517年被奥斯曼帝国占领，属奥斯曼帝国的大马士革省。1921年英国将巴勒斯坦分为东西两部分，东部建立外约旦酋长国。1946年3月22日，英国承认外约旦独立，但继续在外约旦保持驻军，随之更名为外约旦哈希姆酋长国。“1950年4月23日，外约旦宣布将约旦河西岸及耶路撒冷东部地区并入约旦版图，并改国名为‘约旦哈希姆王国’。”[②]为争夺约旦河西岸的土地，约旦曾经与以色列在1967年6月5日爆发激烈的战争，即历史上的“六日战争”，也称为第三次中东战争。当时以色列与埃及和约旦等阿拉伯国家多线作战，采取先发制人的战术，以少胜多取得了战争的胜利，战争之后，约旦失去了约旦河西岸的大片土地，其中就包括耶路撒冷。

1994年，约旦与以色列签署合约，实现和平相处。目前约旦和以色列在经济和旅游方面多有合作，在航空领域，安曼有直飞特拉维夫的航班，是为数不多的与以色列保持通航的阿拉伯国家，虽然只有45分钟的航程，但是机票价格却十分昂贵，在陆路上两国之间有多处边境公路相通。

旅行规划

- 路线：开罗—安曼—杰拉什古城遗址—佩特拉古城遗址—尼泊山。
- 签证办理：中国游客可落地签证。
- 旅行时长：2天2宿。
- 住宿地：安曼、瓦迪穆萨。

最初设计行程时是想从埃及直接前往以色列特拉维夫，并在耶路撒冷和特拉维夫两个城市短暂停留，因为特拉维夫有返回北京的国航共享航班，可以与北京飞新德里的航班联程而获得“缺口程”的机票优惠，这些年来我们都是这样计划行程安排的，以便获得更为自由的考察路线。但是在查看机票时才知道埃及并没有直飞以色列的航班，需要从安曼中转，再仔细搜索才发现，大部分阿拉伯国家都没有直飞以色列的航班。最后我们选择从埃及首都开罗直飞约旦首都安曼，然后从约旦通过陆路进入以色列，这条路线基本上也是国内旅游公司以色列、约旦之行的常规线路。

我们乘坐约旦王家航空公司的航班从开罗直飞安曼只用了一个小时多一点的时间，完全没有乘坐国际航班的感觉。目前中国游客前往约旦旅游实行落地签证，地接公司人员可以到关外协助办理，手续非常简便快捷。我们计划在约旦住2宿，其中一宿在安曼，另外一宿在佩特拉古城所在的小镇——瓦迪穆萨。后来才听说，约旦落地签证的先决条件是最少要在约旦境内住两宿，如果不在约旦住宿，佩特拉古城遗址的门票价格都不同，看来约旦人做生意还是很细致的。

到达安曼

飞行时长：约 1 小时

阿勒娅王后国际机场

我们在约旦主要考察的项目是安曼北部的杰拉什古城遗址和南部的佩特拉古城遗址。由于两个考察项目在安曼的一南一北，而进入以色列的陆路关口又在安曼附近，这样就不得不走回头路。

约旦首都安曼是一座历史悠久的山城，市区内丘陵起伏，共有大小 20 多个山丘，最高海拔高度为 900 多米，人口大约 200 万。我们降落的阿勒娅王后国际机场位于首都安曼以南 30 千米处，以约旦已故国王侯赛因王后阿勒娅·巴哈丁·图康的名字命名。从空中看独立的钢筋混凝土模块单元组成的屋顶仿佛是沙漠之蛇的“复眼”，从卫星图片上分析了解到，新航站楼始建于 2008 年，在新航站楼建设期间，老航站楼一直在使用，直到 2013 年老航站楼才拆除，新航站楼于 2015 年才全部建成，由福斯特建筑事务所设计。

第二天早晨 8 点我们就离开了旅馆，从安曼前往北部的杰拉什。昨晚到达安曼时已经是深夜了，早晨起来感觉安曼的气温要比开罗凉一些，从城市街道的整洁程度和建筑质量上看比开罗要好，特别是树木种植和空气质量要比开罗好很多，大部分建筑外墙都采用米黄色的马安石（约旦南部马安地区出产的石材）贴面。由于安曼是山城，我们驶出安曼市区后感觉一直都在下坡，甚至出现了短暂的耳鸣。道路两旁种满了橄榄树，山路弯弯，米黄色的房子布满了山冈，城市和地貌都与开罗差别巨大。

安曼—杰拉什古城遗址

距离：约 54 千米

据史料记载，“公元前 332 年，马其顿王国亚历山大大帝的军队占领了这一地区。公元前 63 年，罗马军队在其大将庞贝的率领下占领了这一区域。公元 1 至 2 世纪，杰拉什按照古罗马的风格建立和发展起来。”[3]从这个时期开始一直到公元 7 世纪初，是杰拉什最为繁荣的时期。公元 8 世纪后，由于远离政治中心，再加上多次地震的毁坏，杰拉什逐渐荒废并被人们遗忘。直到“1806 年，德国旅行家欧里赫·贾斯比尔偶然发现了埋在黄沙中的杰拉什，1925 年左右，约旦政府开始组织挖掘这些遗迹，这个沉睡了近千年的古城才重见天日”。[4]

杰拉什距离安曼只有 50 多千米，一个多小时后我们就到达了目的地。杰拉什古城是意大利本土之外保存最为完好、规模最大的古罗马遗址，

◇　俯瞰杰拉什古城遗址

被誉为“中东的庞贝”，虽然原有城址的规模不太大，等级也不太高，但是这里有两个完整的半圆形剧场、一个巨大的由柱廊围合起来的城市广场和长达 260 米的竞技场。从椭圆形的广场到北侧的城门，近 900 米长的街道两侧分布着神庙、浴场、剧场等建筑遗址，两侧柱式林立，加上游客稀少，行走其中仿佛是穿越到了古罗马帝国时期的杰拉什古城。

南北剧场

穿过游客中心的店铺，走过曲折的小路，就来到最南端的哈德良拱门，变异的科林斯柱式构成了 3 开间巨大的拱门，山花造型完整。穿过哈德良拱门，西侧就是竞技场，竞技场南侧有 11 开间的拱门。走过南城门就进入了古城遗址的核心地带，其中最让人震撼的是椭圆形广场，广场对面山坡上就是剧场。杰拉什古城遗址中共有南北两个剧场，其中南侧的剧场是整个遗址中保存最为完整的一组建筑，为典型的古罗马露天剧场的形制，建于公元 1—2 世纪，剧场台阶陡峭，视野开阔，据说可以容纳 6000 名观众，每年 7 月这里都要举办杰拉什国际艺术节。剧场具有优良的音质效果，我们去时正好有当地艺人在表演，悠

◇ 哈德良拱门

◇ 南城门

扬的笛声飘荡在剧场上空，令人流连忘返。北侧剧场建于公元 164—165 年，规模较小，可以容纳近 2000 名观众。

阿提米斯女神庙遗址

杰拉什古城遗址中另外一个重要建筑是阿提米斯女神庙遗址，神庙前现存有 11 根高大的科林斯柱式，巨大的石柱已经出现错位，但依旧巍然屹立，其中一个石柱在用力推动的时候会出现明显的晃动，如果在石柱下放置一个金属汤匙，会清楚地看到汤匙在上下移动，这里已经成为杰拉什古城遗址的奇特景观，吸引着游人前往一试。

整个遗址群保存比较完整，一些地方得到较好的修复，古城地段内空间起伏多变，行走其间令人流连忘返，我们在杰拉什古城遗址停留了两个多小时仍意犹未尽。因为要在天黑之前赶到南部 270 千米外的瓦迪穆萨小镇，我们不得不在中午就离开了杰拉什，原路返回，在安曼南部沿着 15 号公路一直向南行进。

◇ 阿提米斯女神庙遗址

◇ 规模庞大的柱廊

◇ 保留完整的剧场

杰拉什古城遗址—佩特拉古城（瓦迪穆萨小镇）

距离：约 275 千米

15 号公路是约旦南北方向重要的交通干道，虽然不是封闭的高速公路，但是比起印度和埃及的公路来说要好太多了，路上的往来车辆不多，基本保持在每小时 100 千米的车速。我们途中在一家旅游餐厅吃了一顿当地人的午餐，到达瓦迪穆萨小镇时已经是黄昏了。瓦迪穆萨意为“摩西谷地”，因地处佩特拉古城而发展成为十分繁荣的旅游小镇，大部分游客都在这里食宿。

进入瓦迪穆萨小镇时太阳还没有落山，夕阳西下，暖阳照在山坡上，呈现出佩特拉古城独有的玫瑰般色彩，趁着还没有天黑，我们抓紧时间四处走走。旅馆距离佩特拉古城入口处的游客中心只有 200 多米的

◇ 山城瓦迪穆萨小镇

距离，游客中心有一个小型的展览馆，展示着佩特拉古城遗址的历史和考古挖掘出来的文物，深玫瑰红色的背景与古城的色彩非常搭配。你可以在游客中心服务台索要中文地图，其中对佩特拉古城的各条旅游线路都有详尽的说明。

由于当天下午我们要在陆路过关，前往耶路撒冷，因此早上7点我们就离开旅馆进入了佩特拉古城。古城的参观门票有3种，分别是一天、两天和三天有效期，价格分别是50、55和60约旦第纳尔，我们购买的是一天有效期的门票，价格相当于人民币400多元，和国内的景点门票价格有一拼，这是我们这次行程中价格最贵的门票，回来后仔细想想好像也是出国考察以来最贵的一张门票，没有之一！

昨天晚上我们已经认真研究了佩特拉古城的旅游路线图，并选择了需要三四个小时的1号考察路线，1号考察路线往返长度约为8千米，是唯一一条被标注为“容易”的考察路线，而其他路线或被标注为“困难”或是要耗费更长的时间。佩特拉古城最漂亮的建筑是卡兹尼宝库，而最雄伟的建筑则是高达48米的埃德伊尔修道院，修道院位于山崖之上，从1号考察路线的终点到埃德伊尔修道院这段登山道路往返虽然只有2.5千米，但却需要近3个小时的时间。

佩特拉古城位于撒哈拉山脉的中心，据史料记载，这里是连接古代两河流域和古代埃及的重要商贸古道，公元1世纪是其最繁荣的时期，这里是多元文化的交会地和不同文明的碰撞点，其中古希腊和古罗马文明的影响最为突出。佩特拉古城最初是由2000多年前的纳巴泰人所建，在公元前2世纪成为纳巴泰帝国的首都，后来被古罗马人攻陷。古城遗址占地面积大约20平方千米，鼎盛时期这里有约3万人，直到公元363年，一场大地震后才开始渐渐衰落，加上商贸路线的变更，到公元7世纪阿拉伯人侵入后，这里逐渐被遗弃，直到1000多年后的1812年，一位装扮成阿拉伯人的瑞士探险家约翰·贝克哈特骗得当地贝都因人的信任而闯入古城，才使得佩特拉古城再次回到人们的视野，因此佩特拉又被称为“失落的古城”。

“佩特拉”在希腊语中是“岩石”的意思，最初的建筑大都是在岩石上开凿出来的，古城遗址于1985年列入《世界文化遗产名录》，佩特拉古城遗址还与中国万里长城、巴西里约热内卢基督像、墨西哥奇琴伊察玛雅古城遗址、意大利古罗马斗兽场、秘鲁马丘比丘印加遗址和印度泰姬陵并称为世界新七大奇迹。

玫瑰之城

佩特拉古城登记在册的遗址有800多处，其中有约500处是墓葬遗址。由于佩特拉古城及周边区域的山石含有丰富的矿物质，呈现出红褐色，整座古城仿佛被披上了一件玫瑰色的纱衣，因此佩特拉又有“玫瑰之城”的美誉。实际上，这里的岩石不只是红褐色，还有淡蓝、黄色、紫色、绿色和橘红等五颜六色，而且山石还会随着早晚光线的不同而变化，产生非常奇妙的视觉效果。

我们进入峡谷时太阳刚刚升起，朝阳照亮了山顶，进入古城的游人还比较少，四周静悄悄的，只听到鞋子与碎石摩擦的沙沙声。进入谷口就可以看到4座方尖碑造型的石雕耸立在山崖上，下面是一座建筑立面的浮雕，山花和拱门依稀可见，这是建于公元40—70年的陵墓，凿入山岩的石洞让我们想起埃及卢克索的悬崖墓室。

再向前走就可以看到一条人工修建的水坝，由于佩特拉古城建在峡谷之中，地势比较低洼，为了避免穆萨河谷洪水泛滥形成倒灌，纳巴泰人在这里修筑了一条拦河大坝，并在山岩中凿出一条80多米长的隧

◇ 崖壁上的陵墓

◇ 皇家陵墓建筑群

道，这样即使洪水泛滥也不会越过大坝流入峡谷。

迈过水坝走向深谷，地势明显向下走，从这里开始一直到卡兹尼神殿就是长达1000多米的西克峡谷，峡谷最宽处不超过7米，最窄处只能刚刚通过一辆马车，两侧是高达百米的直立峭壁，在早晨的阳光照耀下色彩斑斓。峡谷一侧的崖壁下部是人工开凿的水渠，将河水引入山谷中，局部还看到了陶土制作的水管，不知道是不是像古罗马水道桥那样可以利用虹吸原理使水流从低处流到高处，从而跨越整个山谷，据说当年古罗马人就是截断了供水才迫使纳巴泰人归顺投降的。

卡兹尼神殿

沿途有大量的建筑石刻浮雕和壁龛，还有造型各异的石头，山谷中不时响起清脆的马蹄声，那是急于赶往卡兹尼神殿的游客。快走到西克峡谷的尽头时，从峡谷窄窄的岩石缝隙中隐隐约约看到了卡兹尼神殿的身影。“卡兹尼”的意思是“法老的宝库”，是佩特拉古城遗址中最重要的景点和标志，整座建筑完全是在崖壁上凿出来的，宽约27米，高约40米，建筑分为上下两层，均采用科林斯柱式，柱式比例匀称而成熟。该建筑约建于公元前1世纪，具有希腊晚期的建筑风貌，最让人感到惊奇的是二层中间部分凸出的圆形亭子造型，山花在这里折断，并深深地凹入到崖壁上。据说

◇ 卡兹尼神殿

亭子造型的龛内装有逝者的骨灰，也有人说藏有国王的财宝，这种造型的建筑在佩特拉古城遗址中大量出现，而我却想起了意大利罗马巴洛克风格的代表建筑——圣卡罗教堂，两者相距一千七八百年，却有着某种基因的联系，真是很奇妙。

卡兹尼神殿的内部空间没有向游人开放，神殿面向东方，前面有一个比较开阔的谷地，这时刚刚 8 点半钟，阳光还没有照到建筑上，这里经常会在夜晚举办灯光秀表演，点点烛光和夜晚红色的卡兹尼神殿交相辉映，营造出一种既独特又浪漫的氛围。

露天剧场

我们沿着外西克峡谷继续向前走，峡谷逐渐开阔起来，两侧崖壁上雕凿的建筑更为

◇ 露天剧场

◇ 柱廊街和沙拉神庙遗址

高大，继续向前走就到了半圆形的露天剧场，整个剧场是在山坡上雕凿而成的，最初是2000多年前由纳巴泰人开凿的，公元106年古罗马人又进行了扩建，据说可以容纳8000多人，虽然是古罗马时期改造的却具有典型的古希腊剧场风格。剧场舞台部分是后建造的，被公元363年发生的大地震所摧毁，目前残留有局部墙体和立柱，与杰拉什古城遗址的剧场舞台相比规模要小很多。在剧场对面的山岗上是规模庞大的皇家陵墓建筑群，要想近距离观看需要花时间去登山，而这部分应该在下午才能够被阳光照亮，据说夕阳西下时这里是观看“玫瑰之城”的最佳地点。从这里也可以走“绿线”，绕过山梁可以达到卡兹尼神殿对面的山岗，俯视脚下的卡兹尼神殿，路途上既可以从高处俯瞰峡谷，又可以眺望远方，但是要付出两三个小时的时间去爬山。

大神殿

我们继续往前走，南侧的山坡上有许多建筑遗址，沿道路一侧遗留有高高低低的立柱，这里就是柱廊街，柱廊街南侧山坡上就是佩特拉古城中最大的考古遗址群——大神殿。据史料记载，该遗址群始建于公元前1世纪末，柱式粗壮，柱距密集，是纳巴泰人传统文化与西方古典文化相结合的产物。也许是我们的身心都很疲劳，没有了最初兴奋的感觉，也许是急于前往耶路撒冷，我们没有上到山坡之上，如果登上十几米的台阶，也许会看到独特的风景。

沙拉神庙建筑遗址

穿过前面一道石墙竖立的大门就可以看到南侧山坡上高达23米的沙拉神庙建筑遗址，沙拉神庙大约建于公元前1世纪初，是佩特拉古城遗址内最重要的神庙，目前建筑入口上方巨大的石头拱门濒临坍塌，整个遗址被封闭了，远远望去残垣断壁伫立在荒野之中，但是一些建筑装饰细节十分精美。这里已经接近1号考察线路的终点站了，跨过

河谷上的石桥就是前往埃德伊尔修道院的登山道路。我们在这里短暂休息一下就折返往回走，返回卡兹尼神殿时已经是上午10点了，正好阳光照亮了整个建筑，神庙在光线的照射下像熊熊燃烧的火焰，如果再早来一点光线应该更好一些。

我们返回旅馆正好是10点半，3个半小时的行程并没有感到太疲劳，午餐后我们要沿着15号公路原路返回，前往耶路撒冷，中间会路过摩西升天的尼泊山。

◇　山谷中仿佛火焰般的色彩

考察建议

回想佩特拉古城遗址的徒步之行，觉得这里比较适合慢游，只有细细地品味才会更有滋味。佩特拉古城有多条精心设计、景色迥异的旅游线路，要想把主要的地方都走到，起码需要一整天的时间，同时还需要有足够的体力，因为虽然遗址内有短途的马车，还可以骑骆驼、骑马和骑毛驴，但是绝大部分路途都需要步行，也只有步行才能够更为深刻感受到古城内不断变化的景致，况且即使你肯花钱，也不是所有的人都可以骑着毛驴在峡谷里狂奔的。

据旅游手册介绍，每逢周一、周三和周四，晚上八点半至十点半有夜游佩特拉的项目，从西克峡谷进入，到卡兹尼神殿为终点，有两个小时的夜游时间，游客可以领略到玫瑰之城的另一番景致。

◇ 从峡谷缝隙看卡兹尼神殿

佩特拉古城—尼泊山

距离：约 230 千米

佩特拉古城距离尼泊山约 230 千米，大约需要 3 个小时的车程。我们沿着来时的 15 号公路一直向北，在快到阿勒娅王后国际机场时转向马德巴（米底巴）方向，尼泊山位于该市西北约 10 千米处。

尼泊山海拔 817 米，站在山顶上向西眺望，据说天气好的时候能够看到死海和约旦河谷，甚至还能看到约旦河西岸的圣城——耶路撒冷。当天能见度一般，山谷里飘荡着一层薄雾，居高临下俯瞰周围的景致，甚至产生了君临天下的虚幻感觉，看来当年摩西选择了一块可以极目眺望远方的风水宝地。

来到尼泊山不禁想起了 5 个月前在意大利罗马铁链教堂看到的米开朗琪罗创作的摩西雕像，高大威猛、肌肉发达。据史料记载，犹太教的创始人——摩西在此度过了生前最后的时光，并在此升天。摩西在基督教中是仅次于上帝和耶稣的重要人物，同时也是伊斯兰教的六大使者之一，因此尼泊山每年都会吸引大批游客前来朝拜和观光。

◇ 从尼泊山上俯瞰山谷

摩西升天纪念教堂

在尼泊山山顶现存有 4 世纪初期基督徒为了纪念摩西升天而建造的纪念教堂遗址，在原有遗址上面新建的建筑才刚刚完工，将原有纪念教堂遗址很好地保留在建筑内部，室内保留有大量精美的马赛克装饰镶嵌画。为了保护入口原有的石头路和台阶，入口钢制坡道采用架空的形式，而新建部分采用的光滑石材与下部遗址的粗糙石头产生了明显的区分。

盘蛇十字架雕塑

在山顶纪念教堂边上还有一座半开敞的博物馆，展示着周围考古挖掘的文物，在山顶的观景平台上耸立着一座高大的象征摩西神杖的盘蛇十字架雕塑，钢管堆砌焊接在一起，极具现代感，是意大利佛罗伦萨的吉安尼·凡陶尼在 1984 年设立的。2000 年 3 月 20 日，罗马教皇保罗二世曾莅临尼泊山，并栽下了一棵橄榄树。

◇ 摩西升天纪念教堂遗址内部

◇ 盘蛇十字架雕塑

引文注释

① 罗兴武，董竹．沙漠中的博物馆——约旦［M］．上海：上海锦绣文章出版社，2013:5.

② 唐志超．约旦：第2版［M］．北京：社会科学文献出版社，2016:2.

③ 罗兴武，董竹．沙漠中的博物馆——约旦［M］．上海：上海锦绣文章出版社，2013:68.

④ 罗兴武，董竹．沙漠中的博物馆——约旦［M］．上海：上海锦绣文章出版社，2013:69.

参考文献

[1] 罗兴武，董竹．沙漠中的博物馆——约旦［M］．上海：上海锦绣文章出版社，2013.

[2] 唐志超．约旦：第2版［M］．北京：社会科学文献出版社，2016.

[3] Lonely planet. 以色列和巴勒斯坦［M］．赵祎文，译．北京：中国地图出版社，2016.

[4] 总参谋部测绘局．世界地图集［M］．北京：星球地图出版社，2006.

[5] 范毅，周敏．世界地图集：第2版［M］．北京：中国地图出版社，2011.

[6] 张芝联，刘学荣．世界历史地图集［M］．北京：中国地图出版社，2002.

[7] 费根．世界古代70大奥秘［M］．姜镔，吉生，惠君，译．桂林：漓江出版社，2003.

[8] 纪江红．典藏世界名胜［M］．北京：北京出版社，2004.

[9] 李之吉．中外建筑史［M］．北京：中国建筑工业出版社，2015.

到达耶路撒冷

车程：1 小时

如果说有这样一个地方，它既吸引你，却又由于某些因素使你心有余悸，无法轻松前往，我觉得这个地方就是——耶路撒冷。耶路撒冷的魅力就在于其神圣的宗教色彩和丰富的古迹遗址，动荡的局势也为耶路撒冷之旅增添了刺激的因素。

出了边防检查站，我们乘车沿着以色列的 1 号高速公路一直向西行驶，天色渐渐暗了下来，导游一边介绍以色列的基本情况，一边指给我们看道路两侧的犹太人定居点，不到一个小时就到了耶路撒冷老城东部的橄榄山，这里是远眺耶路撒冷老城的绝佳地点，电视里耶路撒冷老城的画面大都在这里拍摄。此时此刻，夜晚的耶路撒冷静静地伫立在那里，远远地可以看到老城的城墙和圣石清真寺的金顶，心中有一种说不出的感觉。

夜色下，美丽端庄的耶路撒冷就像犹太文明经典《塔木德》中所描绘的那样：上帝给了世界 10 分的美丽，9 分给了耶路撒冷。而世人则说，世界若有 10 分的哀愁，9 分留在了耶路撒冷。几千年来，耶路撒冷，这座犹太教、基督教和伊斯兰教三教的圣城不知道为我们留下了多少天国般的美丽与世间的哀愁，不同的文化与宗教在这里发生强烈的冲突与碰撞，却始终闪耀着异样而迷人的色彩，这就是耶路撒冷，一个我们也许永远都无法理解的地方。在历史上，这座城市“被各方群雄征服过 37 次，曾 8 次毁于战火，但每次都在废墟上再生”。[①]就世界宗教的发展而言，没有一个城市能够与耶路撒冷相提并论，这里是犹太教和基督教的发源地，又是伊斯兰教的三大圣城之一。我们预定的旅馆位于耶路撒冷老城的西部，由于晚间不堵车，半个多小时后我们就从橄榄山赶到了旅馆。

第二天一早起来，看到东方太阳已经升起，一道霞光照亮了窗前的建筑，但是远眺耶路撒冷老城方向却是阴云密布。眼前许多建筑都是米黄色的石材贴面，像极了约旦的安曼，耶路撒冷城市地形起伏比较大，建筑大都在山顶上建造，高高的挡土墙和台阶式的错落布局比比皆是。

由于我们计划在耶路撒冷只停留一整天的时间，为了多看一些，早晨8点我们就离开了旅馆前往昨晚刚刚去过的橄榄山，但是路上的堵车状况是我们始料未及的，用了一个小时我们才到达橄榄山，比昨晚多了一倍的时间。还是站在昨晚的观景平台上，耶路撒冷老城、圣石清真寺、阿克萨清真寺，以及橄榄山上犹太人墓地、玛利亚教堂的金色洋葱顶都历历在目，如果光线好，圣石清真寺的金顶会闪闪发光。根据史料记载，橄榄山是上帝救赎死者的地方，因此这里有世界上最古老的公墓，迄今为止，已经有15万人被埋葬在橄榄山的山坡之上。

◇ 从橄榄山上俯瞰耶路撒冷老城

耶路撒冷建议考察项目分布示意图

1. 橄榄山
2. 圣石清真寺
3. 阿克萨清真寺
4. 哭墙
5. 圣墓教堂
6. 大卫王墓
7. 大卫城堡酒店
8. 犹太人大屠杀纪念馆
9. 以色列博物馆
10. 圣经之地博物馆
11. 以色列国家图书馆
12. 以色列国会大厦
13. 以色列最高法院
14. 竖琴大桥
15. 拉莫特波林公寓
16. 塞缪尔国家公园

圣石清真寺

远眺耶路撒冷老城，最醒目的是圣石清真寺金色的穹顶。公元前 10 世纪，以色列国王所罗门曾经在现耶路撒冷圣殿山上耗巨资修建了一座圣殿，使其成为犹太教的圣地。公元前 586 年，圣殿在新巴比伦王国的入侵中被彻底摧毁，重建的圣殿在公元 70 年时被古罗马人再次摧毁。公元 30 年，耶稣曾经来到耶路撒冷生活、传教，并在这里遇难和复活，使这里又成为基督教的圣地。

公元 688—692 年，阿拉伯人在圣殿山上一块相传是穆罕默德“夜行登霄”的岩石上建造了伊斯兰世界最神圣的建筑，这就是有着伊斯兰第三大圣地之称的圣石清真寺，而它的旁边就是被摧毁的高达 12 米的犹太圣殿西墙遗址。圣石清真寺的规模不大，平面为八边形，每边长约 21 米，中央穹顶直径达 20.6 米，高 35.3 米，外面贴满镀金的铅板（1967 年以后改为电解铝板）。1994 年，当时的约旦国王侯赛因出资 650 万美元为穹顶覆盖了 24 千克的纯金箔，穹顶金光闪烁，灿烂夺目，使“金顶寺”的别称名闻天下，从耶路撒冷老城的任何一个地方都可以看到圣殿山上的金色穹顶。

木结构的穹顶由下面 4 个墙墩以及 16 根柱子形成的拱券来支撑，围绕其外面的是一个八角形的拱廊，有 4 个大门通向最外侧的回廊。穹顶下是一块长宽分别是 17.7 米和 13.5 米，高 1.2 米黝黑色的圣石，用银铜镶嵌的圣石上有相传为阿拉伯人祖先伊斯梅尔的脚印和穆罕默德升天时所乘天马的蹄印，圣石清真寺也因此得名。

清真寺的外墙面装饰得非常精美，窗台下面贴大理石板，窗台以上是 16 世纪中叶贴的面砖，色彩斑斓的装饰图案和纹样布满了建筑的表面，镂空的大理石加上陶瓷制作的拱形窗，使体量很小的建筑显得更加精巧。圣石清真寺集中式的形制，单纯而庄重的造型明显受到拜占庭建筑的影响。圣石清真寺是伊斯兰最早的纪念碑，它并不是供信徒做礼拜的地方，而是朝圣的圣地。

在圣殿山上，圣石清真寺南侧 100 多米远处就是著名的阿克萨清真寺，始建于公元 705—715 年，之后经历过多次重建，13 世纪时被更名为阿克萨清真寺。阿克萨清真寺深灰色的穹顶与圣石清真寺金色的穹顶如同一对姐妹，为圣殿山增添了许多魅力。

圣墓教堂

离开橄榄山，我们坐车来到老城的北部，从希律门进入，去追寻耶稣受难的“苦路”。苦路从第一处耶稣被判死刑、背负十字架并被戴上荆棘冠，到途中遇到母亲玛利亚，直至被钉在十字架上共计被分为

考察建议

现在要想进入圣殿山上，需要从西墙（哭墙）一侧通过高架木桥进入，在每天特定的时间内才可以参观，据说要花一些时间去排队，而清真寺内是不允许非伊斯兰教徒进入的，更不容许照相。我们走到西墙下时已经快中午 11 点了，去圣殿山的入口已经关闭。

14 处，一路追寻，最终将人们引入圣墓教堂，其中第 10~14 处都在圣墓教堂内部。

如果你看过梅尔·吉布森导演的电影《耶稣受难记》，会对耶稣在被钉在十字架前饱受折磨的悲惨景象留下深刻记忆。据史料记载，早在公元 8 世纪或者更早的时间，朝圣者就开始举行仪式性参拜，到今天苦路的第 1 ~ 9 处都用圆形金属牌上的罗马数字进行标注，在苦路的追寻过程中也可以顺便浏览耶路撒冷老城。人们一路走来，最后都聚集在圣墓教堂前的小广场上，圣墓教堂的位置被基督徒认为是《圣经》中耶稣被钉在十字架上、死亡并复活的受难地，据说是在耶稣受难 300 年之后，由君士坦丁大帝的母亲海伦娜确定的。

进入教堂，在入口大门对面的地面上有一块血红色的大理石石板，这就是苦路的第 10 处——涂膏礼之石，据说是耶稣下葬之前神父为他的身体涂膏的地方。沿着右手方向前行，分别是受难地小教堂、亚当小教堂、圣海伦娜小教堂和十字军小教堂，当然最为重要的是圣墓。在巨大的穹顶之下，有一座造型精美的小型建筑，白色大理石墙面点缀着血色的大理石线脚和造型，人们排着长队进入墓室，这里就是耶

◇　圣墓教堂

◇　苦路的终点——圣墓

稣的墓地。1808 年的火灾和 1927 年的地震都对圣墓教堂造成不同程度的破坏，一直到 1959 年新的修复计划才确定下来，我们今天看到的圣墓教堂历史上经历过多次修复。

哭墙

离开圣墓教堂，在耶路撒冷老城的街道上穿行，很快就走到哭墙西侧的建筑平台之上，这里和哭墙之间有十几米的高差，正好可以俯瞰哭墙及其前面的广场，也可以看到圣殿山上圣石清真寺的金顶，哭墙现在实际上成为圣殿山西侧的挡土墙。

公元 70 年时圣殿被彻底摧毁，犹太人被流放。奥斯曼时期这里成为一个朝圣的地方，犹太人来到这里倾诉失去家园的苦闷，痛惜圣殿的毁灭。1967 年 6 月 9 日，在“六日战争”的第 4 天，以色列军队占领了耶路撒冷老城并在西墙下宣布：“国防军已经解放了耶路撒冷，我们回到了我们最崇高的圣地，这是永远的回归，再不会分离。”[2] 此时此刻“疲惫不堪、满身尘土、头缠绷带的以色列士兵拥到西墙下，他们敬畏地拥抱、抚摸、亲吻着墙上的石头，孩子般地抽泣、哽咽、痛哭，从此，在世界传媒里，‘西墙’的称谓被‘哭墙’所取代。”[3]

考察建议

据说“哭墙”及前面的广场一年 365 天 24 小时均对外开放，大家也可以在晚间去感受一下那种凝重的氛围。广场被中间的木隔墙分成两个区域，男性在北侧，女性在南侧。进到“哭墙”下男性需要带个小帽子（犹太人称作基帕），在入口处可以免费领取，用后再放回去就可以了，之后我们又去过大卫王墓等多处祭拜的场所，都需要带这样的小帽子，一般都是在入口处领取。

看到一些小孩子被老师带到这里，耳濡目染会在他们幼小的心灵里埋下种子，这就是信仰的力量。

◇　耶路撒冷老城西侧

大卫王墓

通向圣殿山的高架木桥南侧就是耶路撒冷考古公园和戴维森公园，马路对面的考古现场就是大卫城遗址，据说 3000 多年前大卫王率领迦南人定居于此，整个考古遗址深埋地下，有很多遗址正在进行考古挖掘。

离开大卫城遗址，我们前往锡安门，锡安门的石墙上密密麻麻的弹坑让我们联想到 1967 年“六日战争”期间为争夺耶路撒冷老城，以色列军队和约旦军队在这里激战的场景。进入锡安门，在马克楼的左侧就是大卫王墓，我实在没有办法将眼前这座满脸胡须、弹奏着竖琴的雕像与我们在佛罗伦萨看到的，由米开朗琪罗创作的英俊的大卫裸体雕像相提并

◇ 布满弹痕的锡安门

◇ 马克楼及墙下的大卫王雕像

◇ 最后的晚餐所在地

论；更没有办法和我们熟悉的扑克牌中的黑桃K扯上关系，其实他们刻画和记录的都是一个人，即以色列历史上重要的人物——大卫王。

大卫王（公元前1009—前973年在位）是所罗门王的父亲，他利用古代埃及走向衰落的历史机遇，把以色列统一起来并建立了一支强大的军队。大卫王墓室中间有一个木隔断将石棺隔开，以使男性和女性分开祭拜，当然你还需要取一个小帽子先戴上。在大卫墓上边就是"最后的晚餐"所在地，据说这里就是耶稣和他的门徒吃最后一次晚餐的地方。这里的室内空间比较狭小，肋架拱和双圆心尖券都显示出早期哥特式建筑的风格，在这里不由得让人想起达·芬奇的名画——《最后的晚餐》，但是绘画中的空间场景与现实毫无对应关系。《最后的晚餐》所在地是与圣墓教堂、圣诞教堂齐名的基督教圣地。如果你再有一点时间，可以继续向南走，会看到奥斯卡·辛德勒的墓地，看过史蒂文·斯皮尔伯格导演的电影《辛德勒名单》的朋友都会对电影中高大英俊的奥地利企业家辛德勒留下深刻印象，他拯救了1000多名犹太人，辛德勒死后就埋葬在锡安山的基督教公墓。

从上午9点重新登上橄榄山开始，到中午12点离开大卫王墓，我们仅用了3个小时就匆匆走完老城内的主要景点，结束了耶路撒冷老城的行走，午饭后回到耶路撒冷西部新城区继续考察。

犹太人大屠杀纪念馆

犹太人大屠杀纪念馆位于耶路撒冷西部赫茨尔山的西坡，占地18万平方米，是为了纪念死于二战期间被纳粹屠杀的600万犹太人而建立的，是一座集展示、追忆、研究与档案管理以及教育等功能为一体的综合性建筑群，整个项目投资近1亿美元，由加拿大籍以色列裔的国际建筑大师莫瑟·萨夫迪主持设计。

莫瑟·萨夫迪

1938年7月14日，莫瑟·萨夫迪出生于以色列的海法，1955年移居加拿大，毕业于麦吉尔大学建筑学院，曾经在路易斯·康的事务所短暂工作，因为设计1967年加拿大蒙特利尔世博会项目——栖息地67而一举成名。萨夫迪在以色列设计了许多作品，其中包括耶路撒冷的大卫城堡酒店、特拉维夫的拉宾纪念中心以及本·古里安国际机场新航站楼等项目。

大屠杀纪念馆的主体空间位于半地下，中间由长达 180 米的三角形空间长廊连接着 10 个展厅，倾斜的混凝土墙面以及顶部的三角形天窗都营造出肃穆的气氛，而三角形空间的原型显然来源于以色列国旗上的“大卫之星”，据说“大卫之星”是由上下两个正三角形组成，而一个三角形则是为了纪念由于大屠杀而死去的全球半数犹太人。整个展览的高潮部分是“名录堂”，在巨大的锥形空间里陈列着被屠杀者的照片，环形资料库的档案架上放置着 200 多万份大屠杀的证词和资料，这里弥漫着对死去犹太人的哀悼与追忆，凝重的气氛震撼人心。结束大屠杀纪念馆的参观后，可以走到室外的观光平台，三角形在这里裂开，面向山坡下的耶路撒冷森林，预示着以色列美好的未来。从方形庭院处可以上到二层屋顶平台，这里有一座正方形平面的纪念大厅，倾斜

◇　大屠杀纪念馆局部

◇　大屠杀纪念馆交通长廊

◇　令人震撼的名录堂

的屋面，巨石垒砌的墙面，加上一盏燃烧的长明灯营造出凝重的纪念氛围，纪念大厅地面上刻录着22座臭名昭著的集中营的名字。

以色列博物馆

以色列博物馆始建于1965年，2010年扩建，是以色列最重要的国家级博物馆，博物馆的美术展厅中有大量的艺术珍品，例如德加、莫奈和塞尚的作品。博物馆比邻以色列国家图书馆、圣经之地博物馆和以色列国会大厦，参观这一区域需要大约半天的时间。

在以色列博物馆内还有两个地方值得一看，一个是耶路撒冷圣地模型，据说是第二圣殿后期耶路撒冷城的复原模型，南北向大约长70米，东西向大约宽50米，比例为1 ∶ 50。另一个地方就是死海古卷博物馆，《死海古卷》共计800卷，其中第一个卷轴于1947年在死海西北基伯昆兰旷野的山洞中被发现，内容涉及世俗、宗教等领域，其展示的

◇ 耶路撒冷圣地模型

◇ 以色列博物馆建筑群

◇ 死海古卷博物馆

◇ 七盏青铜烛台雕塑

历史可以追溯到2000多年前。博物馆由基斯勒主持设计，建于1965年，建筑外观造型像一个巨大的白色陶罐放置在水中，地下入口处设计有多道黑色石墙组成的通廊，模仿当年发现《死海古卷》的岩洞，展厅内部水平向的凸凹线脚看起来令人眩晕，展厅中央一座印章造型的展台展示着古老的死海古卷，展厅内部不允许拍照。

以色列国会大厦

以色列国会大厦建于1966年，据介绍游客可以在规定的时间内，携带证件进入国会大厦参观，我们赶到时已经是下午5点了，周围几乎没有行人，但是美女安保人员还是面带微笑地和我们合影留念。

以色列国会大厦入口巨大的防弹玻璃门让人印象深刻，隔着防弹玻璃可以清晰地看到远处的国会大厦。在国会大厦对面的玫瑰公园前有一座巨大的7盏青铜烛台雕塑，“7盏烛台”是犹太教的徽号，也是以色列国会的中心图案，这座青铜雕塑是1956年英国工党赠送给以色列国会的礼物。如果有时间你可以到公园中走走，经常会碰到拍摄婚纱照的新人。

◇ 以色列国会大厦

◇ 竖琴大桥

竖琴大桥

被称为“大卫王的琴弦”的竖琴大桥位于以色列博物馆的北部，这是一座弧形斜拉轻轨铁路桥，耗资7000万美元，据说超出原来预算的一倍。大桥于2002年设计，2005年开始建造，2011年投入使用，由西班牙建筑大师圣地亚哥·卡拉特拉瓦设计，其设计灵感来源于《圣经》中提到的竖琴。竖琴大桥延续了卡拉特拉瓦惯用的白色，高达100多米的拉索桅杆呈150度角的折线状，且两边细，中间粗，极具视觉冲击力，在耶路撒冷很多地方都能够看到它的身影，但是要想拍到竖琴大桥的全景却很困难。

耶路撒冷—伯利恒

距离：约 10 千米

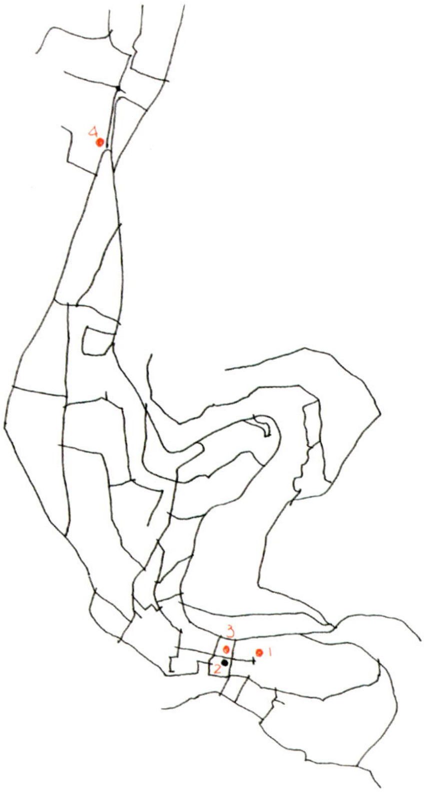

伯利恒建议考察项目分布示意图

1. 圣诞教堂和圣凯瑟琳教堂
2. 马槽广场
3. 游客中心
4. 隔离墙

伯利恒位于耶路撒冷的南部，往返需要比较长的时间，由于耶路撒冷的考察项目比较多，就很难再挤时间去伯利恒了。原本计划第二天一早从耶路撒冷前往特拉维夫，然后搭乘晚间的航班返回国内，由于突发的变故使我们临时改变了行程安排，上午不得不继续留在耶路撒冷，这样就有机会去伯利恒看一看圣诞教堂了，也许上天也有意识让我们去伯利恒看看。

圣诞教堂

圣诞教堂位于耶路撒冷南部 10 千米处的伯利恒，这里是巴勒斯坦人的实际控制区域，因此进出伯利恒都要经过以色列军警的检查哨卡。圣诞教堂也叫主诞教堂，位于伯利恒市中心马槽广场的东侧，2012 年被列入《世界文化遗产名录》，这也是巴勒斯坦首次成功“申遗”。圣诞教堂被视为耶稣诞生的地方，于公元 326 年由君士坦丁大帝下令修建，后来在查士丁尼大帝时期重修，目前室内外正在进行维修，到处都搭有施工的脚手架。

圣诞教堂的入口十分低矮和狭小，仅有 1.2 米高，成年人需要低头弯腰才能够进入，也因此被称为“谦卑之门”，但仔细看就会发现这座低矮的小门原来是在一个拱门中改造而成的，据说是为了防止袭击者骑马闯入而后改造的，一直沿用至今。

◇ 圣诞教堂入口

◇ 人们排队进入耶稣诞生地

进入教堂，你会看到木地板下保存完好的马赛克地面。在大厅一侧人们排着长长的队伍等着进入一座半地下的建筑中，这里就是耶稣诞生的地方。人们纷纷用手去触摸地面上的 14 角银星，据说这是耶稣降生的位置，而对面的“圣诞马槽”则展现耶稣诞生的场景。据记载，14 角银星在 1717 年才刻制，1847 年失窃，1853 年重新仿制了一枚 14 角银星，一直放置至今。在圣诞教堂的隔壁是刚刚修缮一新的圣凯瑟琳教堂，每到圣诞节时这里都要举行规模宏大的庆典活动。

隔离墙

离开圣诞教堂，我们去了伯利恒北部的隔离墙，8 米高的预制钢筋混凝土隔离墙伸向远方，上面是双层的电网，隔离墙将巴勒斯坦人和以色列人严格分离开来，游客进出隔离墙都需要进行例行的检查。

◇ 伯利恒北部的隔离墙

伯利恒—拉莫特

距离：约 15 千米

离开伯利恒，我们乘车又重新返回耶路撒冷，通过关卡，沿着高速路一直前往北部的拉莫特，去看看泽维·霍克设计的拉莫特波林公寓。

拉莫特波林公寓

泽维·霍克设计的拉莫特波林公寓位于耶路撒冷北部的一座小山上，这里远离市区，是相对独立的犹太人居住社区，于 1975 年建成使用。这里最初是安置大批犹太移民的安居工程，居住标准不高，公寓造型奇特、室内空间狭小，除了地面是水平面之外，墙面与屋面都是倾斜的。

泽维·霍克

1931 年泽维·霍克出生于波兰的克拉科夫，由于设计的建筑造型奇特，被称为建筑师中的艺术家。泽维·霍克于 2013 年被美国建筑师学会（AIA）授予荣誉院士称号，主要代表作品是位于德国柏林的犹太小学（1995 年），以及以色列特拉维夫螺旋公寓（1989 年）和耶路撒冷拉莫特波林公寓（1975 年）。

据资料记载，拉莫特波林公寓一共有 720 个预制单元，像蜂巢一样密密麻麻地排列组合起来，拉莫特波林公寓曾经被评为“世界上最奇怪的建筑”。经过 40 多年的使用，现在的整体环境和形象可以用“非常糟糕”来形容，由于人们不满意原有公寓提供的使用空间，居住者做了大量的改造，私搭乱建与原本就复杂的建筑造型交织在一起更显得杂乱无章。建筑师只是一味追求新奇，却给使用者带来了无尽的烦恼。

◇ 拉莫特波林公寓

塞缪尔国家公园

离开拉莫特波林公寓，导游带我们去了塞缪尔国家公园，这是临时增加的考察项目。塞缪尔国家公园位于拉莫特波林公寓北侧大约3000米的一座小山上，因为塞缪尔先知的墓地而得名，这里也是一座考古发掘的现场，正在边挖掘边修复。山顶上有一座小教堂，上面有一座高高的塔楼。塞缪尔先知的墓室就在教堂的一层，周围有许多人在祷告，这里是一处重要的宗教遗址。据说岩石中开凿的马厩是当年古罗马时期留下的遗址，战马饮水的马槽仍然清晰可见。你还可以通过窄窄的楼梯登上教堂顶部的平台眺望周边的景色，远处竖琴大桥隐约可见，北部的隔离墙看得清清楚楚。

◇ 塞缪尔国家公园里的教堂

耶路撒冷—特拉维夫

距离：约 70 千米

特拉维夫建议考察项目分布示意图

1. 环境学院实验中心
2. 西姆巴力斯塔犹太教会堂
3. 散流博物馆
4. 校园图书馆
5. 以色列拉宾纪念中心
6. 本·古里安国际机场航站楼
7. 霍隆博物馆和 Z 住宅
8. 螺旋住宅
9. 巴伊兰大学校园及胡尔中心
10. 特拉维夫现代博物馆
11. 特拉维夫白城及包豪斯展览馆

下午我们离开了耶路撒冷，前往以色列西部港口城市特拉维夫，由于要搭乘晚间 9 点半的航班返回国内，剩余时间只能参观一个项目，商量后我们选择了特拉维夫大学。从耶路撒冷前往特拉维夫只有六七十千米，但是沿途车辆很多，进入特拉维夫市区时车辆开始出现拥堵，到达特拉维夫大学环境学院实验中心时已经是下午 3 点半了。

特拉维夫大学

Geotectura 设计事务所设计的特拉维夫大学环境学院实验中心是以色列第一个 LEED 白金认证的绿色建筑，2014 年建成投入使用。该实验中心设有教室、实验室、学术报告厅、办公室、会议室，在多层的共享大厅中，横贯室内外的橄榄球状会议室最引人注目。整个建筑的南侧立面布满了太阳能真空管，可以为建筑提供热能和电能，建筑室内外还设有生态处理系统的湿地花园、绿色屋顶以及咖啡厅，这座建筑对公众开放，可以自由参观。

其实从这里走到博塔设计的西姆巴力斯塔犹太教会堂和希伯来遗产中

◇ 特拉维夫大学环境学院实验中心

◇ 西姆巴力斯塔犹太教会堂和希伯来遗产中心

◇ 小教堂

心也没有多远，乘车反而却绕了一个大圈，最终汽车也不让进入校园核心区。这座不大的建筑远远望去像是一座粮仓，外墙采用当地的石材，表面肌理及色彩变化极其丰富，远远看去与博塔惯用的红色面砖非常相近。两座圆桶形的造型高高升起，它们是由正方形的平面向上升起并转换成圆形的屋顶，中间过渡部分形成的棱角看起来怪怪的，无论你在什么角度拍照，主体圆形的建筑看起来都是歪的。该建筑建于1996—1998年，平面功能非常简单，进入建筑内部，门厅东部是小型的犹太教堂，北侧的白纱帘将教堂分成供男性和女性分别祈祷的独立空间，仰头向上看，圆形的巨大天窗下是方形的天棚，柔和的光线洒落下来，照亮了教堂空间，实际上天光来自4座拱形的巨大侧窗，这些都是博塔熟悉而常用的设计手法，教堂对面是一个相同面积的学术报告厅。

建筑的主要入口朝向北侧，与对面建于1978年的流散博物馆相对，流散博物馆西侧是特拉维夫大学的图书馆。我们在这里停留下来，最后感受一下夕阳下特拉维夫大学校园特有的那份宁静，这里还有好多地方可以慢慢地走走看看，而我们的整个考察行程就要结束了，只能快速整理一下心情，乘车前往我们本次出行最后一个考察项目——萨夫迪设计的本·古里安国际机场。据说以色列机场安检非常严格而烦琐，需要预备足够的时间。

◇ 流散博物馆

◇ 特拉维夫大学图书馆

本·古里安国际机场

虽然已经是晚高峰时间，但我们从特拉维夫大学到本·古里安国际机场只用了一个小时的时间。本·古里安国际机场新航站楼是在老航站楼的基础上新扩建的，并以有“现代以色列之父”之称的以色列第一任总理本·古里安的名字命名。本·古里安出生于曾属波兰的普朗斯克（今属白俄罗斯），后移民巴勒斯坦，先后创建了劳工联盟、巴勒斯坦工人党，为以色列国家的建立做出了重要贡献。1948 年 5 月 14 日，本·古里安代表犹太复国主义全国委员会向世界宣布以色列国家正式建立，5 月 14 日也成为以色列的独立日和国庆日。

新航站楼由 SOM 建筑设计事务所主持整体规划与概念设计，萨夫迪事务所主持连结区、空中离境区与入口区的设计。扩建后的机场集旅客输送、物流发配、休闲娱乐与购物为一体，2014 年在原有 3 条停机站廊的基础上又在东南角增加了一条站廊。

本·古里安国际机场新航站楼整体设计有一些独特之处，一是将高高的指挥塔布置在紧邻出境大厅的北侧，在进入大厅前就能够清晰地看到它优美的曲线，并成为航站楼整体造型的重要元素和组成部分；另一方面就是在入口大厅前设计了两条近200米的低矮长廊，长廊既可以遮雨、遮阳，又为航站楼营造了一种亲切的尺度和氛围，与现在追求高大上的设计理念形成了鲜明的对比；再有就是通过一条长长的交通廊将旅客从进出港办理大厅输送到圆形的中央大厅，然后再向各站廊进行分流，购物及餐饮均被安排在圆形的中央大厅内，营造了一种非常好的家庭团圆的氛围，与犹太人回归家园的心态相契合，这些都体现了萨夫迪试图去营造一种“回家”的设计理念。在交通廊一侧设有大型的图片展览，通过大量图片展示以色列的历史沿革与科技发展，如果你有时间，可以免费领取一本小册子，上面详细地记述了图片展的内容。

◇ 本·古里安国际机场

以色列和巴勒斯坦旅行总结

总结我们在以色列和巴勒斯坦地区的考察行程，觉得两整天的时间安排过于紧张，即使是走马看花也看不过来。

首先是耶路撒冷及周边区域，应该安排两整天的考察时间，最少也需要一天半，其中包括耶路撒冷老城、西部新区和伯利恒。

由于伯利恒在巴勒斯坦人控制区域，一进一出需要些时间，早晚路上也容易堵车。耶路撒冷老城内古迹众多，而且距离都不远，适合于徒步慢游，圣殿山每天只在规定的时间开放，往往需要排队，这些都需要相对充裕的时间安排。

耶路撒冷距离特拉维夫只有几十千米的距离，不堵车时很快就能到达，建议躲开高峰期，选择在午间或者深夜从耶路撒冷赶到特拉维夫，这样会节省一些时间，据说早晚从耶路撒冷乘车前往特拉维夫路上都会比较堵车。

其次是特拉维夫，原来我们只是把特拉维夫作为返程的落脚城市，实际上特拉维夫可看的地方很多，考察时间最少要有一整天，如果想仔细看看2003年世界文化遗产项目——特拉维夫白城及包豪斯展览馆，安排两天时间会从容一些。

考察建议

机场的安检并没有传说中的那么烦琐，虽然问了一些诸如谁帮你装的行李箱，装行李箱时你是否在场，你替别人带了东西没有等其他国际航班不会问及的问题，但是办理起来很快捷，而且有关问题在电脑屏幕上都有中文提示，只要点击“是”或“否”即可，很便利。

引文注释

① 纪江红．典藏世界名胜［M］．北京：北京出版社，2004:68.

② 张倩红．以色列史：第2版［M］．北京：人民出版社，2015:289.

③ 张倩红．以色列史：第2版［M］．北京：人民出版社，2015:290.

参考文献

[1] 张倩红．以色列史：第2版［M］．北京：人民出版社，2015.

[2] Lonely planet. 以色列和巴勒斯坦［M］．赵祎文，译．北京：中国地图出版社，2016.

[3] 总参谋部测绘局．世界地图集［M］．北京：星球地图出版社，2006.

[4] 范毅，周敏．世界地图集：第2版［M］．北京：中国地图出版社，2011.

[5] 费根．世界古代70大奥秘［M］．姜镔，吉生，惠君，译．桂林：漓江出版社，2003.

[6] 胡允桓，邱秋娟．世界遗产之旅，宗教建筑［M］．北京：中国旅游出版社，2005.

[7] 科帕．马里奥·博塔［M］．金京，译．大连：大连理工大学出版社，2008.

[8] 纪江红，典藏世界名胜［M］．北京：北京出版社，2004.

[9] 欧文．有生之年非看不可的1001座建筑［M］．李诗晴，胡朦，译．北京：人民出版社，2014.

[10] 李之吉．中外建筑史［M］．北京：中国建筑工业出版社，2015.

第二篇

墨西哥、秘鲁、智利、乌拉圭、阿根廷、巴西、美国之旅

计划去南美已经有好多年了，行程也定过好几个，经过商量大家终于决定在2018年的暑期去南美，因为这时正是南半球的冬春季节，气候比较适宜，除了巴西的几个城市热一些外，其他地方甚至有些冷，这样在2018年暑期国内天气炎热难耐的时候，我们却在南美度过了一个清凉的假期，现将考察经历和感想与大家分享。

正像导游说的那样，国内去南美的游客往往都要具备以下几个特点：一是身体要好，因为国内前往南美的航班飞行时间比较长，由于没有直飞航班，加上中转时间，一般都需要30多个小时，身体不好肯定吃不消；二是要有时间，因为南美的行程多半都是20天左右，比欧洲游的行程要长很多；三是要有资金支持，因为往返飞行的时间和行程都比较长，因此团费自然就比较高。

去南美最让人头疼的还是航班和航线的选择，从国内飞南美一般都是在欧洲或者是西亚进行中转，两段飞行都要十几个小时，中转停留一般要六七个小时，再加上前往机场和回酒店的时间，整个行程时间比较长，也非常辛苦。考虑到总飞行时间和时差的问题，我们计划在北美进行中转，然后再从北美南下南美，这样时差比较少，也可以在北美短暂停留休整两天，这样的行程安排应该会比较舒服一点，不至于疲于奔命。

以前南美是世界上最难办理签证的地方，甚至一个国家的签证已经到期了，另外一个国家的签证还没有办下来，这些年则发生了很大变化，中国游客持有美国签证可以免签入境秘鲁、智利、乌拉圭，阿根廷可以办理电子签证，只有巴西还需要单独办理护照签证，这样如果你有了美国签证，十天内就差不多能够办理完南美主要国家的签证了。

由于必须要持有美国签证，所以我们最初计划是从美国境内进行中转，可以选择洛杉矶或者旧金山，但是由于暑期前往美国的机票价格比较贵，最终我们选择了从北京起飞，经停墨西哥蒂华纳前往墨西哥城的海南航空公司的航班，一是机票的性价比最高，还有就是在体力最充沛时的首次飞行时间最长。另外选择在平时难以到达的墨西哥城停留，可以极大地丰富考察行程，持有美国签证又可以免签入境墨西哥，于是墨西哥就成为我们本次南美考察的第一站，南美之行也就变成了拉丁美洲之行了。“‘拉丁美洲’一词是 19 世纪 30 年代法国学者首先提出来的，指的是原西班牙、葡萄牙、法国等拉丁语系国家的美洲殖民地获得独立后建立的国家。20 世纪 60 年代后，加勒比地区一系列英国殖民地获得独立，这些新独立的国家的官方语言是英语，不属于拉丁语系，因此，在一些正规的国际文件中，拉丁美洲被改称为‘拉丁美洲和加勒比海地区’。从地理上，拉丁美洲包括北美洲的墨西哥、中美洲、西印度群岛和南美洲。”①

日期	主要考察内容
第 1 天	搭乘傍晚飞机飞往墨西哥城，中间经停墨西哥北部城市蒂华纳（海航 HU7925，17:10—21:30，经停墨西哥蒂华纳 1 小时 50 分钟）。
第 2 天	**考察地：墨西哥城** 墨西哥城及周边建筑考察：特奥蒂瓦坎金字塔群（羽蛇神金字塔、死亡大道、太阳金字塔、月亮金字塔）、路易斯·巴拉干设计的系列项目（圣·克里斯特博马厩与别墅、爱情广场、萨特利特塔）、费尔南多·罗梅罗事务所设计的索玛雅博物馆、大卫·奇普菲尔德设计的朱梅克斯博物馆、共和国广场。
第 3 天	**考察地：普埃布拉、墨西哥城** 早晨乘车前往普埃布拉，沿途可以观赏波波火山。普埃布拉建筑考察：伊东丰雄设计的巴洛克主题国际博物馆。有时间还可以考察：普埃布拉历史城区（1987 年入选《世界文化遗产名录》）。午后返回墨西哥城。墨西哥城建筑考察：墨西哥国立自治大学（2007 年入选《世界文化遗产名录》）的图书馆、建筑学院。有时间还可以考察：体育场、宇宙射线馆，以及校园南侧的大地艺术景观。
第 4 天	**考察地：墨西哥城** 墨西哥城建筑考察：莱昂等设计的塔马约博物馆、佩德罗·拉米雷斯·巴斯克斯设计的墨西哥人类学博物馆、巴拉干自宅（2004 年入选《世界文化遗产名录》）、建筑师协会文化中心。搭乘下午航班直飞秘鲁首都利马（哥伦比亚航空 AV961，14:45—20:30）。有时间还可以考察：巴斯克斯设计的瓜达卢佩圣母大教堂、三种文化广场、阿尔伯托·卡拉奇设计的巴斯孔塞洛斯图书馆、国家艺术宫、宪法广场、墨西哥城主教堂、菲利克斯·坎德拉设计的系列项目（公园水上餐厅、体育馆、瓶装厂厂房、社区小教堂）、布鲁瓦森设计的墨西哥新音乐厅、神似朗香教堂的复活小教堂。 2019 年墨西哥补充考察行程 考察地：坎昆、梅里达、巴亚多利德。坎昆周边建筑考察：奇琴伊察古城遗址（库库尔坎金字塔、千柱群、武士神殿、天文观象台、大祭司墓、大蹴球场、圣井）。之后乘车前往梅里达。梅里达城市建筑考察：尤卡坦自治大学。第二天乘车前往乌斯马尔遗址。乌斯马尔遗址考察：术士金字塔与四方修道院、统治者宫、大金字塔。乘车返回梅里达市区。梅里达城市建筑考察：玛雅世界大博物馆、梅里达大广场。第三天乘车前往巴亚多利德稍作休整后乘车返回坎昆。坎昆城市建筑考察：坎昆玛雅博物馆。

日期	主要考察内容
第 5 天	**考察地：库斯科** 搭乘早班飞机前往秘鲁历史文化名城——库斯科（海拔 3400 米）（智利国家航空 LA2023， 08:13—09:45）。考察库斯科古城（1983 年入选《世界文化遗产名录》）：太阳神殿、罗卡宫外墙、武器广场、萨克萨瓦曼城堡。傍晚乘坐汽车，再乘火车经过乌鲁班巴和欧雁台（即奥扬泰坦博），前往马丘比丘古城遗址山脚下的温泉小镇。
第 6 天	**考察地：马丘比丘、欧雁台** 早晨去考察马丘比丘遗址（海拔 2350 米）。午后乘坐火车经欧雁台返回库斯科，在欧雁台附近的神秘山谷道路北侧可以仰望崖壁上由 Natura Vive 公司创建的“自然天际”空中酒店。有时间还可以沿途考察神圣谷、盐田等景点。搭乘晚班飞机返回利马（智利国家航空 LA2068，19:43—21:10）。
第 7 天	**考察地：利马** 利马建筑考察：巴克莱和库鲁斯设计的悼念与纪念之地博物馆、伊冯·法雷尔和谢莉·纳马拉设计的利马工程技术大学（UTEC）新学术楼、教育部大楼、IDOM 设计的利马会议中心、国家银行新总部、利马国家博物馆、利马老城（1983 年入选《世界文化遗产名录》）（马丁广场、圣方济各圣殿与修道院）。有时间还可以考察：武器广场、总统府、利马主教堂。搭乘傍晚班机直飞智利首都圣地亚哥（智利 SKYLINEH2801，17:30—22:05）。
第 8 天	**考察地：圣地亚哥、瓦尔帕莱索** 圣地亚哥建筑考察：杜克·莫塔建筑师 6 事务所设计的 UDP 经济学院、克里斯蒂安·费尔南德斯建筑师事务所设计的加布里拉·米斯特拉尔文化中心、Undurraga Devés 建筑事务所设计的达莫内达广场文化中心、智利总统府、武器广场和圣地亚哥主教座堂。乘车前往瓦尔帕莱索。瓦尔帕莱索建筑考察：奥瓦莱事务所设计的阿道夫·伊瓦涅斯大学瓦尔帕莱索校区、考古与历史博物馆、瓦尔帕莱索港口、索托马约尔广场、智利海军司令部。有时间还可以考察：巴布里扎宫、瓦尔帕莱索文化中心。
第 9 天	**考察地：圣地亚哥** 乘车前往圣地亚哥。圣地亚哥建筑考察：智利建筑师亚历杭德罗·阿拉维纳（2016 年普利兹克建筑奖获得者）母校——智利天主教大学圣华金校区（大学校园、天主教堂、连体玻璃楼、安赫里尼创新中心）。有时间还可以考察：米拉多尔互动博物馆及景观公园、阿道夫·伊瓦涅斯大学、科斯塔内拉塔中心大楼（号称南美第一高楼）、艾米略·多哈特主持设计联合国拉美和加勒比经济委员会。搭乘下午班机直飞乌拉圭首都蒙得维的亚（智利国家航空 LA410， 14:45—18:00）。

日期	主要考察内容
第 10 天	**考察地：蒙得维的亚、阿特兰蒂达** 蒙得维的亚及周边建筑考察：独立广场及纪念碑、马里奥·帕兰蒂设计的萨尔沃大厦、索利斯剧院、宪法广场及大都会教堂、维克托·梅亚诺设计的国会大厦、纳尔逊·贝亚多设计的北部公墓、胡利奥·维拉马乔自宅及博物馆、克洛林多·特斯塔设计的国家视觉艺术博物馆、维拉马乔设计的共和大学工程系馆、蒙得维的亚城市标志、劳尔·布雷特设计的泛美洲大厦、埃拉蒂奥·迪埃斯特设计的蒙得维的亚购物中心。午后乘车前往阿特兰蒂达。阿特兰蒂达建筑考察：迪埃斯特设计的基督圣工教堂。乘车返回蒙得维纳的亚考察索菲特大酒店及周边建筑、蒙得维的亚卡拉斯科机场。搭乘班机直飞阿根廷首都布宜诺斯艾利斯（阿根廷航空 AR2397，19:30—20:25）。
第 11 天	**考察地：拉普拉塔、布宜诺斯艾利斯** 早晨乘车前往拉普拉塔。拉普拉塔建筑考察：勒·柯布西耶设计的库鲁切特医生住宅、拉普拉塔主教座堂。之后乘车返回布宜诺斯艾利斯。布宜诺斯艾利斯建筑考察：诺曼·福斯特设计的新市政厅、圣马丁广场、格雷戈里奥·桑切斯等设计的卡瓦纳大厦、马尔维纳斯沦陷纪念碑、拉丁美洲艺术博物馆、特斯塔主持设计的阿根廷国家图书馆、雅典人书店。
第 12 天	**考察地：布宜诺斯艾利斯** 布宜诺斯艾利斯建筑考察：哥伦布大剧院、方尖碑、七月九日大道、五月广场、阿根廷总统府、布宜诺斯艾利斯大教堂、特斯塔设计的伦敦和南美银行、考察马德罗港工业遗产改造（卡拉特拉瓦设计的女人桥）、博卡区、阿根廷国民议会大厦、著名的雷格莱塔公墓、开放式的玫瑰园。有时间还可以考察：南码头 9 号改造项目、城市之花雕塑。搭乘晚间航班直飞阿根廷伊瓜苏（阿根廷航空 AR1736， 18:50—20:40）。
第 13 天	**考察地：伊瓜苏** 考察阿根廷伊瓜苏国家公园和巴西伊瓜苏国家公园，分别从阿根廷和巴西两侧观赏伊瓜苏大瀑布。搭乘晚间航班直飞巴西里约热内卢（巴西戈尔航空 G32076 ，19:40—21:35）。

日期	主要考察内容
第 14 天	**考察地：里约热内卢** 里约热内卢建筑考察：耶稣山上的耶稣像、塞勒隆台阶、德加·丰塞卡主持设计的里约热内卢主教座堂（又被称为天梯教堂）、卢西奥·科斯塔主持设计的巴西教育与卫生部大楼。考察马拉维拉港区改造工程：圣地亚哥·卡拉特拉瓦设计的明日博物馆、伯纳德·雅各布森建筑事务所设计改造的里约艺术博物馆、联邦警察局旧址、涂鸦漫画街以及港口保护项目、西尼兰地亚广场（里约热内卢市政厅、市立剧院、巴西国家图书馆）。
第 15 天	**考察地：里约热内卢** 里约热内卢建筑考察：克里斯蒂安·德·包赞巴克设计的巴哈达蒂茹卡艺术城、奥斯卡·尼迈耶设计的系列项目（尼泰罗伊大众剧场、尼泰罗伊现代艺术博物馆）、甜面包山、阿方索·爱德华多·雷迪主持设计的里约现代艺术博物馆。有时间还可以考察：科帕卡瓦纳海滩及迪勒·斯卡菲狄欧与伦佛洛建筑事务所设计的声音与影像博物馆、雷迪设计的佩德雷古柳住宅区、尼迈耶设计的桑巴舞表演场地雕塑、西郊的尼迈耶自宅。搭乘傍晚航班直飞巴西首都巴西利亚（巴西戈尔航空 G32068， 18:30—20:20）。
第 16 天	**考察地：巴西利亚** 尼迈耶设计的系列建筑考察：三权广场、巴西利亚成立纪念碑、鸽子楼、游客中心、巴西利亚城市规划展览馆、万神殿、联邦最高法院、巴西总统府、巴西国会大厦、外交部大楼、司法部大楼、布鲁诺·乔治创作的开拓者铜制雕像、巴西利亚主教座堂、国家博物馆、国家图书馆、巴西利亚电视塔。
第 17 天	**考察地：巴西利亚** 尼迈耶设计的系列建筑考察：巴西总统官邸、巴西利亚数码电视塔、巴西国防部大楼、军人教堂、库比契克总统纪念馆、巴西利亚大学行政楼、巴西利亚大学图书馆、巴西利亚大学教学楼、卡洛斯·阿尔贝托·纳维斯设计的蓝色教堂、库比契克大桥、别墅区、机场。搭乘傍晚航班直飞巴西最大城市圣保罗（智利国家航空 LA3991，18:25—20:25）。

日期	主要考察内容
第 18 天	**考察地：圣保罗** 圣保罗城市与建筑考察：圣保罗大教堂、尼迈耶设计的科潘大厦、丽娜·波·巴迪设计的圣保罗艺术博物馆、洛查设计的系列建筑（巴西雕塑博物馆、洛查自宅）、阿蒂加斯等设计的圣保罗大学建筑与城市学院，尼迈耶设计的拉丁美洲纪念馆建筑群。圣保罗其他考察项目：SESC 文化体育中心、尼迈耶设计的伊比拉普埃拉公园建筑群、圣保罗建城 400 周年纪念碑等建筑。有时间还可以考察：圣保罗体育馆、达·洛查设计的国父广场改造项目、洛查设计的圣保罗州立美术馆改造项目。搭乘晚间班机直飞美国底特律（达美航空 DL052，21:40—次日 07:04）。
第 19 天	**考察地：底特律** 考察底特律市中心：约翰·波特曼设计的文艺复兴中心（通用汽车展厅）、国际地下铁路纪念碑和密歇根劳动遗产纪念碑、菲利普·约翰逊设计的美国国税局大厦。乘车前往韦恩州立大学校园考察：山崎实设计的麦格拉格纪念会议中心和教育学院、海伦·德·罗伊堂。有时间还可以去底特律北部看看：小沙里宁设计的通用汽车技术中心、赖特设计的阿弗莱克之家、市中心密斯·凡·德·罗设计的办公楼等建筑。搭乘下午班机返回北京（达美航空 DL189， 13:59—次日 15:20）。

注释：行程中的航班信息仅供参考。

第一章 中转墨西哥

◇ 墨西哥城

◇ 普埃布拉

历史与建筑

墨西哥人口约1.3亿，首都墨西哥城人口近2000万，由于海拔高度超过2200米，也算是高原之城，这里四季气候宜人，即使是盛夏的七月，白天最高温度也只有20多摄氏度，是世界著名的旅游城市。墨西哥城是一个充满设计感的城市，这里既有古代时期特奥蒂瓦坎的金字塔群，还有现代主义建筑大师路易斯·巴拉干的众多设计作品。

虽然古代美洲建筑是世界上6支原生的古老建筑体系之一，但是对于大多数人来说这里还是十分神秘而陌生的。在1519年西班牙殖民者入侵美洲以前，由于远离欧亚大陆人类文明的中心区，古代美洲文明可能才刚刚达到古代埃及和美索不达米亚早在4000年前就已达到的文明阶段，即便如此，当西班牙人登上美洲大陆，看到众多巨大的金字塔和神庙时，还是感到十分的震撼。

古代美洲文明主要集中在中美洲，其文明发展是否自成体系，长期以来一直没有定论，不排除部落迁徙所带来的传承和影响，其区域文明主要包含有中美洲的奥尔梅克文明、玛雅文明、阿兹特克文明、托尔特克文明和南美洲的印加文明，他们之间的文化交流非常密切，互有影响，甚至互有传承，其中最负盛名的就是玛雅文明和阿兹特克文明。

玛雅文明是世界最著名的古代文明之一，早在公元前2000年，玛雅人就具有相当发达的文明，在公元元年前后建立了城邦国家，除了很早就种植玉米、黄豆等植物外，还创造了精确的太阳历，玛雅人对数学和天文有很高的造诣，他们使用“零”的符号比欧洲人要早800年，玛雅人计算出一年为365.242天，这与现代人得出的答案是如此接近，更让人们对玛雅文明产生了神秘的感觉。

在20世纪中叶，奥尔梅克文明被确认之前，玛雅文明一直被当作中美洲文明的始祖。在当时的美洲，玛雅的文化最为发达，这样一个兴盛一时的文明，在10世纪时却突然消失，加上大多数玛雅历史典籍被入侵的西班牙人焚毁，留给后人的也许是永远无法破解的迷团。玛雅人的代表性城市和建筑分布在现在危地马拉的蒂卡尔，以及墨西哥尤卡坦半岛的奇琴·伊察、帕伦克和乌斯马尔等地。

与玛雅文明齐名的就是阿兹特克文明，阿兹特克人是印第安人的一个分支，早在公元前2000年左右，阿兹特克人就创造了早期阿兹特克文明，奥尔梅克、特奥帝瓦坎和托尔特克是其文明的代表。1200年前后，他们进入墨西哥河谷地区，于14世纪初建立了阿兹特克帝国，然而，这个辉煌的大帝国却在16世纪中叶突然神秘消亡，阿兹特克帝国最重要的建筑遗存就是位于墨西哥城东北方的特奥蒂瓦坎古城遗址。

旅行规划

- 路线：北京—蒂华纳—墨西哥城—普埃布拉—墨西哥城—哈瓦那—坎昆—奇琴伊察—梅里达—巴亚多利德—坎昆。
- 旅行时长：3天3宿+3天3宿。
- 住宿地：墨西哥城、坎昆、梅里达。

北京—墨西哥城

飞行时长：约15小时

从北京出发，经过近15个小时的飞行，我们在墨西哥靠近美国边境的蒂华纳罗德里格兹将军国际机场降落，这里距离美国南部的圣迭戈非常近，蒂华纳机场很小，我们在这里停留了一个多小时，搭乘原有班机飞往墨西哥城，飞机没有更换，但是更换了机组和空乘人员，看来一个机组能够承担的飞行时间是有要求的，又经历了3个小时的飞行，我们终于到达墨西哥城，这时已经是当地晚上9点多了，顺利出关，半夜前到达位于市中心的酒店，这是我们最喜欢的航班到达时间，除了便于倒时差外，可以在最疲劳的时候马上休息，第二天再开始考察行程。

墨西哥城—特奥蒂瓦坎

距离：约 40 千米

如果去墨西哥城只选择一个考察项目，那就应该是特奥蒂瓦坎，位于现在墨西哥城东北部约 40 千米处，被称为“帝王之都”的特奥蒂瓦坎古城遗址，是阿兹特克文明保存至今最耀眼的一颗明珠，这里有太阳金字塔、月亮金字塔和羽蛇神金字塔，据说“墨西哥”一词就是出自阿兹特克民族战神的名字，为“太阳和月亮之子”的意思，特奥蒂瓦坎古城于 1987 年被列入《世界文化遗产名录》。

早晨 9 点我们就从市中心出发了，一路上才看清墨西哥城的城市与建筑，半封闭的公共交通线路很特别，出了市区看到山坡上许多刷着花花绿绿颜色的房子，成为墨西哥城的一道亮丽的风景。不到一个小时我们就到了特奥蒂瓦坎古城遗址，遗址公园南部主入口外的圆形广场上有许多高大的仙人掌，我们是从中间正对着太阳金字塔的入口进入遗址公园的，这里距离北侧的月亮金字塔最近。

特奥蒂瓦坎在墨西哥语中的意思是“创造月神和太阳神的地方”，这里也被称为“众神之城”。这座古城大约始建于公元前 200 年，到公元 500 年全盛时期时，已经成为整个古代中美洲最大的城市，占地 20 平方千米，人口约 15 万。古城中有一条宽 45 米，长逾 4000 米的南北向大道，大道两侧建有众多大小不一的金字塔形建筑，其中，最为重要的是太阳金字塔、月亮金字塔和羽蛇神金字塔，由于阿兹特克人用活人进行祭祀，祭司将其送往太阳金字塔上的神庙时必须经过中间的大道，它是牺牲者所走的最后一段人生之路，故得名“死亡大道”。

太阳金字塔

我们进入古城遗址的入口处就是太阳金字塔，它位于“死亡大道”的东侧，建成于2世纪，是古城遗址中最高的建筑，该塔经过多次扩建，金字塔方形的底边长226米，宽223米，高近65米，用了100多万立方米的建筑材料，塔顶原先建有一座10米高的太阳神庙，是当年祭祀太阳神的地方。金字塔的西侧有巨大的台阶可以登到塔顶，金字塔共分为5层，向上逐层缩小，每层的高度都不一样，主要建筑材料是火山灰、泥坯砖和大块火山沙砾，外表是厚厚的一层火山沙砾和石灰的凝结体。

月亮金字塔

月亮金字塔位于“死亡大道”最北端，它比太阳金字塔晚200年建成，方形的底边长150米，宽140米，高近46米，外观为5层，呈台阶状回收。虽然月亮金字塔的规模比太阳金字塔要小很多，形式上也不及太阳金字塔完整，但当时一些重大的宗教仪式和集会都在它前面的月亮广场上举行。月亮广场长205米，宽137米，广场的东侧、西侧和北侧有多座呈对称布局的小型金字塔，广场中央有一座方形的祭台，用于祭祀活动。

◇ 从月亮金字塔上俯瞰特奥蒂瓦坎全景

我们选择登临月亮金字塔，这里是眺望整个遗址公园的最佳视点，月亮金字塔的主体没有对外开放，只能登上前面的平台，平台的台阶非常陡，几乎能够达到45度，爬起来很吃力。在平台上可以清楚地看到脚下的月亮广场，以及远处的太阳金字塔、死亡大道以及更远处起伏的山峦。与古埃及的金字塔相比较，太阳金字塔在形式上显得更稳重，在材料和建造方式上，两者的差别就更大。古埃及的金字塔使用重达几吨甚至几十吨的巨型石块建造，在运输和安装上都存在相当的技术难度，这也是古埃及金字塔留给后人最大的疑惑。而特奥蒂瓦坎古城的金字塔使用散状的建筑材料通过凝结材料结合成整体，利于运输和施工，在增加了合理性的同时，其难度也降低很多。另外，前者是帝王的陵墓，不能够登临，而后者主要用于宗教祭祀活动，本身往往只是起到一个大台基的作用，它上面还建有神庙，一侧或四周都建有巨大的台阶，供人们在祭祀活动中上下通行。

羽蛇神金字塔

从月亮金字塔上下来，我们去了月亮广场西南角的考古遗址，这里有修复后的部分建筑遗址。从月亮广场一直向南就是城堡内的羽蛇神金字塔，“死亡大道”并不是一条平坦的道路，由于北高南低，再加上中间有多个下沉式的广场，因此需要不断地上下台阶。走到景区的最南端，东侧有一座约400米见方的城堡式建筑，被认为是这个城市最高统治者居住的宫殿，四周城墙式高台上共有15座金字塔，方形庭院最东侧就是羽蛇神金字塔，塔身四周布满了羽蛇神雕像，这里正在进行考古挖掘（据介绍考古挖掘从20世纪初就开始了），前面的平台与后面的羽蛇神金字塔被剥离开了，金字塔的西侧已经完整地展现出来，可以清晰地看到大量的羽蛇神雕像。

羽蛇神金字塔大约建于公元100年，所在位置充分说明了其重要性。

◇ 月亮金字塔

◇ 羽蛇神金字塔

2003年的一场大暴雨，让位于金字塔前广场的地下隧道入口暴露出来，也揭开了羽蛇神金字塔的神秘面纱，正如中国社会科学院考古研究所李新伟先生总结的那样：羽蛇神金字塔象征着沟通天地的圣山，地下隧道象征冥界，共同构成了创世神话中宇宙的模型，成为特奥蒂瓦坎统治者举行最重要、最神秘仪式的特殊禁区。

羽蛇神金字塔的西侧就是整个遗址公园的主入口和游客中心，我们结束考察后从这里可以直接离开，由于没有登太阳金字塔，我们在这里只停留了大概两个半小时，午餐后就前往墨西哥城考察行程安排中的另外一个重要地点，巴拉干设计的圣·克里斯特博马厩与别墅。

特奥蒂瓦坎—墨西哥城

一些建筑大师的作品往往集中在某一个城市，就像巴西利亚与尼迈耶一样，墨西哥城就是巴拉干作品最集中的地方。“巴拉干的建筑作品并不是很多，但它们却因其充满了诗意和理想化因素的禁欲主义特点而显得格外突出。”②

如果在墨西哥城中只看一件巴拉干的设计作品，那就应该首选圣·克里斯特博马厩与别墅建筑群。圣·克里斯特博马厩与别墅（1968年）位于墨西哥城的北部，是从特奥蒂瓦坎返回市区最近的考察项目，马厩与别墅现在是私人领地，不对外公开开放，需要提前预约，还要支付不菲的门票，但是这个区域中有许多巴拉干设计的建筑与景观小品，很值得去看一下。

路易斯·巴拉干

路易斯·巴拉干1902年生于墨西哥瓜达拉哈拉一个农场主家庭里，大学学习工程学，早期曾经前往法国、西班牙和摩洛哥等地考察游学，受到柯布西耶建筑思想的影响。1980年，巴拉干成为普利兹克建筑奖的第二位得主，1988年在墨西哥城家中去世。巴拉干自称为景观建筑师，在他的设计作品中景观环境与建筑设计交相呼应、相互衬托、相得益彰，巴拉干对墨西哥现代建筑的发展影响巨大，为世界现代建筑的发展做出了重要贡献。

圣·克里斯特博马厩与别墅

据说巴拉干非常喜欢马，所以他设计了许多以马为主题的建筑，马厩与别墅周边目前是一片封闭的高档住区，入口处有保安管理，这里是洛斯·克鲁布斯住宅区（1963—1964年开始开发）的一部分，据说“巴拉干本人是这个住宅区项目的投资人、开发商、规划师和建筑师，洛斯·克鲁布斯住宅区为那些喜欢马背上生活的人们提供了一种专属的空间去尽情享受他们的生活”。③

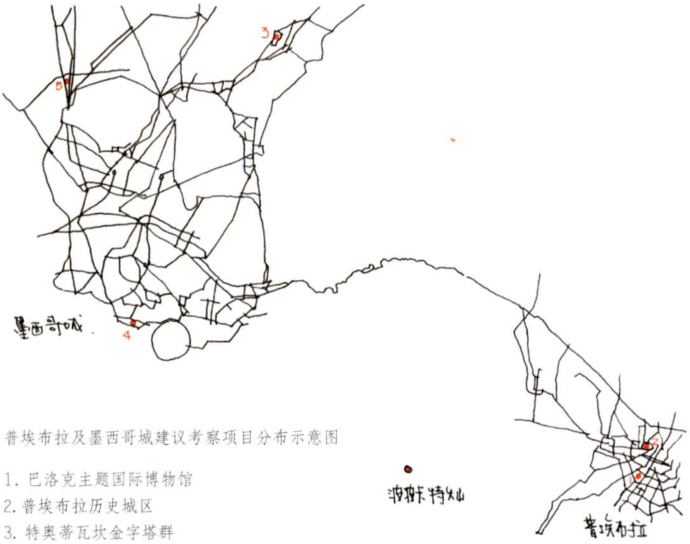

普埃布拉及墨西哥城建议考察项目分布示意图

1. 巴洛克主题国际博物馆
2. 普埃布拉历史城区
3. 特奥蒂瓦坎金字塔群
4. 公园水上餐厅
5. 瓶装厂厂房

◇ 色彩鲜艳的墙体起到了分隔空间的作用

◇ 半遮半掩的庭院入口

◇ 马厩与水池

马厩与别墅的院落位于住区道路的底端，从封闭性很强的屋宇式大门进入，迎面就是一栋小型别墅，别墅造型简洁，白色的墙片加上独特的开窗形式，都显现出20世纪60年代现代主义建筑的典型特征，穿过别墅进入后院，空间豁然开朗，淡蓝色的巨大浅水池和玫瑰色的墙片，与坡屋顶的马厩交相呼应，展开了一组完美的空间画卷，守门人随后打开了最大一座墙片里的落水喷泉，哗哗的流水声更加衬托出庭院空间内的宁静氛围。

马厩与别墅的整体设计充分展示了巴拉干对于空间分隔的灵活运用，特别是具有墨西哥地域特征的鲜艳色彩的表达更是起到了画龙点睛的作用。马厩与别墅院内有多条狗慵懒地躺在地上晒太阳，一只肥猫很凶狠，千万别招惹它，我们一名队员就被它咬了一口。

爱情广场

在马厩与别墅西侧不远处，路边上还有一个开放式的小型城市广场——爱情广场，同样是巴拉干的作品，木头马槽造型的男女雕像前曾经出现过巴拉干的身影，浅水池、玫瑰色的墙片、跌落的泉水都是典型的巴拉干的设计手法。从这个社区出来，路中央绿化带上的景观建筑也体现出巴拉干的设计风格，远处色彩独特的教堂同样吸引着我们的目光，走进去看到阳光透过玻璃窗洒下的黄色和玫瑰色光线，杏黄色的墙面非常吸引人，同样具有巴拉干的风格，从建筑设计到景观设计，甚至是围墙和大门，这个区域里有太多巴拉干的影子。

巴拉干对建筑色彩的丰富运用来源于对墨西哥民间建筑色彩处理的专业提炼，在墨西哥城前往特奥蒂瓦坎的路途上可以看到许多色彩斑斓的建筑，它们是巴拉干创作的源泉。“巴拉干的作品中蕴藏了墨西哥的血脉，保持了特定的审美观和传统，并从西班牙的安达卢西亚、希腊爱琴海地区和北非的建筑文化中得到丰富和发展。”④

萨特利特塔

离开洛斯·克鲁布斯住宅区，我们沿着墨西哥城的西部快速路前往巴拉干设计的巨型城市雕塑——萨特利特塔，也称为卫星城塔（1957年建成）。这组雕塑位于墨西哥城西部卫星城的中心，在城市快速路中间的隔离带中有5座由钢筋混凝土板围成的三角形高塔，高度分别为57米、48米、48米、39米和34米，高塔上水平的模板印记十分

◇　萨特利特塔

清晰，混凝土高塔外侧被涂成赭石、土黄、深蓝和浅灰 4 种色彩，在急速的车流中显得十分突出，成为这一地区的标志。由于无法靠近，我们只能在路边短暂停车，拍几张照片后前往墨西哥城西部市中心，去看索玛雅博物馆和朱梅克斯博物馆。

索玛雅博物馆

由费尔南多·罗梅罗建筑事务所设计的索玛雅博物馆是墨西哥首富卡洛斯·斯利姆·埃卢先生的私人博物馆，并以其已故妻子的名字命名。索玛雅博物馆位于墨西哥城北部的波朗科区，这里是由政府斥巨资建立的新经济中心，新建成的索玛雅博物馆已经成为这一区域的标志性建筑。

索玛雅博物馆造型奇特，与其说是一座建筑，还不如说是一座雕塑，甚至更像一个工业产品，高达 45 米的建筑表面布满了六边形的抛光铝板，在阳光的照耀下闪闪发光，建筑下部是巨大的台阶和绿化，建筑整体造型设计不完整，一些建筑细节施工质量十分粗糙，极大地影响了索玛雅博物馆的整体形象。

进入博物馆大厅，白色坡道前伫立着罗丹的名作——《思想者》的仿制品，据说在博物馆 1.7 万平方米的空间中，陈列着 6 万多件形式和风格迥异的艺术珍品，总价值超过 70 亿美元。为了提供一个完整的顶层展示空间，垂直电梯不能上到最顶层，你可以沿着建筑周边巨大的白色坡道上走到最顶层，凌乱的钢结构屋架下有大量罗丹的雕塑作品。

博物馆中最令人感到新奇的还是绘画的展示方式，可以让观众看到画框的背面，这种形式以前从来没有见到过。另外，博物馆中还有一些名作的仿制品，例如位于一层楼梯休息平台上的《圣母怜子》雕像，就是米开朗琪罗早期代表作品的仿品，原作放置在梵蒂冈圣彼得大教堂入口大厅一侧的防弹玻璃后面，但在这里你却可以清楚地看到圣母胸前饰带上米开朗琪罗的签名。

朱梅克斯博物馆

在索玛雅博物馆的对面就是由英国著名建筑师大卫·奇普菲尔德设计的朱梅克斯博物馆，博物馆位于一个三角形地块内，4 个三角形造型的锯齿形天窗屋顶引人注目，米黄色的石材贴面，稳重的建筑造型与索玛雅博物馆形成鲜明对比。目前这一区域是墨西哥城波朗科区的中心，周围有许多新建的公共建筑，构成了这一区域良好的城市环境。参观完这一区域时已经是下午 6 点了，我们便乘车返回旅馆。

共和国广场

夏天的墨西哥城经常在晚上下雨，我们回到旅馆时天空已经是乌云密布了，好在雨还没有下，于是抓紧时间在旅馆周围转转。我们住的旅

◇ 索玛雅博物馆

◇ 朱梅克斯博物馆

馆紧邻市中心的共和国广场，来墨西哥城的中国游客大部分都被安排住在这里。共和国广场呈长方形，中间有一座高大的纪念碑，这座纪念碑建于1938年，硕大的紫铜穹顶与夸张的人物雕像有些比例失调，黑色火山岩的石雕甚至让人分辨不出来空间层次。

纪念碑在2010年进行了较大规模的改造，在建筑内增设了一部透明的玻璃观光电梯，可以从地下空间直达65米高的观景平台，广场下的地下空间里设有咖啡厅等休闲设施，据说这里还有一座国家革命博物馆，只是晚上5点就闭馆了。

◇　共和国广场上的纪念碑

墨西哥城—普埃布拉

距离：约 130 千米

第二天一早我们乘车前往距离墨西哥城约 130 千米的普埃布拉，一是想去看看伊东丰雄设计的巴洛克主题博物馆，还想看看著名的普埃布拉老城。普埃布拉始建于 1531 年，西班牙人想将这里建成为“天使之城”，普埃布拉老城区是典型的西班牙风格，保留有大量巴洛克风格的建筑，其中就有被印在 500 比索纸币上的全墨西哥最高的教堂，塔楼高达 69 米，据说普埃布拉市中心就有 70 多座教堂，此外还有著名的柱基广场，1987 年，联合国教科文组织将普埃布拉历史城区列入《世界文化遗产名录》。

墨西哥城建议考察项目分布示意图

1. 圣·克里斯特博马厩与别墅
2. 爱情广场
3. 萨特利特塔
4. 索玛雅博物馆
5. 朱梅克斯博物馆
6. 共和国广场
7. 墨西哥国立自治大学
8. 大地艺术景观
9. 塔马约博物馆
10. 墨西哥人类学博物馆
11. 巴拉干自宅
12. 建筑师协会文化中心
13. 瓜达卢佩圣母大教堂
14. 三种文化广场
15. 巴斯孔塞洛斯图书馆
16. 国家艺术宫
17. 宪法广场
18. 墨西哥城主教堂
19. 体育馆
20. 社区小教堂
21. 墨西哥新音乐厅
22. 神似朗香教堂的复活小教堂

从墨西哥城向东走，一路上景色壮丽，高速公路正好横穿伊斯塔西瓦特尔——波波卡特佩国家公园，道路两侧是连绵不断的群山，波波卡特佩、伊斯塔西瓦特尔、拉马林切和奥利萨巴火山群伫立在高速公路两旁，笼罩在波波卡特佩（俗称波波火山）顶峰上的薄雾仿佛是一道神秘的面纱，波波火山海拔 5452 米，山顶的积雪与山下的绿树形成鲜明的对比，在不同角度观赏波波火山会呈现出完全不同的景致。在撰写此文时，电视新闻报道波波火山于 2018 年 9 月 20 日、12 月 15、16 日和 2019 年 1 月 22 日多次喷发，喷射出高约2000米的火山灰柱，波波火山是目前世界上最活跃的火山之一。

墨西哥的高速公路并不是全封闭的，路况也不好，沿途车辆虽然不是很多，但是车速受到很大影响，加上墨西哥城内堵车比较严重，3个半小时后，我们才赶到位于普埃布拉西南部的巴洛克主题国际博物馆，这座博物馆2016年才刚刚竣工。

巴洛克主题国际博物馆

博物馆场地位于普埃布拉市西南部的大都会公园中，建筑与环境充分融合，资料显示建筑自身能够收集、处理雨水和污水，经过净化之后排入博物馆周围的水池和湿地中，博物馆用来展示世界各地巴洛克艺术的作品，从绘画、雕塑、时装到建筑、音乐、戏剧、文学甚至是美食。

◇ 远眺波波火山

◇ 博物馆及周边湿地环境

◇ 博物馆中庭

博物馆是由多个空间单元重复组成，围绕中央庭院进行布置，面积达到 1.8 万平方米。庭院中有一片浅浅的呈自由曲线状的水池，中间旋转的流水令人印象深刻，浅蓝色的水面不由得让我们联想起昨天看到的巴拉干设计的马厩与别墅中的水景处理手法。预制钢筋混凝土复合墙板只有 38 厘米厚，在专业工厂生产制造，由若干标准构件现场进行拼接组装而成，较好地保证了建筑整体的施工质量。白色且倾斜弯曲的墙板构成了丰富而又变化的建筑造型，伊东丰雄用现代的设计手法营造出巴洛克建筑独特的“轻盈、飘逸和具有流动之美”的空间气质，同时又具有典型的伊东丰雄设计符号。建筑周围的景观设计也别具特色，白色石材制作的环形休息椅子非常精美，与建筑形式相互呼应，虽然坐上去并不舒服。相比之下，以图片为主的室内主体展览却显得有点简陋，虽然当天免门票，但是参观的人很少，显得冷冷清清。

普埃布拉—墨西哥城

距离：约 130 千米

原本我们还计划去普埃布拉的老城区，由于路途上耽误的时间比较多，下午一点时我们只能离开博物馆返回墨西哥城，因为还要去大学，那里有更重要的建筑要看。

墨西哥国立自治大学

墨西哥国立自治大学位于墨西哥城的南部，占地面积非常大，一条高速路贯穿校园南北，高速路西侧是体育场，东侧是校园。由 M. 帕尼和 E. 德尔·莫拉尔主持大学校园的规划设计，同时成立了由 50 名建筑师组成的工作小组，大学城主体建筑于 1952 年建成投入使用，2007 年墨西哥国立自治大学被列入《世界文化遗产名录》。

我们赶到大学城时已经是下午 4 点多了，校园南侧的大地艺术景观刚刚关闭（上午 8 点到下午 4 点对外开放），我们随即赶往大学图书馆，最先看到的是原来的校长办公楼，这座建筑也是大学城内高度最高的建筑，由帕尼和莫拉尔设计。

校长办公楼北侧就是著名的大学城图书馆，图书馆建筑外表色彩丰富的马赛克拼贴画非常著名，说不清在多少书籍中都看到过。此时夕阳西下，一缕阳光正好照亮了图书馆西侧的外墙，巨幅的马赛克镶嵌画

◇ 校长办公楼与图书馆

比想象中的尺度要大得多，而且色彩也更为浓重，用长焦镜头拉近时，会清楚地看到巨幅镶嵌画是由多种色彩的不规则小石子镶嵌而成。这座建筑具有典型的现代主义建筑的空间体量，但是在书库大楼的外侧布满了具有鲜明的墨西哥历史文化特色的马赛克镶嵌画。大学图书馆由墨西哥著名建筑师胡安·奥格尔曼设计、古斯塔夫·萨维德拉和胡安·马丁内斯·德·韦拉斯科 3 人联合设计完成，建于 1950—1952 年。

图书馆裙房部分使用大量黑褐色火山岩浮雕，阅览大厅窗户上半部为半透明的大理石，从室内看石材的纹理清晰可见。

在图书馆的南侧，隔着一个草坪广场就是墨西哥国立自治大学建筑学院的教学楼，这里有教室、资料室和专业展厅，中间的大厅为学生提供了很好的交流场所，展厅屋顶采用锯齿形天窗，独特的光线洒在白色的墙面上，而令人印象最深刻的地方还是建筑中的大门，由于上下门轴位置不一样，所以当大门打开时呈现出倾斜的奇特效果。

◇　建筑学院入口

塔马约（TAMAYO）博物馆

由于当天下午我们要搭乘 14 点 45 分的哥伦比亚航空公司班机前往秘鲁首都利马，在墨西哥城第三天的行程就只有一上午的时间，我们舍弃了不太重要的考察项目，早晨 8 点就离开了酒店，去看塔马约博物馆和墨西哥人类学博物馆，两座博物馆比邻，均位于墨西哥城市中心的查普尔特佩克公园内。

第一站是塔马约博物馆，清晨的查普尔特佩克公园里非常安静，水系景观里涓涓流水的声音都听得清清楚楚。由于时间太早，博物馆都还没有开门，我们围绕博物馆周围转了一圈，隔着入口玻璃门能够看到室内大厅。建筑入口部分采用 45 度的斜线处理，凹入式的入口设计，从中隐约能够看到贝聿铭设计的美国华盛顿美术馆东馆的影子，博物馆外墙采用水刷石饰面，显得质朴和大气。建筑北侧台阶状的展厅屋顶采用覆土的形式，上面种满了草坪，由于博物馆主入口朝向西南侧，最理想的拍照时间应该在午后。博物馆于 1981 年完工，由 T.G. 德·莱昂和 A. 撒布鲁多夫斯基主持设计。

◇ TAMAYO 博物馆背面

◇ 墨西哥人类学博物馆入口

◇ 博物馆中庭

◇ 室内展厅

墨西哥人类学博物馆

墨西哥人类学博物馆位于塔马约博物馆的西侧，两者距离很近，我们沿着公园的景观水系一路走过去，9 点刚刚开放我们就进入了博物馆。1964 年建成的墨西哥人类学博物馆由佩德罗·拉米雷斯·巴斯克斯主持设计。博物馆中间有一个巨大的长方形庭院，进入庭院就可以看到一根独立支柱支撑起巨大的长方形屋顶，铜柱上布满了浮雕，记录着墨西哥悠久的历史，浮雕由 J.C. 莫拉多创作。独立支柱上面的屋顶采用拉索固定在柱顶，这里还设计有喷泉水景，下雨时，屋顶收集的雨水可以沿着铜柱四周流淌下来。

围绕中心庭院是不同历史时期的展厅，这是我看过的最好的国家历史博物馆，大量的实物展品详尽地展示了墨西哥悠久的历史文化。博物馆建筑整体造型比较简洁，巧妙的遮阳设计起到了画龙点睛的作用，我们在博物馆里走马观花，只看了一个多小时，不得不前往最后一个考察项目，巴拉干的自宅和相邻的墨西哥建筑师协会文化中心，在等车时远远看到了一座甘地的纪念碑，又勾起了我们对半年前走进印度的回忆。

巴拉干自宅

参观巴拉干自宅需要提前在网上预约，由于地接公司没能事先预约上巴

◇ 巴拉干自宅

拉干自宅，所以我们只能在外面看一看。巴拉干自宅始建于1947年，是巴拉干的住宅兼工作室，巴拉干在这里度过了后半生，局部3层的临街立面非常简单，与周围的建筑相比甚至有点简陋，只有独特的开窗形式和超大的车库门与众不同，建筑后面还有一座方形的室外花园。

与巴拉干自宅一墙之隔的建筑师协会文化中心建于1952年，据说原来是一位建筑师的住宅，现在只是作为展厅陈列着不同时期的工业设计产品。来到这条街巷的外地游客都是慕名而来，因为巴拉干自宅于2004年被列入《世界文化遗产名录》。

我们最后没能进入巴拉干居住了40多年的自宅算是一件遗憾的事情，也为我们再次去墨西哥城埋下了伏笔。离开这里我们前往墨西哥城国际机场，从容吃了一顿丰盛的午餐，搭乘飞机飞往南美，飞往梦寐以求的马丘比丘，据说来南美的游客都要去马丘比丘，没有看到马丘比丘就等于没有来过南美！

考察建议

总结两天半的墨西哥之旅，如果仅仅是在墨西哥城及附近活动，时间上会从容一些，但是要像我们这样从墨西哥城往返普埃布拉，最好能够多安排一天。行程中列出的一些项目还没有来得及都看看，特别是位于墨西哥城南部霍奇米尔科，由工程师坎德拉与建筑师奥尔多涅兹共同设计的能够容纳1000人就餐的花园水上餐厅（1958年建成）最值得去看看。另外像巴拉干自宅这样需要预约的参观项目，应该尽早确定行程安排，地接公司提前进行预约。

补充行程：哈瓦那—坎昆

飞行时长：1 小时 20 分

在进行文稿第二轮修改时，我们刚刚结束了 2019 年寒假期间墨西哥湾周边地区的考察，走了美国东南部的休斯敦、达拉斯、沃斯堡、新奥尔良、奥兰多和迈阿密等城市，之后从迈阿密飞到古巴首都哈瓦那，又从哈瓦那飞到墨西哥的坎昆，在墨西哥尤卡坦半岛考察了两处重要的古代玛雅建筑遗址——奇琴伊察和乌斯马尔，到了尤卡坦半岛最大的 3 个城市——坎昆、梅里达和巴亚多利德，将这段在古代玛雅人的故乡——尤卡坦半岛之行的经历加在墨西哥的考察笔记中，也算是对墨西哥考察行程的补充与完善。由于阴雨连绵，前往墨西哥坎昆的飞机又延误了两个多小时，导致我们在哈瓦那机场等候的时间与城市行走的时间几乎相同。

坎昆位于墨西哥尤卡坦半岛的东北角，距离古巴首都哈瓦那只有一个小时的飞机航程，是墨西哥著名的国际旅游度假胜地，蔚蓝的海水和银白色的沙滩堪比美国迈阿密的南滩，每年有几百万人来这里度假，东部临加勒比海有长达 20 多千米的海岸线，这里就是坎昆著名的酒店区，有近 200 家酒店可以接待游客，从坎昆国际机场的规模和国际航班架次就可以看到这座城市的开放程度。虽然尤卡坦半岛西部的梅里达也有国际机场，但是机场规模、航班架次，特别是机票价格都无法与坎昆相提并论，这也导致我们编制行程时只能选择从坎昆进出，因此需要安排更多的时间在路途上。

坎昆的早晨，拉开酒店阳台的玻璃门，被眼前的美景所吸引，蓝天、碧海和现代化的建筑都与古巴哈瓦那形成了鲜明的对比，然而我们却来不及欣赏这些，9 点我们就乘车离开坎昆前往奇琴伊察。

坎昆—奇琴伊察

距离：约 200 千米

从坎昆经巴亚多利德到梅里达除了普通公路外，还建有一条半封闭的高速公路，高速公路的上下行道路是分开的，均设有双车道，道路两侧都是树木，有的树木还开着黄花，沿途限速为每小时 110 千米。由于这段高速公路是收费的，因此路上的车辆非常少，几乎看不到前后车辆，显得非常冷清。

我们乘车一路向西，近 3 个小时才到达奇琴伊察，由于坎昆与梅里达有一个小时的时差，时间的变更点就在奇琴伊察附近，因此从坎昆去梅里达方向每天会多出来一个小时，而从梅里达返回坎昆会减少一个小时，这对行程的制定会产生一些影响。

奇琴伊察古城遗址门前的停车场里挤满了大小车辆，入口处是熙熙攘攘的人群，售票窗口前面排着长长的队伍，这种状况在国外的旅游景点中是难得一见的，这也间接说明了奇琴伊察的地位和影响力。墨西哥奇琴伊察玛雅古城遗址与中国万里长城、约旦佩特拉古城遗址、巴西里约热内卢基督像、秘鲁马丘比丘印加遗址、意大利古罗马斗兽场和印度泰姬陵并称为世界新七大奇迹，加上交通便利，因此来这里的游客非常多。

奇琴伊察是古代中美洲玛雅文化中心区域的三大城市之一，这里气候干旱，水源来自天然的石灰岩洞，许多学者认为，早在公元前 1500 年时，玛雅人就生活在这一区域，并于公元 435 年建立了奇琴伊察古城。9 世纪前后，这里被逐渐遗弃，大约在 10 世纪末，托尔特克人的一支来到这里，他们继承了玛雅人的文化，使其重新恢复了活力，公元 11—13 世纪时达到顶峰，后来作为宗教中心的奇琴伊察在 15 世纪时开始逐渐走向衰落，最后被彻底遗弃。据史料记载，19世纪末已经荒废几百年的奇琴伊察被探险家发现，并在20世纪三四十年代获得大规模挖掘和修复。1988年，奇琴伊察被列入《世界文化遗产名录》，世界文化遗产委员会对奇琴伊察的评语是：奇琴伊察古城遗址是尤卡坦半岛最重要的玛雅文明中心之一，在近1000年的历史中，许多民族都在此生活过，并留下了他们的印记，从当地的石制遗迹和艺术作品中，我们可以看出玛雅人、托尔特克人和阿兹特克人的世界观和宇宙观。

奇琴伊察古城遗址的中心区域面积非常大，南北长3000米，东西宽2000米，共有600余处建筑遗址，其中核心区有库库尔坎金字塔、大蹴球场、千柱群、武士神殿、头骨台、大祭司墓、天文观象台、圣井等重要景点，又以库库尔坎金字塔和天文观象台最为著名。

库库尔坎金字塔

进入大门，走过一段道路就可以看到库库尔坎金字塔，金字塔的底边呈正方形，边长55.5米，总高约30米，共分9层，为台阶状。塔的四周各有91级石台阶，加上塔顶的羽蛇神庙，正好是365级，象征玛雅太阳历中一年的365天。北侧台阶两道边墙下各有一个高1.43米，长1.87米，宽1.07米的带羽毛的蛇头雕像，每年春分和秋分太阳西下时都会出现奇异的“蛇影”，它是玛雅人使用其掌握的天文知识进行精确计算得来的。

金字塔对着主入口处的西南角和西北角是经过修复的，形式比较完整，而东南角和东北角基本维持着原来的状况，从建造金字塔的材料来看，塔身内部主体为不规则的石头，外侧为加工精细的石块，从这一点来看，与古代埃及的金字塔建造非常相似，但是石块尺寸比较小，建造的技术难度比较低。在金字塔前或者园区内，你会经常看到游人在击

◇ 库库尔坎金字塔

◇ 千柱群和武士神殿

◇ 天文观象台

掌，这时会听到像鸟儿鸣叫的回声，被称为“天空中神的回音”，玛雅人认为这样可以与神进行沟通，实际上在遗址中许多地方都可以听到这种回声，应该是周围建筑对声音反射的结果。

金字塔的东侧就是千柱群和武士神殿，千柱群当年可能是一座市场，而武士神殿是玛雅人“活祭”的场所，现在武士神殿已经不允许登临，远眺高台之上可以看到方形的石台和侧卧的武士雕像以及响尾蛇造型的柱式雕像，“活祭”是玛雅人最特殊的祭祀方式，这里是获取活人心脏用于祭祀太阳神的地方。

最能体现玛雅人对天文知识掌握程度的地方是天文观象台，位于金字塔的南侧，它建在两层方形平台之上，圆形平面，内部有螺旋形楼梯，建筑下部高 3 米，上面为多层圆台式建筑，由于上部建筑已经残损，坍塌部分形成现在穹隆造型的塔顶部分，反而与今天的天文观象台的穹顶在造型上很相似。

去天文观象台中途要路过大祭司墓，据史料记载，在金字塔顶部的墓室内曾经发现了 7 座装有人类遗骸的墓室，因此这里又被称作“藏骨堂”，金字塔前圆形的石头砌筑的平台也许具有祭祀作用，而大祭司的墙垣上可以看到玛雅时期的浮雕。

大蹴球场

大蹴球场位于遗址的西北角，球场前的头骨台上到处都是骷髅的浮雕，玛雅人将殉葬作为升入天堂的英雄壮举。奇琴伊察遗址中的大蹴球场是中美洲最大的球场，全长175米，宽74米，是这座城市8座球场之一。在球场东南角保留有完整的美洲虎与盾牌神庙，这里可以看到响尾蛇和美洲虎的雕像，从球场内只能够看到它的背面，面向头骨台的东侧才是美洲虎与盾牌神庙的正面。

大蹴球场举行的比赛和现在的足球赛完全不同，比赛实际上是一场宗教活动："比赛的目的是占卜和祭祀，通常是对新一年的年景和庄稼的收成进行预测。当时的人们相信，比赛越是白热化，就越有可能下雨，获得丰收。因此，这种比赛被看作是神圣的宗教活动，参加人员都经过严格挑选，球赛分成两个队，每队7个人，由1名队长和6名队员组成。比赛前祭司首领在没有任何人知道的情况下，暗中赋予两个队不同的含义，一个代表好运，另一个代表厄运。如果最终好运战胜了厄运，一切皆大欢喜；如果厄运战胜了好运，代表厄运的这支球队的队长将被处死祭神，以此表示战胜邪恶力量。"[5]站在球场上，仰望半空的圆形球门，遥想当初人们拼命争抢的场景，是何等的残酷呀，在墨西哥城的人类学博物馆中看到许多这种圆形的球门，因此可

◇　大蹴球场

以想象蹴球比赛在那时是经常举行的。

圣井位于遗址的最北端，沿途道路坑坑洼洼，奇琴伊察原意为“伊察人的井口”，“奇琴”即为“井口”的意思，因此最后来到圣井考察，体会奇琴伊察的深刻含义是非常必要的，圣井直径大约为 60 米，深度达到 35 米，目测水面比较低，看起来有点吓人，据说在 20 世纪初期，探险家对圣井进行了发掘，发现了许多金器和玉器，以及用于祭祀的少女遗骸。

考察建议

我们在奇琴伊察古城遗址停留了近 3 个小时，虽然躲过了两点后温度最高的时间段，也涂抹了防晒用品，但奇琴伊察炽热的阳光和高强度的紫外线还是在我们的皮肤上留下了明显的痕迹。

奇琴伊察—梅里达

距离：约 120 千米

在古城遗址附近的旅游餐厅里简单吃了顿午餐，我们就乘车离开奇琴伊察，前往尤卡坦半岛的文化中心——尤卡坦州首府梅里达，在进入市区前，我们沿着城市环城公路顺路前往市区的东北角——尤卡坦自治大学的新校区考察。

尤卡坦自治大学

从谷歌地球上的影像可以看出，这片新建校区于 2005 年开始规划建

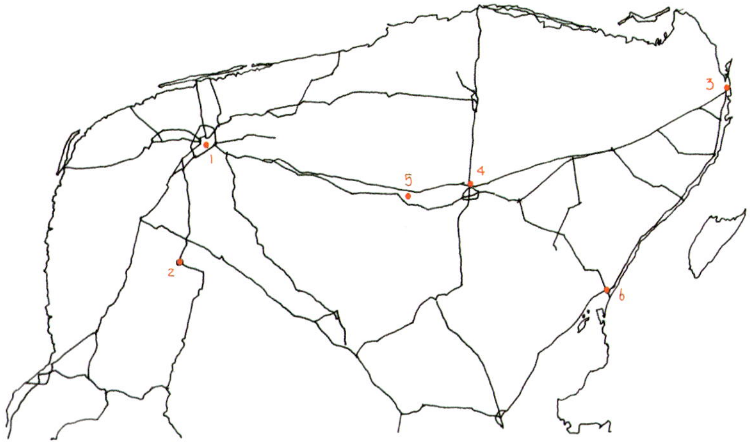

尤卡坦半岛建议考察路线示意图

1. 梅里达
2. 乌斯马尔
3. 坎昆
4. 巴亚多利德
5. 奇琴伊察
6. 图卢姆

设，其中教育学院 2015 年才建成投入使用，整体建筑采用直线与曲线穿插的布局形式，形成了丰富的建筑造型，涂料的外墙面体现出教育建筑的质朴。建筑底层外侧坡形的绿地一方面可以避免土壤直接接触建筑的外墙面，同时也巧妙地遮蔽了空调室外机。此外该建筑在室内通风、走廊开窗形式上都有独特的设计。

在对面，是早教育学院两年完工的经济学院，而最吸引我们的是神学院的教堂。神学院始建于 2006 年，是新校区中较早建成的建筑，曲线的屋顶加上裸露的混凝土，从中隐约能够看到柯布西耶朗香教堂的影子，因为梅里达一年四季气候炎热，因此教堂四周的玻璃墙上部都是敞开的，这时天色已晚，我们匆匆忙忙地看了几处建筑后即赶往梅里达市区。

◇　教育学院局部

◇　神学院小教堂

梅里达—乌斯马尔

距离：约 90 千米

第二天一早，我们乘车前往梅里达南部的乌斯马尔，乌斯马尔距离梅里达不到 100 千米，只需要一个半小时的车程。乌斯马尔是玛雅建筑的重要遗址，是代表玛雅文明的三大文化中心之一。据史料记载，大约在公元 600 年时这里就开始有人定居，乌斯马尔在玛雅语中是“三次建设之地”的意思，而实际上这里经历了五次建设。乌斯马尔在公元 900 年后被逐渐遗弃，可能源于干旱的气候导致的水源缺乏。19 世纪时乌斯马尔被考古学家发现，从 1929 年开始进行考古挖掘和修复，从历史照片上能够看到修复前后的巨大的差异。乌斯马尔以其精美的建筑装饰、严谨的空间布局、宏大的建筑场景、起伏的地势变化，以及占卜、庆典和教育培养的独特功能，在玛雅建筑遗址中独领风骚，1996 年，乌斯马尔遗址被列入《世界文化遗产名录》。

由于交通等原因，与奇琴伊察相比，乌斯马尔的游人要少很多，让人感到很舒服，乌斯马尔的建筑遗址，特别是建筑装饰要比奇琴伊察精美许多，主要景点有术士金字塔及鸟屋、四方修道院、蹴球场、龟屋、统治者宫和大金字塔，其中最重要的建筑是统治者宫。

按照遗址公园的要求，我们聘请了一名当地的导游，他负责带领我们走一条主要的参观线路，并介绍主要建筑修复前后的状况，时间是一个小时。乌斯马尔的占地面积比奇琴伊察要小一些，但是与奇琴伊察遗址的平原地貌不同，乌斯马尔遗址场地起伏比较大，上下台阶很多，再加上参观沿线道路崎岖不平，因此需要更好的体力。

术士金字塔与四方修道院

进入遗址园区，首先映入眼帘的就是高达 39 米的术士金字塔，这座金字塔最大的特点是下部曲线形的造型，术士金字塔最漂亮的一面在西侧，而不是正对入口的东面，因此考察结束时一定要走到西侧的内院里看看，那里还有屋顶带有飞鸟浮雕的建筑——鸟屋，从鸟屋三角形的门洞中还可以拍摄到独特视角的术士金字塔照片。

从术士金字塔北侧依台阶而上就可以进入西侧的四方修道院，它与术士金字塔西侧的四合院并联在一起，巨大的围合式庭院空间令人震撼，建筑墙面上布满了浮雕，羽蛇神的造型以及卷曲的长鼻子的雕塑元素随处可见，据说这里共有 74 个房间，而“考古专家们对于这里究竟是军事学院、王室学校还是宫殿建筑有不同的意见”。⑥

统治者宫

从四方修道院南门出来，迎面就是蹴球场，与奇琴伊察大蹴球场相比，它的规模要小很多，据说是一座练习场。继续向南走，高台之上就是乌斯马尔的地标——统治者宫，这里原本地势就高，再加上高台之上的巨大台基，更突出了建筑的地位与气势，统治者宫近 100 米长，上部布满了雕刻，最中间的浮雕修复的最完整，能够看到被砍掉头颅的勇士，统治者宫被专家学者称为“玛雅建筑的巅峰之作”。从玛雅遗址的建筑遗存，特别是统治者宫中可以清楚地看到，玛雅时期的建筑注重外表，而轻视室内空间，内部空间有平屋顶，也有三角形的空间，由于气候炎热，建筑一般没有窗户，门既承担出入的功能，又兼具采光要求，玛雅石刻装饰的特点是通过每块石块的凸凹变化，以及石块上面的浮雕图案来突出不同主题。从统治者宫的台基上可以眺望整个园区，在这里我们告别了当地的导游，可以继续慢慢地欣赏园区内的建筑遗址。

大金字塔

统治者宫北侧就是龟屋，因为檐口外侧的墙面上有石龟的浮雕而得名，龟屋从外面看规模很小，实际上内部还有多重空间，只是后面的屋顶部分都坍塌了。统治者宫的西南角就是大金字塔，高达 32 米的大金字塔允许游人攀登，金字塔平台处是整个园区可以登临的最高点，由于金字塔非常陡，几乎达到 45 度，因此下来时要非常小心，通常采用侧身的形式，还可以扶着台阶慢慢地走下来。在金字塔西侧是残存的建筑遗址，多座墙片伫立在那里，非常像欧洲古老广场上多栋连续建筑的山墙造型。

与奇琴伊察差不多，我们在乌斯马尔遗址园区内也停留了近 3 个小时，除了最西侧的墓地遗址没有去外，其他部分看的都比较详细，再加上园区的游客比较少，参观过程感觉要比奇琴伊察好很多。

◇ 统治者宫（上）
◇ 四方修道院（左一）
◇ 建筑遗址局部（左二）
◇ 建筑前廊内部空间（右）

乌斯马尔—梅里达

距离：约 90 千米

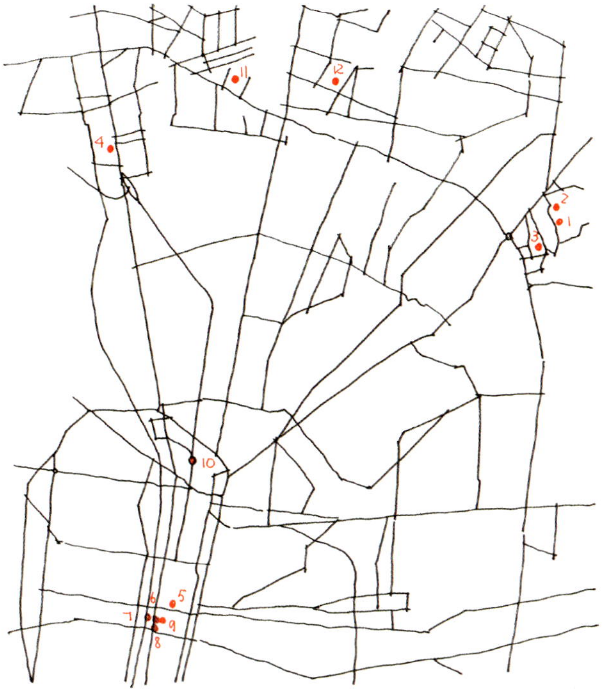

梅里达建议考察项目分布示意图

1. 教育学院
2. 经济学院
3. 神学院及小教堂
4. 玛雅世界大博物馆
5. 墨西哥音乐宫
6. 老城大广场
7. 奥林匹斯文化中心
8. 蒙特霍故居博物馆
9. 圣伊尔德丰索主教堂
10. 阿拉帕特利亚纪念碑
11. 北部大学城的学生宿舍
12. ARBORETTOS 住宅区

玛雅世界大博物馆

离开乌斯马尔，我们乘车返回梅里达市区，午饭后去看玛雅世界大博物馆。该博物馆位于梅里达市区的西北部，城市主干道与工业园区之间的狭长地带内，这里原来是一座巨大的停车场，2011 年开始建设，2012 年建成并投入使用。博物馆核心空间为椭圆形的半开敞式多层大厅，外侧装饰线条自由交织在一起，仿佛是缠绕在建筑外侧的彩带，也让我们想起了北京的鸟巢，该建筑由墨西哥实践建筑事务所设计，据说其设计灵感来源于木棉树，绿色的椭圆形建筑主体是树冠，中间

◇ 玛雅世界大博物馆

圆形的旋转楼梯和电梯井是树干。

高高的平台下是地下停车场，可以提供200多个停车位，整个建筑的展陈空间非常狭小，大部分空间都被白白地浪费掉了，梅里达气候非常炎热，而不同展厅需要通过室外空间进行串联，大大影响了博物馆空间的使用品质。

梅里达大广场

从玛雅世界大博物馆出来已经是下午4点了，阳光依然炽热，我们决定先回旅馆休整一下，傍晚再出来，因为我们住的旅馆距离大广场只有两个街区的距离，出行非常便利。梅里达老城的中心就是大广场，广场周边有大教堂、蒙特霍故居、市政宫和文化中心、剧院等建筑，据史料记载，西班牙人蒙特霍于1542年占领了梅里达地区，拆毁了许多玛雅人的房屋，建造了大教堂。

我们首先来到了大广场西北角的奥林匹斯文化中心，这里进行登记就可以免费参观。建筑中间圆形的柱廊不由得让我们想起了西班牙梅里达的古罗马建筑遗址，紧邻文化中心的是带有钟楼的梅里达市政宫。大广场的南侧是蒙特霍故居，这里免费向游人开放，而且室内允许拍照，蒙特霍故居始建于1549年，经过多次改建，现在柱廊处还有局部被切开的地方，展示着以前建筑的状况，据说蒙特霍的后人一直在此居住到1970年，如今这里已经成为一座小型博物馆和展厅。

位于大广场东北角的圣伊尔德丰索主教堂始建于1561年，于1598年完工，许多石头来源于被拆毁的玛雅人的建筑，教堂形式与建造质量都非常粗劣，内部的圆柱十分粗壮，中间有巨大的穹顶。大教堂的北面是规模不大的耶稣教堂，其北侧是佩翁·孔特雷拉斯大剧院，剧院对面就是建于 19 世纪的尤卡坦自治大学的校部主楼，紧邻耶稣教堂的东侧是新建成的由当地 4 个团队合作设计完成的“波浪”音乐厅。从谷歌地球的影像图中可以清楚地看到，2012 年拆除了原有地块上的建筑，新音乐厅与耶稣教堂拉开了近 8 米的距离，形成了良好的新旧建筑之间的过渡空间，新建音乐厅在耶稣教堂的延长轴线上形成内凹的曲线空间，也因此得名为“波浪”音乐厅，在这里可以看到教堂的圆顶，实现了新旧建筑的完美结合。

虽然是二月初，白天的梅里达已经十分炎热，特别是午后的紫外线异常强烈，而晚间的梅里达却十分凉爽，晚风拂面，人们纷纷来到室外，街道两旁和城市广场上到处都是游人，酒吧间传来阵阵歌声，大广场北侧圣露西亚公园的拱廊下坐满了就餐的食客，音乐厅中传来悠扬的歌声，晚上八九点钟梅里达的夜生活才刚刚开始，如果赶上周末，狂欢会一直持续到凌晨。

◇ 远眺大广场上的教堂，左侧圆顶即为佩翁·孔特雷拉斯大剧院

◇ 奥林匹斯文化中心圆形内庭院

◇ 波浪音乐厅

梅里达—巴亚多利德

距离：约 160 千米

由于我们要搭乘当天傍晚的飞机从墨西哥坎昆返回美国休斯敦，所以早晨 7 点半我们就离开了梅里达，中间选择巴亚多利德作为中转停留地。巴亚多利德是尤卡坦半岛上排在梅里达和坎昆之后的第三大城市，被当地人称为“东方伊斯兰王妃”，这里经常成为梅里达与坎昆之间来往的歇脚点，或成为奇琴伊察考察的住宿处，因此这里有许许多多的特色小旅馆。我们只在市中心广场旁停留了大约半个小时，广场南侧有座教堂，白色石头的教堂又是拆毁玛雅人的建筑建造的，广场周

◇ 蒙特霍故居入口

◇ 圣伊尔德丰索主教堂

围五颜六色的建筑和低矮的拱廊烘托出欢乐而亲切的氛围，广场内种满了绿化和花草，中央喷泉外是连成一圈的座椅，白色的连体座椅吸引着游客好奇的目光。

◇ 巴亚多利德市中心的教堂

巴亚多利德—坎昆

距离：约 160 千米

离开巴亚多利德不远，手机就自动向前调整了一个小时，我们返回坎昆时已经是当地时间下午两点了，距离我们前往坎昆国际机场只有大约两个小时的活动时间，我们先是来到了坎昆酒店区的海豚海滩，这

◇ 坎昆海豚海滩

里是对公众开放的规模最大的海滩，蓝天、碧水、银色的沙滩再加上头顶上飞翔的海鸥，美景令人陶醉，很多人都排队在坎昆城市标志前拍照留念。除了海豚海滩外，这里还有鲸鱼海滩、蜗牛海滩、蓝鸥海滩、龙虾海滩、珍珠海滩等著名的海滩。

坎昆玛雅博物馆

离开海豚海滩，我们乘车前往北部号称墨西哥四大博物馆之一的坎昆玛雅博物馆，这里原本是一处玛雅建筑考古遗址，遗址最南端有一座多层的小型金字塔，新建博物馆就位于遗址上面，在参观博物馆的同时还可以看看考古遗址。坎昆玛雅博物馆始建于 2010 年，2012 年 11 月 2 日，时任墨西哥总统的卡尔德龙亲自为坎昆玛雅博物馆剪彩，也算是给这个旅游度假区增添了一笔历史文化色彩。整个博物馆一层采用架空的形式，与室外玛雅遗址展区完美结合在一起，展陈空间被设计在二层。由于受到墨西哥人类学博物馆的影响，我对墨西哥的博物馆都抱有好感，但无论是梅里达的玛雅世界大博物馆，还是坎昆的玛

◇ 坎昆玛雅博物馆

雅博物馆，其展品数量和质量都无法与前者相提并论。

最后我们选择在坎昆酒店区一家快餐厅的二层室外平台上结束我们的墨西哥尤卡坦半岛之旅，从这里可以眺望五星级的坎昆天堂酒店，之后我们便乘车前往坎昆国际机场。

考察建议

总结 3 天的尤卡坦半岛行程，由于我们选择了从坎昆进出，导致坎昆和梅里达之间的往返交通占用的时间有点多，如果能够再紧凑和辛苦一些，或者想多看一些玛雅建筑遗址，还可以将坎昆南部的图卢姆（距离坎昆约 130 千米）增加到行程中来，据说悬崖峭壁上的图卢姆玛雅遗址上可以俯瞰壮阔的加勒比海，景致十分独特，这样第一天可以从坎昆—图卢姆—奇琴伊察—梅里达，全程大约为 400 千米的车程，总耗时大约需要 12 小时。

引文注释

① 董经胜，林被甸 . 冲突与融合：拉丁美洲文明之路［M］. 北京：人民出版社，2011:2.

② 弗兰姆普敦，张钦南，格鲁斯堡 .20 世纪世界建筑精品集锦（2）：拉丁美洲［M］. 北京：中国建筑工业出版社，1999:32.

③ 大师系列丛书编辑部 . 路易斯・巴拉干的作品与思想［M］. 北京：中国电力出版社，2006:124.

④ 谢工曲，杨豪中 . 路易斯・巴拉干［M］. 北京：中国建筑工业出版社，2003:32.

⑤ 纪江红，典藏世界名胜（上）［M］. 北京：北京出版社，2004:23.

⑥ Lonely planet. 墨西哥［M］. 刘颖，译 . 北京：中国地图出版社，2015:339.

参考文献

[1] 弗兰姆普敦，张钦南，格鲁斯堡 .20 世纪世界建筑精品集锦（2）：拉丁美洲［M］. 北京：中国建筑工业出版社，1999.

[2] 董经胜，林被甸 . 冲突与融合：拉丁美洲文明之路［M］. 北京：人民出版社，2011.

[3] 大师系列丛书编辑部 . 路易斯・巴拉干的作品与思想［M］. 北京：中国电力出版社，2006.

[4] 谢工曲，杨豪中 . 路易斯・巴拉干［M］. 北京：中国建筑工业出版社，2003.

[5] 欧文 . 有生之年非看不可的 1001 座建筑［M］. 李诗晴，胡朦，译 . 北京：中央编译出版社，2014.

[6] 夏普 .20 世纪世界建筑——精彩的视觉建筑史［M］. 胡正凡，林玉莲，译 . 北京：中国建筑工业出版社，2003.

[7] Lonely planet. 墨西哥［M］. 刘颖，译 . 北京：中国地图出版社，2015.

[8] 纪江红，典藏世界名胜（上）［M］. 北京：北京出版社，2004.

[9] 李之吉 . 中外建筑史［M］. 北京：中国建筑工业出版社，2015.

第二章

去南美必须去秘鲁

◇ 利马
◇ 库斯科
◇ 马丘比丘
◇ 欧雁台

历史与建筑

秘鲁位于南美洲西部,安第斯山脉纵贯南北,1535年沦为西班牙殖民地,1821年7月28日独立。秘鲁首都利马西临太平洋，海岸比海面高许多，沿岸的挡土墙成为其滨海大道的特殊景观。虽然靠近太平洋，但这里却很少下雨，属热带沙漠气候，大部分地段处于南太平洋副热带高压东缘，是世界著名的“无雨之都”，年降雨量仅10—15毫米，所以利马的城市道路上都没有排水设施。秘鲁人口为3100多万，首都利马人口近800万。

秘鲁历史文化名城——库斯科古城位于秘鲁东南部崇山峻岭的安第斯山区的一片谷地之上，据史料记载，在公元1000—1200年，印加人开始在这里定居，从12世纪开始这里逐渐发展成为印加帝国的宗教和行政中心，库斯科在当地克丘亚语的意思是“大地的肚脐”，也就是“世界的中心”。在印加帝国发展的盛期国土辽阔，人口达到1000多万。“印加人修筑的道路更是举世闻名，全长达32200千米。”①这不由得让我们想起古罗马帝国。

马丘比丘“是一座幽灵般的城市，是人类的工程与自然之间完美和谐的象征”。②代表了南美洲印加文明的成就，“考古发现显示马丘比丘并非普通城市，而是印加贵族的乡间休养场所，大约1000人在这里居住，他们完全自给自足，周围是梯田和天然泉水。”③1983年，马丘比丘古城遗址被列入《世界文化遗产名录》。马丘比丘古城遗址还与中国万里长城、约旦佩特拉古城遗址、巴西里约热内卢基督像、意大利古罗马斗兽场、墨西哥奇琴伊察玛雅古城遗址和印度泰姬陵并称为世界新七大奇迹。

旅行规划

- 路线：墨西哥城—利马—库斯科—利马。
- 旅行时长：3天2宿。
- 住宿地：利马、温水小镇。

墨西哥城—利马

飞行时长：约6小时

我们乘坐的哥伦比亚航空公司AV961航班经过了近6个小时的飞行，于当地时间晚间8点半降落在秘鲁首都利马豪尔赫查韦斯国际机场，这里与墨西哥城有一个小时的时差。拿着飞机上填好的入境单我们很顺利出关入境秘鲁，考虑到库斯科古城是地处海拔3400米的高原，我们没有选择从利马直接转机飞往库斯科，而是选择在利马住一夜，即使第二天要早起去机场。因为许多游客都反映晚上住在库斯科会有一定的高原反应，最终我们还是选择了稳妥的行程计划，到达利马旅馆时已经是晚上11点了，抓紧时间休息，第二天还要赶早班飞机。

每天都会有大量的航班往返于利马和库斯科两地，因为来到秘鲁的游客都是为了去看马丘比丘遗址，而库斯科是必经之路。我们选择了早晨 8 点多的飞机，早晨 5 点半天还没有亮我们就起身赶往机场，由于我们第二天晚间还要返回利马，所以大家把大件行李都留在了利马旅馆，只携带随身行李去库斯科，这样就可以轻装上阵了，尤其是中间还要换乘一段火车，携带大件行李会非常不方便。

利马—库斯科

飞行时长：约 2 小时

利马机场的出发大厅里到处都可以看到以马丘比丘遗址为主题的广告，其中一辆透明顶棚的列车车厢招贴最吸引人眼球，这就是我们去马丘比丘将要乘坐的小火车。在飞机上邻座是一位会说汉语的英国女孩儿，她自我介绍在上海的一家幼儿园教英语，从她的服饰可以看出来她独自出行已经有好多天了，这次去库斯科要在附近玩一段时间，而她对所到之处除了手里的旅游手册之外几乎一无所知，甚至都没有预约旅馆，看着她那单薄的身体和沉重的旅行背包，真有点为她担心，看来年轻人有她们自己的玩儿法。

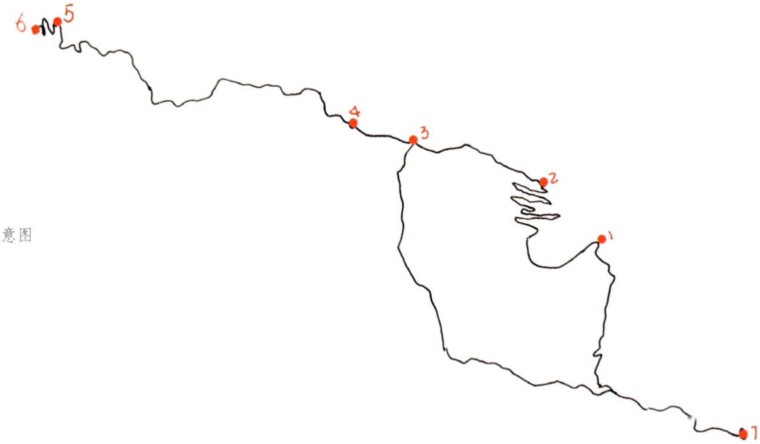

从库斯科到马丘比丘的建议考察路线示意图

1. 观景台
2. 乌鲁班巴
3. 胶囊旅馆
4. 欧雁台
5. 温水小镇
6. 马丘比丘
7. 库斯科

临近库斯科，可以看到机翼下起伏的高山，许多镀锌铁皮的屋顶在阳光照耀下闪闪发光，经过了近两个小时的飞行，飞机降落在库斯科维拉兹克阿斯特机场，蔚蓝的天空蓝的深邃，高原特有的强烈紫外线晃得人睁不开眼睛，机场两侧是大量没有建完的房子，再加上设施设备简陋的机场，库斯科给我的第一印象远没有想象的那般美好。

可能是由于身处高原，这里离太阳更近，印加人认为自己是太阳神的后裔，他们非常崇拜太阳，这里曾经有印加人最神圣的铺满黄金的太阳神殿，库斯科第一站我们就选择了印加人的太阳神殿旧址，库斯科古城在 1983 年就被列入《世界文化遗产名录》。

太阳神殿（圣多明哥教堂）

随着西班牙殖民者的到来，1533 年印加帝国最后一位国王——刚刚登基的阿塔瓦帕被西班牙人诱杀。1533 年 11 月，西班牙人进入库斯

◇ 山谷里的城市——库斯科

科，据说不到200人的西班牙军队轻而易举地击溃了拥有数万军队的印加帝国。随着西班牙人的到来，古代印加文明遭到了彻底的摧毁，太阳神庙被拆毁，在上面建起了圣多明哥教堂，如今库斯科古城已然变成一座充满西班牙风情的小镇，而印加文明的雄伟建筑几乎荡然无存，它们或变成了残垣断壁，或被埋在建筑的下面，但是印加人的巨石加工技艺和高质量的砌筑技术却令人印象深刻。现在的圣多明哥教堂下面就是印加帝国最重要的太阳神殿遗址，西班牙人拆毁了原来的神殿，在神殿的基础上建造了这座教堂，方形的拱廊庭院，笨重的钟楼都很容易看出来这是一件远离欧洲文明中心的复制品，入口处能够看到巴洛克风格的痕迹。建筑中残存的印加帝国时期的建筑遗址能够让我们看到印加人的石材加工技艺，坚硬的花岗岩被打磨加工的非常整齐，甚至有模仿木结构的榫卯节点，其中最小的一块石头只有指甲大小，令人叹为观止。从太阳神殿可以俯瞰巨石挡墙下面的花园和库斯科古城的西半部，花园上有人正在举行宗教仪式，残损的城墙上到处都是印加人的历史痕迹。

罗卡宫外墙

从圣多明哥教堂出来，沿着狭窄的小街一直向北，沿途到处都可以看到印加帝国时期的石墙，其中最有名的是罗卡宫外墙的巨大石块，著名的“十二角石”就在这里，这块石头被加工成12个角，其加工难度可想而知，从中也进一步印证了古代印加人的巨石加工技艺。

中心广场（武器广场）

毫无疑问，库斯科古城的中心就是城北的中心广场，即现在的武器广场，武器广场在南美有历史的城市中一般都有，广场因曾经建有存放武器的库房而得名，一般都是城市最繁华的中心。中心广场是前来库斯科古城旅游的游客必来的景点，也是古城历史文化的重要展示地，

◇ 圣多明哥教堂钟楼及入口

◇ 印加帝国的太阳神殿遗址

◇ 罗卡宫外墙

据史料记载，1781 年 5 月 15 日，最后的印加王图帕克·阿马鲁二世就是在这里被西班牙殖民者残忍杀害。

如今这里已经没有了印加帝国时期的模样，俨然是一座西班牙风情小镇。中心广场的东侧是库斯科主教座堂，低矮的双塔钟楼与圣多明戈教堂十分相似，教堂入口处则清晰地显现出巴洛克风格的建筑细部特征。无论是高度还是位置上的重要性，朝向北侧的天主教堂都是广场上最具统治力的建筑，天主教堂繁复的立面是多种形式的融合，并以巴洛克风格为主导，这时教堂里正在举行一场婚礼，婚礼结束后，新人和亲朋好友都聚集在教堂门前谈天说笑，气氛温馨，令我们这些匆匆的过客羡慕不已。

中心广场上非常热闹，人们或坐在椅子上，或坐在草坪上，一边聊天一边晒太阳，这时我们才意识到这是在海拔3400米的高原上，感觉有些胸闷和喘不上气来。我们在广场东南角小街里的一家秘鲁风味餐厅吃了顿风味特色餐，导游特地为我们点了当地的大粒玉米，“玉米文明是拉丁美洲文明的起源，正是玉米养育了这块土地上的人民，玉米成为古代美洲文明的支柱。”[④]邻桌是三位老年欧洲游客，他们点了当地著名的美食——烤豚鼠，刚刚端上来还以为是烤羊腿，但仔细一看大吃一惊，豚鼠尖利的牙齿、锋利的爪子和长长的尾巴都非常完整，看着令人毛骨悚然，老妇人看着我们好奇的目光也直咧嘴，其实游客们也只是忙着拍照，照完相之后服务员会将烤豚鼠端下去，切成小块再端上来，这个时候已经看不清原来的样子了，否则任何人都不敢下嘴。我们前后在广场周围一共停留了两个多小时，午餐后就乘车前往库斯科城的军事防卫堡垒——萨克萨瓦曼城堡。

◇ 武器广场，右侧为主教座堂

◇ 从萨克萨瓦曼城堡俯瞰武器广场

萨克萨瓦曼城堡

下午3点多我们离开了武器广场，乘车沿着崎岖的山路前往萨克萨瓦曼城堡，城堡位于库斯科北部的山顶上，城堡面向库斯科古城的一侧是悬崖峭壁，这里海拔3700米，是俯视库斯科古城的绝佳地点。巨石建筑形成的三重城墙，是印加帝国最伟大的军事工程，只可惜它没有很好地保护库斯科，当年西班牙人轻而易举地绕过了萨克萨瓦曼城堡，长驱直入库斯科。萨克萨瓦曼城堡最顶上有一座圆形的建筑遗址，一定要走到那个位置去看看。从城堡上还可以远眺库斯科古城东侧的山口和雪山，库斯科机场的飞机起降均需要经过东侧的山口转个弯飞进飞出，据导游讲，起飞和降落的飞机均需要旋转210度，并且紧贴崖壁飞行，因此对飞行安全威胁比较大，对飞行员也提出了很高的要求，看着远处山口处飞机进进出出，如果天气不好确实有些难度，据说库斯科新机场项目已经规划多年，选址都确定了，但是一直没有能够启动。

◇ 萨克萨瓦曼城堡

库斯科—温水小镇（马丘比丘）

车程：约 4 小时

下午 4 点多夕阳西下时我们离开萨克萨瓦曼城堡前往火车站，从那里需要再换乘火车去温水小镇，旅行车不停地上山下坡，车行一个多小时后，傍晚 5 点半时在海拔高度大约是 3900 米处，看到了夕阳下印加人建在半山腰的建筑和远处的雪山。

随着距离库斯科越来越远，海拔高度也在逐渐地降低，一切不适感都很快消失了，我们赶到欧雁台时已经是晚上 6 点多了，黑夜里乘坐观光火车，透明的车厢顶棚外是黑黑的夜色，火车窗外乌鲁班巴河在哗哗地流淌，又坐了近两个小时的火车我们才赶到温水小镇（据说现在已经改名为马丘比丘村了，常住人口有两三万人），火车站站台很小，昏暗的灯光下到处是熙熙攘攘的人群，旅馆派人用手推车将客人的行李运回去，大家步行不到 10 分钟就到了旅馆，温水小镇位于马丘比丘遗址东侧的山脚下，海拔高度应该不到 2000 米，晚间休息没有任何不适感，在这里而不是在库斯科住一夜是正确而明智的选择。

考察建议

本来游客可以在库斯科就乘坐火车前往位于马丘比丘古城遗址山脚下的温水小镇，但是地接公司都是用汽车将游客送到另外一座小镇——欧雁台，据资料介绍，欧雁台是库斯科前往马丘比丘遗址的 3 个火车站之一，另外两个就是乌鲁班巴和库斯科西郊外的车站，欧雁台火车站最靠近温水小镇，距离萨克萨瓦曼城堡有 70 多千米的崎岖山路，大约需要两个小时的车程，中间会路过山谷里的城市——乌鲁班巴。显然这种换乘方式最节省时间，从库斯科到温水小镇可以控制在 5 个小时之内，但是欧雁台小镇显然无法承受众多外来游客的压力，堵车情况非常严重，车站甚至都没有完整的站台，大风刮来尘土飞扬，小镇的环境也受到很大影响。

◇ 俯瞰马丘比丘古城遗址

马丘比丘

前文说过游客来秘鲁都是为了来看马丘比丘，我们经历了千辛万苦就是为了一睹这个世界新七大奇迹之一的神秘风采。早晨7点我们就吃完了早餐，大家约好7点半出发，赶在大批游客从库斯科赶来之前游完马丘比丘。走到旅馆外面才看清这里的地貌，我们住在小镇前往马丘比丘遗址山道的必经之路旁边，陡峭的山峰下乌鲁班巴河水流不大，小镇的规划保护基本上处于失控状态，到处塞满了七八层高的建筑，只有火车站一带的建筑形式与尺度看起来要好一些，据说联合国教科文组织对马丘比丘遗址每天的门票数量都有限制，但是实际进入景区的人会比较多。一大早就已经有人在车站排队了，还好20多分钟后，经过崎岖颠簸的之字形山路，中巴就开到了马丘比丘遗址大门处，从这里还要登一小段山路，转过有茅草顶的建筑，上到最高处的平台上，整个马丘比丘遗址就展现在我们眼前，美妙的景致令人眩晕，在远处华纳比丘山峰的护卫下，一栋栋石头房子静静地伫立在那里，层层的梯田保存依然完好。古城长约530米，宽约200米，共有172座建筑遗址，城址中有完整的排水系统，作为背景的华纳比丘山峰仿佛是一张仰望天空的印加人的脸。

马丘比丘意为“古老的山巅”，乌鲁班巴河在这里绕了一个Ω形的弯，成为马丘比丘的天然屏障，这里只有一条小路通向山下，遗址中有太阳神殿、广场、宫殿、庙宇、作坊和民居，许多建筑都开有窗子，这一点与北部地区有所不同。建筑都用石块砌筑，形状和尺寸大小不一，需要逐一切割和打磨。马丘比丘古城遗址建筑的石料切割和拼合技术非常精湛，严丝合缝，中间没有黏合剂，据说最大的石块有50吨重，古城周围是由水渠灌溉的梯田。

考察建议

我们早晨8点多进入，11点钟出来，在马丘比丘古城遗址中停留不到3个小时，由于古城遗址中没有厕所，也不容许吃东西，因此游客一般不会待太久。马丘比丘的参观路线是单向的，通常是从高处进入，低处离开，要想回头看会比较麻烦，起码要多走许多路，所以不要着急往前跑，慢慢欣赏最好。游览马丘比丘时还要十分注意安全，因为到处是高度不同的断崖、台阶，一定要注意脚下的安全，我们的导游半年内已经来这里50多次了，还是不经意之间摔了一跤。据说景区内严禁游客做出蹦跳等危险的动作，不听劝阻将被驱逐出园区，这是因为多年前一名游客蹦起来拍照时掉落悬崖遇难了。马丘比丘最神奇的地方还在于站在不同的角度和不同的高度就会看到不同的景色，拍摄照片没有最好只有更好的角度，如果能够再次来看马丘比丘，那时我会选择黄昏时登上山顶。

如果时间再宽裕一些，沿途还可以去马拉斯盐田和圣谷看看，两地都在乌鲁班巴城周边，那里的游人会比较少，又都位于库斯科前往马丘比丘的必经之路上。

◇ 登上顶部平台就是日晷

◇ 三窗神殿展现印加人的石材加工技艺

◇ 古城的房屋遗址

◇ 马丘比丘古城遗址的出口

在马丘比丘古城的北侧就是华纳比丘，它只比古城遗址高200多米，但是山势陡峭，极难攀登，据说每天只出售400张门票，如果年轻力壮外加身手敏捷可以尝试一下，从华纳比丘山顶可以看到完全不一样的马丘比丘古城。

“自然天际”空中酒店

乘车返回旅馆，简单吃了一顿午餐，我们乘坐下午一点多的火车返回欧雁台，和来时完全不一样，阳光穿过透明的顶棚洒满了车厢，伴随着列车员的时装表演秀，车厢里充满了欢笑声，沿途可以清楚地看到湍急的乌鲁班巴河，两岸的峭壁上经常会看到石头砌筑的山城，但是都要比马丘比丘古城小得多。两个小时后我们又回了欧雁台，再转乘客车返回库斯科，刚刚驶出欧雁台小镇，在神圣山谷北侧的悬崖峭壁上可以看到著名的“自然天际”空中酒店。

3座胶囊状的透明屋（7.3米 ×2.4米）和一座半圆形的空中餐厅（后来搭建的）通过拉索悬挂在崖壁之上，因此也被称为世界上最恐怖的酒店，由Natura Vive公司创建。由于墙面和顶棚均采用透明材料，周围景色一览无余，白天和夜间的景色更是变幻无穷，吸引着大量追求刺激的游客，

◇ “自然天际”空中酒店

据说每个透明屋可以入住4人，住一夜每人大约需要支付2000元人民币，而且还需要提前很长时间预约。要想入住这里还需要爬上120多米高的绝壁，退房时需要通过溜索滑下来，虽然中间建有休息平台、爬梯和嵌入崖壁的台阶，但是没有登山的基本功还是别奢望住这样的酒店了。

库斯科—利马

飞行时长：1小时30分

为了尽快返回库斯科，司机选择走了一条近路，一路上的道路都在改建和维修，满是灰尘，赶到库斯科已经是傍晚5点多了，天色已经黑了下来，我们稍作休息，搭乘晚上19:43的航班返回利马，回到前天入住的旅馆。早晨7点多起床，按照以往的习惯，在旅馆周边走走看看，7月底的利马早晨真是有点凉，一位遛狗的老妇人还穿着棉衣。我们住

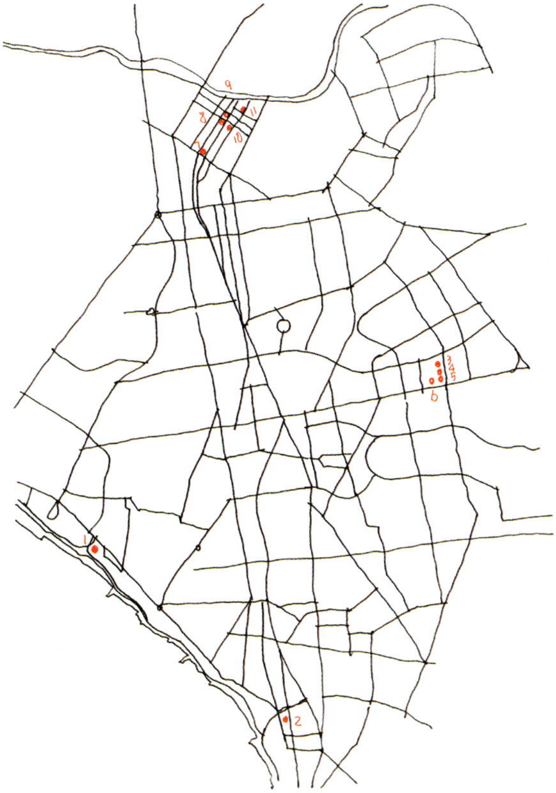

的旅馆在利马的南部，这里是使馆区，周边的环境比较好，临近一座城市公园。由于我们将搭乘傍晚的航班飞往智利首都圣地亚哥，在利马停留的时间实际上只有大半天，就算是利马一日游吧，好在必须去看的内容不太多。

悼念与纪念之地博物馆

我们第一站是去悼念与纪念之地博物馆，这里距离我们住的旅馆最近。这座建筑位于海岸边，这里原本是一块废弃之地，是通过挖掘海岸的岩石平整场地后建成的，博物馆的主题展览是为了纪念秘鲁历史上被恐怖组织屠杀的无辜民众，以及展示秘鲁恐怖组织的发展状况，来到这里看展览的多半是外国人，而我们主要是来看这栋博物馆的。

利马建议考察项目分布示意图

1. 悼念与纪念之地博物馆
2. 利马工程技术大学新学术楼
3. 教育部大楼
4. 利马会议中心
5. 国家银行新总部
6. 利马国家博物馆
7. 马丁广场
8. 武器广场
9. 总统府
10. 利马主教堂
11. 圣方济各圣殿与修道院

悼念与纪念之地博物馆由桑德拉•巴克莱和让•皮埃尔•库鲁斯主持设计，他们善于使用混凝土并对博物馆设计情有独钟，这座建筑于 2011 年开始建设，2013 年竣工投入使用，建筑面积为 4900 平方米，建筑主体采用钢筋混凝土浇筑，外墙上的模板印迹十分明显。由于地势上的高差，从东侧主入口进入，沿着长长的坡道走入博物馆，博物馆内采用声光电相结合的展陈方式，结合受害者的遗物展览，达到了震撼人心的效果。

沿着博物馆内部的坡道逐层而上，参观完后直接从屋顶上返回主入口，形成一条完整的参观路线，在屋顶平台之上可以远眺太平洋和沿岸的城市建筑。

利马工程技术大学新学术楼

离开悼念与纪念之地博物馆，我们沿着滨海大道一直向南，前往利马工程技术大学（UTEC），利马工程技术大学新学术楼由爱尔兰都柏林的格拉夫顿建筑事务所设计，主创建筑师为伊冯·法雷尔和谢莉·纳马拉两位女建筑师。这里原本是一块被闲置多年的空地，场地条件非常局促，既临近高速道路，场地高差又非常大，2013 年开始建设，2015 年竣工投入使用，一栋建筑即是一座校园。该建筑曾经获得英国皇家建筑师学会颁发的国际奖，评委会的评语为：对于其周边环境而言，它似乎是一系列的景观露台、悬挑和洞穴，堪称一个现代版的马丘比丘。建筑师认为利马离赤道很近，很少下雨，还吹着从太平洋刮来的风，室内外的差别在这里十分模糊，所以我们决定尽可能多地将功能设施移到室外，从而释放更多的内部空间，该项目最终呈现出的结果与其环境背景紧密相关，实现了光线、空气和城市生活的完美融合。

◇ 悼念与纪念之地博物馆

◇ 利马工程技术大学新学术楼

由于是周末，整个校园不对外开放，我们只能在外边转转，谈一下实际的现场感受。新建建筑位于城市交通枢纽处，周边都是居住区，场地高差比较大，环境不理想，钢筋混凝土浇筑的巨大建筑体量给周边环境施加了更大的压力，显得与周边的建筑格格不入，虽然建筑室内外空间十分丰富，却还是无法与马丘比丘古城遗址相提并论。

利马会议中心及周边建筑

由西班牙顶级设计公司 IDOM 设计的利马会

伊冯·法雷尔和谢莉·纳马拉

2020年3月3日，北京时间晚间11点，全世界建筑人都关注的2020年度普利兹克建筑奖揭开谜底，伊冯·法雷尔和谢莉·纳马拉获奖，使这两位名不见经传的“大妈级建筑师”为人熟知，她们也是继扎哈·哈迪德（2004年），妹岛和世与西泽立卫（2010年），拉斐尔·阿兰达、卡莫·皮格姆、拉蒙·比拉尔塔组合（2017年）之后第四次获得该奖项的女建筑师，也是获奖者中唯一的女性建筑师组合。

◇ 利马会议中心及国家银行总部

◇ 秘鲁教育部大楼

议中心（LCC）毗邻秘鲁国家博物馆、教育部、国家银行新总部，是秘鲁国家与世界银行、国际货币基金组织的协议项目。建筑采用混凝土外挂复合墙板与玻璃幕墙相结合的形式，强调大体量的空间穿插与组合。据资料记载，利马会议中心总建筑面积为8.6万平方米，建筑共设有4层地下空间，8层地上空间，会议中心有18个会议厅，最大的会议厅达到3500平方米，这里原来是一块运动场地，新建筑于2014年动工，2016年建成投入使用。

国家银行新总部始建于2013年，2015年建成投入使用，建筑采用玻璃幕墙，呈V形，上大下小。利马会议中心北侧是秘鲁教育部大楼，教育部大楼的整体造型就像是叠加起来的一摞书，建筑的每一层就相当于一本书，书与书之间呈现不规则的出挑，形成造型独特的建筑形式。但是粗糙的遮阳百叶和锈迹斑斑的外表使建筑形象大打折扣，由于百叶窗的缝隙很小，几乎无法看清外面，室内完全靠人工光源采光，该建筑2010年动工，2012年建成投入使用。

利马国家博物馆建成于1976年，钢筋混凝土的室内外空间体现出20世纪70年代的设计手法，其室内空间比室外空间更丰富多变，门厅上空设置有多层的廊道，周末博物馆内部只开放了一层展览大厅，正在展销秘鲁当地的手工艺品。

利马老城

利马老城位于城市的北部，背靠里马茨河，始建于1535年，是西班牙殖民统治时期规划建设的，1821年秘鲁独立时将利马定为首都，1983年利马老城被列入《世界文化遗产名录》。由于昨天（7月28日）是秘鲁国庆日，按照惯例今天将有阅兵仪式，武器广场等老城的核心区大部分处于封闭状态，我们只去了圣马丁广场和圣方济各圣殿与修道院，这两处均为利马老城世界文化遗产的重要组成部分。

圣马丁广场是以南美解放之父圣马丁的名字命名的，广场中间有圣马丁的骑马雕像，广场周边都是乳白色的西班牙风格建筑，因此身处利马圣马丁广场仿佛就是在西班牙马德里的老城区里，广场西侧就是利马著名的尼科拉斯德皮埃罗拉大街。圣方济各圣殿与修道院位于武器广场东北部，建筑入口处的雕塑形式繁复，具有典型的巴洛克风格，经过多年的建造，圣方济各圣殿与修道院于1774年建成，在1687年和1746年两次大地震中得以幸存，但在1970年的大地震中遭到严重的损坏，后来进行了加固和修复。

在利马还遇到几件特别的事情想和大家说说，一个是在利马城市里的空地上会经常看到黄色的圆圈，中间写着英文字母“S”，导游讲因为秘鲁多地震，这里是地震时人们站立避难的地方；另外一件事情就是利马街头的汽车上凡是能够拆卸下来的部件都用铆钉或者螺丝钉固定住，否则就很容易丢失；还有一件事是我们乘坐的旅游巴士是中国国内某著名品牌公司制造，由于缺少零配件，破碎后的风挡玻璃只能用两块玻璃拼接而成，中间是一条宽宽的黑色胶带，看起来怪怪的，看来国内企业要想真正走出去，售后服务是关键。

◇ 圣马丁广场

考察建议

在我们即将离开利马时还发生了一个小插曲，利马和智利两地的地接导游对入境智利的违禁物品说法不一，而且智利入境检查比较严格，如果携带违禁物品入境可能会面临高额罚款，甚至拒绝入境，为了稳妥起见，我们最后还是在智利入境单上是否携带违禁物品一栏的后面选择了“Yes”，当智利海关人员拿着入境单询问我们携带的违禁物品是什么的时候，我们一起拿出了方便食品，看着海关人员的面部表情就能知道结果是什么，方便食品应该不属于“违禁物品”，看来各方面的信息严重不对称，智利入境单上也应该图文并茂地列出违禁物品的种类，这样才能真正为外来的游客着想。

引文注释

① DK公司.伟大的旅程[M].翟娜娜，译.北京：北京美术摄影出版社，2013:258.

② 董经胜，林被甸.冲突与融合：拉丁美洲文明之路[M].北京：人民出版社，2011:10.

③ 格兰西.建筑的故事[M].罗德胤，张澜，译.北京：三联书店，2003:113.

④ DK公司.伟大的旅程[M].翟娜娜，译.北京：北京美术摄影出版社，2013:258.

参考文献

[1] DK公司.伟大的旅程[M].翟娜娜，译.北京：北京美术摄影出版社，2013.

[2] 董经胜，林被甸.冲突与融合：拉丁美洲文明之路[M].北京：人民出版社，2011.

[3] 格兰西.建筑的故事[M].罗德胤，张澜，译.北京：三联书店，2003.

[4] 《亲历者》编辑部.南美洲旅行Let's Go[M].北京：中国铁道出版社，2015.

[5] 刘莹，田野.美丽的地球·南美洲[M].北京：中信出版社，2016.

[6] 胡允桓.世界遗产之旅·老城古镇[M].北京：中国旅游出版社，2004.

[7] 纪江红，典藏世界名胜（上）[M].北京：北京出版社，2004.

[8] 毛利霞，再现世界历史·拉丁美洲的独立[M].济南：山东科学技术出版社，2017.

[9] 李之吉.中外建筑史[M].北京：中国建筑工业出版社，2015.

第三章 陌生的智利

◇ 圣地亚哥

◇ 瓦尔帕莱索

历史与建筑

整个南美洲的历史背景非常相似，智利与秘鲁一样先后沦为西班牙的殖民地，与秘鲁相比，智利的古代建筑遗产没有那么丰富，但是现代建筑活动要更加活跃，2016年普利兹克建筑奖的获奖者，1967年出生的智利建筑师亚历杭德罗·阿拉维纳就是其中最具代表性的人物。

智利首都圣地亚哥城（Santiago de Chile）始建于1541年，与西班牙的圣地亚哥同名，在中南美洲有多个圣地亚哥，其名称的由来均起源自西班牙的圣地亚哥。圣地亚哥城建于山谷之中，海拔高度为500多米，四周群山环抱，终年积雪的安第斯山脉仿佛是一顶银色的皇冠，这就是为什么圣地亚哥城市风光照片中经常会出现雪山的原因。圣地亚哥是智利最大的城市，南美洲第五大城市，马波乔河从城市北部缓缓流过，这里气候四季皆宜，最冷的7月份平均温度也在8摄氏度上下，但由于地处谷地，通风不畅，这些年来随着经济的发展，城市空气污染也有所加重。

瓦尔帕莱索被称为智利的“文化之都”，是智利议会所在地，也是智利第二大城市和南美太平洋沿岸最大的深水港，始建于1536年，是首都圣地亚哥的海上门户，这里曾经是南美洲最重要的港口之一。瓦尔帕莱索是一座山城，街道狭窄而且坡度很陡，我们乘坐的中巴穿行其中都非常艰难，为了解决交通问题，这里建了许多索道车，也成为瓦尔帕莱索一道亮丽的风景，2003 年瓦尔帕莱索港口城市历史区被列入《世界文化遗产名录》。

旅行规划

- 路线：利马—圣地亚哥—瓦尔帕莱索—圣地亚哥。
- 住宿地：圣地亚哥。
- 旅行时长：1.5 天 2 宿。

去南美一定要去秘鲁、阿根廷和巴西，最初制定南美考察行程时就是这样想的。后来由于种种原因，大家觉得去一次南美很不容易，尽量要多去几个国家，这时智利和乌拉圭开始进入我们的视野，而最终决定去这两个国家是因为两个建筑师，即智利建筑师亚力杭德罗 • 阿拉维纳和乌拉圭建筑师埃拉蒂奥 • 迪埃斯特，一个是年轻的建筑大师，另外一个已经去世多年。

遥远且国土狭长，这是在翻看世界地图时智利留给我最深的视觉印象，智利位于南美洲的西南部，南北长达 4352 千米，而东西方向最窄处不到 100 千米，最宽处也不到 400 千米，是世界上国土最狭长的国家。近些年来，智利盛产的车厘子漂洋过海来到中国，虽然价格很高，但依然得到消费者的青睐，这是智利留给我的味觉记忆。智利东部是连绵的安第斯山脉，与阿根廷比邻，西部是浩瀚的太平洋，目前智利是南美经济发展最活跃的区域之一，人口接近 1800 万，首都圣地亚哥有 700 多万人口。

利马—圣地亚哥

飞行时长：3 小时 30 分

圣地亚哥建议考察项目分布示意图

1. UDP 经济学院
2. 加布里拉·米斯特拉尔文化中心
3. 莫内达广场文化中心
4. 智利总统府
5. 武器广场和圣地亚哥主教座堂
6. 智利天主教大学圣华金校区
7. Mirador Interactive 博物馆
8. 阿道夫·伊瓦涅斯大学
9. 科斯塔内拉塔中心大楼
10. 联合国拉美和加勒比经济委员会

智利北部与秘鲁国土有接壤，两国自古以来也多有纷争，从秘鲁首都利马飞到智利首都圣地亚哥需要 3 个多小时，再加上两地的时差（圣地亚哥比利马晚两个小时），傍晚 5 点半飞离利马，到达圣地亚哥市中心的旅馆时已经是当地时间深夜 11 点半了，对这里的第一印象就是“冷”，7 月底的圣地亚哥夜间的温度已经下降到个位数了。

UDP 经济学院

我们把位于城市最北部的 UDP 经济学院选为圣地亚哥之行的第一站，这片区域位于圣克里斯托瓦尔山山脚下的丘陵地带，场地起伏比较大，是圣地亚哥新规划建设的区域，圆环状的道路在空中看起来十分醒目。UDP 经济学院是新校区的一期工程，分为本科生楼和研究生楼两大部分，建筑方案是设计竞赛的获奖作品，整体建筑于 2011 年开始建设，2013 年底建成投入使用，由智利杜克·莫塔建筑师事务所设计。除了两栋体型差异较大的建筑外，还有运动场和巨大的停车场。由于学校已经放假，

◇ 迭戈·波特尔斯大学经济与工商学院

再加上整个校园是封闭管理，外来人员不允许随便进入，通过与门卫临时交涉，才最后允许我们一行人进入校园，但是大部分建筑都无法进入内部。

校园主体建筑由一栋一字形的 8 层板式大楼和一栋方形的塔式建筑组成。利用入口处的地势高差设计有 4 层地下空间，其中包括一座学术报告厅，地面上则形成一个巨大的平台作为人行入口广场。

8 层板式的本科大楼西侧外廊上种满了绿色植物，以减少西晒阳光的影响，钢筋混凝土构架形成了虚空间，与研究生楼在空间体量和虚实关系上形成对比，而东侧立面则是以玻璃幕墙为主，可以清晰地看到对面起伏的山峦和绿色的植物，也将自然光线引入大楼内的教室。建筑上还开设了 3 个巨大的贯穿建筑的洞口，内部设有楼梯和连廊，增加了室内外建筑空间的渗透。

方形的研究生楼采用底层架空的形式，内部设有天井，屋顶建有花园，建筑外墙上布满了方形的洞口，局部设置有出挑的小阳台，形成强烈的虚实对比和光影变化，据说这些洞口都经过精心设计，刚好满足建筑室内照明和观景视觉的需求。建筑主体上还开设了几处巨大的洞口，以调节建筑的整体造型，使得原本笨拙的建筑体量充满了灵动。

加布里拉·米斯特拉尔文化中心

这是一个后改造的建筑项目，紧邻圣路济亚山的东侧，原有建筑长近 200 米，2010 年建成，面积达 4 万多平方米，由克里斯蒂安·费

◇ 加布里拉·米斯特拉尔文化中心入口

尔南德斯建筑事务所主持设计，近些年来经历多次改造，原有的建筑被不断拆除，陆续扩建了新的建筑，目前东端的 50 米还在进行改造施工。加布里拉·米斯特拉尔文化中心包括有一座剧院和若干个展览大厅，巨大的钢筋混凝土异形柱支撑起长长的钢结构屋顶，中心建筑最大的特色是室内外均使用穿孔的锈蚀钢板作为饰面表皮，虽然有些陈旧，但是充满了时尚感。

◇ 拉莫内达宫及文化中心喷泉水池

拉莫内达宫及文化中心

拉莫内达宫文化中心位于智利总统府拉莫内达宫的南侧，市民广场的北端，拉莫内达在西班牙语中是货币的意思，在西班牙殖民统治时期，这里曾是一家造币工厂，如今这里是智利的国家政治中心。

拉莫内达宫文化中心是一个新建项目，以前这里与市民广场连在一起，形成一个巨大的梯形草坪。从 2005 年开始在原来的草坪之下新建了一座设有展厅和电影院的巨大地下公共空间，地面上设置了两块水池，并设置有东西两个出入口，该项目由智利著名的 Undurraga Devés 建筑事务所设计，该中心南侧就是圣地亚哥最著名的奥希金斯大街。我们走到这里时正好赶上有人在罢工，市民广场前催泪弹的烟雾还没有完全散去。2019 年 10 月因为地铁车票涨价引发了智利全国性的骚乱，许多示威活动也发生在这里。从南侧绕到北侧，这里就是著名的宪法广场，也是拉莫内达宫的正门，灰色涂料的建筑入口处，双柱式呈现出巴洛克风格的典型元素，大量警察荷枪实弹在这里守卫，其中还有许多女警察，拉莫内达宫始建于 1786 年，由意大利建筑师托斯卡主持设计建造。

◇ 武器广场上的圣地亚哥主教座堂

◇ 圣地亚哥主教座堂室内大厅

圣地亚哥主教座堂

从宪法广场向东北方向走，穿过繁华的商业街，走过两个街区就到了热闹的武器广场。经过近些年的改造，武器广场上种植了大量的绿色植物，广场上最重要的建筑是始建于 1748 年的圣地亚哥主教座堂，即圣地亚哥大教堂。大教堂的北侧是中央邮局，以前这里是总督官邸，后来也曾经作为总统府。圣地亚哥主教座堂位于广场的西北角，坐西朝东，正立面有两座塔楼，呈现出巴洛克风格的细节。教堂内部空间装饰异常华美，墙面上布满了彩色大理石和雕像，教堂内部空间狭长，总长度近 100 米，圣坛之上巨大的帆拱托起一座八边形的穹顶，据介绍智利历任大主教的遗骸都埋葬在教堂的地下墓穴中。

圣地亚哥—瓦尔帕莱索

距离：约 120 千米

中午 12 点多我们离开圣地亚哥市区，前往 120 千米外的瓦尔帕莱索，中途要翻过一处海拔比较高的山冈，我们计划在路上服务区简单吃个

◇ 小餐厅室内

◇ 来自于复活节岛上的巨型雕像

午餐。下午两点多我们在一个当地人吃饭的餐厅吃了一顿午餐，午餐很难吃，但是老旧的餐厅却吸引了我们的目光，仔细打量一下，这个建筑应该建于20世纪六七十年代，目前依然原汁原味地保存着当年的模样。这是一栋砖木结构的房子，只有一层，屋顶使用厚钢板压扎成的瓦楞板，坡屋顶自然形成的侧高窗将光线柔和地引进室内，斜向砌筑的砖柱在临窗一侧形成独立的就餐空间，这座小房子通过建筑师的细致设计营造出开放有度，变化丰富的室内外空间。在建筑入口处有一个小木牌，上面标明了建筑师的名字，即塞缪尔·伊萨奎雷与克里斯蒂·安费尔南德斯·考克斯，回国后只查到考克斯的一些资料，这位南美著名的建筑师已于2014年去世。

我们先到了瓦尔帕莱索北部的比尼亚德尔马，想去看看奥瓦莱事务所设计的阿道夫·伊瓦涅斯大学瓦尔帕莱索校区和考古与历史博物馆。假期校园关闭，博物馆门前的巨型雕像很吸引人。

离开考古博物馆，沿着滨海大道一直走，半小时后我们就从比尼亚德尔马到了瓦尔帕莱索的半山腰上，我们的旅行车已经开不上去了，此时正好临近黄昏，夕阳西下，山坡上铺满了大大小小的房子，从山脚一直延伸到山顶，山坡上的房子五颜六色，街道上到处是色彩艳丽的涂鸦漫画，山脚下就是瓦尔帕莱索港口。

◇ 山坡上五颜六色的房子

索托马约尔广场

索托马约尔广场比邻港口，是瓦尔帕莱索最重要的城市广场，广场西侧是智利海军司令部，广场中央的纪念碑是为了纪念 1897 年智利与秘鲁之间的伊基克海战而设立的，纪念碑顶部的雕像是为国捐躯的智利海军英雄阿图罗·普拉特，纪念碑前设有一处长明火。临近港口是两座早期现代主义风格的建筑，南侧是海关大楼，广场北侧的航运公司大楼是在原有建筑的上面扩建了一座玻璃幕墙式的新建筑。下午 5 点多我们离开瓦尔帕莱索返回圣地亚哥，智利第一天的行程安排得满满的。

由于智利首都圣地亚哥飞往乌拉圭首都蒙得维的亚的航班比较少，我们选择其中最晚的一个航班是下午 14:45 起飞，这样第二天在圣地亚

◇ 索托马约尔广场

哥市区的考察时间只有一上午，我们只选择了一个参观项目，就是亚历杭德罗·阿拉维纳的母校——智利天主教大学，去看看这位年轻建筑大师的作品。

智利天主教大学圣华金校区

资料显示，智利天主教大学创建于1888年，共有4个校区，我们要去的是位于圣地亚哥市区东南部的圣华金校区，校园占地面积约50万平方米。我们乘坐的旅游巴士停在了校园北部临近街道的停车场，从北侧大门进入校园，最先看到的是一座天主教堂，既然是教会大学，教堂自然位于校园中最重要的位置。

教堂位于西侧主入口的轴线上，平面为三角形，混凝土墙面具有粗野主义的风格，教堂前面有一个巨大的水池，混凝土浇筑的钟楼非常高，在建筑构图上起到了重要作用。教堂内唱诗班正在排练，悠扬的歌声在大厅里回荡，大厅的背景墙造型很独特，从西侧草坪拍摄教堂的照片可以看到远处背景的雪山。校园内的建筑、雕塑亮点很多，但是最吸引我们

◇ 圣华金校区天主教堂及远处的雪山

的还是阿拉维纳设计的安赫里尼创新中心和连体玻璃塔楼。

连体玻璃塔楼建于 2005 年，建筑面积为 5000 平方米，地上 9 层，地下 2 层，为了节能降耗，玻璃塔楼外墙采用双层表皮，最外侧是玻璃幕墙。塔楼下面是木板制作的建筑表皮，原来的斜向坡道是可以走人的，现在已经破旧不堪，不允许靠近了，看来当时在材料选择上还是

◇ 创新中心入口

◇ 创新中心

◇ 连体玻璃塔楼

存在一些问题。安赫里尼创新中心地上11层，地下3层，内部设有方形的天井，上面设有采光天窗，2014年建成使用。安赫里尼创新中心是一座外形超尺度的混凝土建筑，巨大的洞口有三层楼高，对周围其他建筑的尺度感产生了很大的影响。据说由于建筑外表皮没有直接开窗，使得这座建筑十分节能，建筑的能耗只有当地建筑的1/3，安赫里尼创新中心位于圣华金校区的最西侧，这里紧邻学校的正门，一条高架轨道交通从门前穿过。

考察建议

总结智利的一天半行程，感觉时间短暂，如果能够有两整天的时间会更宽裕一些，还可以去看看号称南美十大粗野主义建筑，位于圣地亚哥城北部，马波乔河东岸的联合国拉美和加勒比经济委员会，这座建筑受柯布西耶创作思想影响很大，由智利建筑师艾米略·多哈特主持设计，1966年建成，因为建筑南侧建有巨大的圆形水池，因此要想拍摄到经典的外部照片恐怕要等到黄昏了。艾米略·多哈特出生于1917年，曾经在哈佛大学学习过，后来又在柯布西耶位于巴黎的建筑设计事务所工作过，因此联合国拉美和加勒比经济委员会具有典型的柯布西耶所推崇的粗野主义风格，从中可以看到印度昌迪加尔行政中心的影子。

你还可以登上有南美第一高楼美誉的高达300米的科斯塔内拉塔中心大楼，大楼顶部设有观光大厅，从这里可以俯视圣地亚哥全城，天气好时还可以看到远处的安第斯山脉。

参考文献

[1]《亲历者》编辑部.南美洲旅行Let's Go[M].北京：中国铁道出版社，2015.

[2] 范毅，周敏.世界地图集：第2版[M].北京：中国地图出版社，2011.

[3] 弗兰姆普敦，张钦南，格鲁斯堡.20世纪世界建筑精品集锦(2)：拉丁美洲[M].北京：中国建筑工业出版社，1999.

第四章 静静的乌拉圭

◇ 蒙得维的亚

◇ 阿特兰蒂达

历史与建筑

乌拉圭位于南美洲的东南部，西面隔乌拉圭河和拉普拉塔河与阿根廷相望，东侧与巴西接壤，东南濒临南大西洋，因为国土形似宝石又盛产紫晶石，被俗称为“钻石之国”。历史上乌拉圭曾经先后被西班牙人和葡萄牙人占领，1777 年沦为西班牙殖民地，1816 年又被葡萄牙人占领，1821 年并入巴西，1828 年独立，1830 年 7 月 18 日颁布第一部宪法。乌拉圭国土地势平坦，除矿产外，还是世界第六大稻米出口国，畜牧业也十分发达，目前人口约 340 万，其中首都蒙得维的亚人口约 130 多万。

选择来到乌拉圭主要是被乌拉圭建筑大师埃拉蒂奥·迪埃斯特·圣马丁所吸引，很想去看看他的红砖建筑，看看那些复杂的曲面究竟是怎样砌筑起来的。可以说我之前对乌拉圭知之甚少，除了因为 2018 年俄罗斯世界杯乌拉圭足球队有上佳表现，而多认识了几位乌拉圭球星外，对乌拉圭的历史文化和现代建筑发展几乎一无所知，甚至连乌拉圭首都蒙得维的亚的名字都没有听说过。

旅行规划

- 路线：圣地亚哥—蒙得维的亚—阿特兰蒂达—蒙得维的亚。
- 旅行时长：1 天 1 宿。
- 住宿地：蒙得维的亚。

圣地亚哥—蒙得维的亚

飞行时长：3 小时 15 分

我们入住的旅馆位于蒙得维的亚老城区，东侧紧邻老市政厅，北侧就是著名的 7 月 18 日大道，这条东西向大道的名称是为了纪念乌拉圭第一部宪法的颁布，蒙得维的亚建筑考察的第一站就是去老城区的独立广场，因为这里离旅馆最近。7 月底的蒙得维的亚早晨有些清冷，说话时都能看到哈气，这里是我们南美之行地理位置最靠南、也是温度最低的地方。

独立广场和萨尔沃大厦

独立广场是一座长方形的广场，广场中央是阿蒂加斯纪念碑，纪念碑上方为阿蒂加斯的骑马铜像，据资料记载，纪念碑于 1923 年 2 月 28 日建成，高达 17 米，雕像的基座为黑灰色大理石，上面雕刻着阿蒂加斯率领东岸人民大迁徙的历史场景，1977 年在纪念碑下面建造了一座小型墓室，里面存放着阿蒂加斯的遗骸。何塞·赫瓦西奥·阿蒂加斯出生于 1764 年，是乌拉圭民族独立运动的领袖，2011 年习近平主席访问乌拉圭时就曾经

◇ 阿蒂加斯纪念碑和萨尔沃大厦

向阿蒂加斯纪念碑献花圈。

独立广场是7月18日大道的起点，也是老城区与新城区的分界点，广场的西侧就是老城区，这里还保留着一座老城门。广场东侧有一座造型奇特的高层建筑——萨尔沃大厦，这座95米高的建筑曾经是南美第一高楼，至今都对蒙得维的亚城市天际线产生重要影响，这座建筑由意大利建筑师马里奥·帕兰蒂主持设计。广场的西北角一座现代化的大楼就是联邦政府办公楼，以前这里曾经是乌拉圭总统的办公室。

索利斯剧院和蒙得维的亚大都会教堂

紧邻总统府西侧的建筑就是著名的索利斯剧院，剧院两侧凸出，一层建有复合柱式的柱廊，中间入口处巨柱式的柱廊退后，以适应局促的场地。剧院规模虽然不大，甚至有些低矮，但据说内部观众厅装饰豪华，周围的包厢与欧洲传统剧院十分相似，剧院内还设有一个小型的博物馆。剧院西侧立着一座金属雕塑，制作工艺精良，造型完美。

从独立广场往西走，穿过老城的城门洞，再走两个街区就是著名的宪法广场，广场的西南角就是蒙得维的亚大都会教堂，早晨的广场上跳蚤市场的小贩正在摆摊，教堂还没有开放，我们只能先在广场上走走看看，广场上梧桐树的叶子都落光了，人们穿着棉衣，连喷泉里的水都抽干了，显得有些荒凉。

蒙得维的亚大都会教堂始建于1748年，入口处有两座高塔，单圆心的拱券表现出罗马风建筑的风格气质。教堂平面为一字形，后部有巨大的穹顶，教堂室内以白色大理石为主，装饰华丽，室内的石雕也精美传神，其中哀悼大主教的雕像逼真得有点吓人，据说是按照大主教本人的遗容雕刻的。

乌拉圭国会大厦

离开独立广场，我们沿着斜向的大街一直向北走，很快就到了乌拉圭国会大厦，国会大厦位于一座长方形的广场上，大厦北侧就是著名的“五月广场”，资料显示，乌拉圭国会大厦于1902年开始筹建，1904年意大利建筑师维克托·梅亚诺的设计方案入选，1908年动工建设，1925年建成，建筑地上3层，设有一层半地下室，水平五段式的构图，以及两层高的巨柱式都表现出新古典主义的风格。国会大厦四周有4组铜像，分别代表法律、公正、科学和劳动，是意大利雕塑家詹尼诺·卡斯蒂利亚尼的作品。

◇　索利斯剧院

◇　蒙得维的亚大都会教堂

按照欧洲人的习惯，国会大厦的正立面依然选择放在南侧，入口坡道做得很陡，显得有些局促，实际上南半球的建筑北侧才是正立面，这里才能够接收到阳光的照射。由于建筑规模比较小，立面难以展开，空间体量比较局促，再加上外部复杂的雕刻，使得整栋建筑缺乏古典建筑的端庄与大气。

北部公墓

离开乌拉圭国会大厦后，我们一直向北走，去看纳尔逊·贝亚多设计的北部公墓（1960—1962 年）。从地图上看，蒙得维的亚市区内有许多墓地，其中北部公墓占地规模最大，也更贫民化一些。去墓地对于中国人来说心情会很复杂，再加上还带着两名女队员，内心更加忐忑不安，由于事先没有定准位置，再加上心情有些紧张，我们在墓园里前前后后转了一圈，看到了各种类型的墓地，有家族式的，有俱乐部式的，还有国家公墓和纪念碑，最后在墓地的东南侧找到了我们想看的公墓。

◇ 乌拉圭国会大厦

这是一座具有纪念性的建筑，平面为正方形，内部有一个巨大的正方形庭院，庭院中从一层到二层有平缓的台阶，还可以下到一层的庭院里，庭院中间有个长方形的水池，在二层还设有局部夹层，以便存放更多的逝者骨灰。整体建筑由每边两个共计 8 个倒梯形的钢筋混凝土板形柱支撑，下部深深的阴影形成的虚空间与上部实墙形成强烈对比。整个建筑采用混凝土浇筑，只有北侧墙面上开有 4 个侧窗，其余全部靠内庭院采光，南侧屋顶出挑的两个排水口做得很夸张，让人想起柯布西耶设计的朗香教堂的排水口，内庭院墙面上有许多抽象浮雕。

建筑内高高的架子上摆着许多白色的“整理箱”，每个箱子里就是一个逝者的骨灰，周围弥漫着特殊的焦煳味儿，行走其间，心情难以言表。正当我们心情最紧张的时候，突然惊飞起几只鸽子，顿时感到头皮一阵发麻，出了一身冷汗，我们便不约而同地跑了出来，这时才看见两位女团员根本就没敢下车，反倒是我们的导游非常从容，因为来乌拉圭旅游考察的中国人比较少，这次接待我们的是当地华侨组织的负责人，由于工作关系他经常来这些地方。

◇　北部公墓

胡里奥·维拉马乔

胡里奥·维拉马乔是乌拉圭乃至南美重要的现代主义建筑大师，1947 年维拉马乔曾经参与了联合国总部大厦的方案设计。

◇ 维拉马乔自宅及博物馆

◇ 装饰细部

胡里奥·维拉马乔自宅及博物馆

我们逃也似的离开了北部公墓，沿着南北向轴线的城市大道一直向南，去看南美著名建筑师维拉马乔自宅及博物馆，这座建筑正在进行室内装修，工人们热情邀请我们进入到室内看看，这里是维拉马乔早期的住宅，目前已经开辟为小型博物馆。这座建筑位于路口，明显不是一期所建，中间部分出挑的檐口下和墙面有许多琉璃的装饰构件，自由的开窗形式，特别是女性脸谱的装饰浮雕特色鲜明，充满了时代感，让我们想起了维也纳分离派的展览馆，而屋顶部分和临街一侧应该是后来接建的，具有明显的现代主义风格。

国家视觉艺术博物馆

克洛林多·特斯塔设计的国家视觉艺术博物馆位于维拉马乔住宅的斜对面，罗多城市公园内，建筑规模不大，主入口在西侧，U 形压扎钢板喷涂了红、黄、蓝、白 4 色，由于博物馆下午才开放，我们只能在院子里走走，院子里有些雕塑小品，入口处白色钢结构的咖啡厅设计得很精致。

乌拉圭共和国大学工程系馆

离开国家视觉艺术博物馆，沿着西侧的大街一直向南，没有多远就是胡里奥·维拉马乔设计的乌拉圭共和国大学工程系馆，建筑场地起伏变化比较大，南侧紧邻高尔夫球场，西侧就是海湾。这组建筑规模很大，大量裸露混凝土墙面作为建筑的室内外饰面，外墙面使用大量的混凝土块作为装饰，与维拉马乔自宅的装饰手法非常相近。

建筑整体造型体量穿插，凸凹明显，产生了强烈的阴影变化，东西侧立面使用大量混凝土预制方格窗，窗格尺寸很小，可以有效防止阳光直射进入室内。主体建筑采用底层架空的形式，室内空间高低变化丰

◇　国家视觉艺术博物馆

◇ 乌拉圭共和国大学工程系馆

◇ 泛美洲大厦

富，营造出多变的室内外空间，但是复杂的建筑造型，有些琐碎的装饰也破坏了建筑的整体感。据资料显示，乌拉圭共和国大学工程系馆于 1936 年开始设计建造，1945 年局部完成，1953 年全部竣工投入使用。

泛美洲大厦

离开共和国大学工程系馆，我们前往东部的泛美洲大厦，中间路过建有蒙得维的亚城市标志的景点，巨大的白色字母组成的城市名称成为游客争相留影的地方，背景就是远处的海湾，从 2013 年底设立以来深受游客的欢迎，成为蒙得维的亚之旅的必到之处，只可惜这里看不到新城和老城的天际线。转过一个弯就看到了泛美洲大厦，这栋板式高层建筑现在是一座公寓，由劳尔·布雷特设计，方盒子的造型加上整齐的立面分格是南美国际风格时期的代表性建筑，底层 V 形支柱很有新意。如果有时间跑到东侧海湾的栈桥上会拍到角度更美的照片。泛美洲大厦南侧的综合体大楼刚刚建完还在销售中，建筑面对东侧的海湾，这片区域有非常好的视觉景观。

蒙得维的亚购物中心

中午时我们来到了埃拉蒂奥·迪埃斯特设计的蒙得维的亚购物中心，它位于泛美洲大厦北侧不远处，中间只隔着 4 个街区，我们计划先在这里吃午饭，然后再去东部阿特兰蒂达小镇看迪埃斯特设计的基督圣工教堂，把迪艾斯特的两个代表作品放到一起看也许更能领会他的创作理念和设计手法。

蒙得维的亚购物中心的北侧外墙呈双曲面状，全部使用红砖砌筑，每个突起的部分两侧都建有圆形的混凝土通风口，地面上留有地下空间的采光口。购物中心屋顶中间部分也采用双曲面的拱顶，并留有曲线的侧窗用以通风采光，与墙面的红砖不同，屋顶使用方形的红砖，以便砌筑出更加流畅的双曲面。

蒙得维的亚购物中心最初的平面呈丁字形，中间设有采光天窗，圆拱跨度为 7.8 米，两侧筒形拱跨度达到 15.6 米，1988 年完工。2002 年后购物中心经历过多次改造，影响最大的是对西侧端部立面的改造，这

◇ 蒙得维的亚购物中心北立面

里原来最能够展现迪埃斯特的设计手法与特点，中间突出，上下两头回收的双曲面砖墙和开敞的三跨圆拱都展现得淋漓尽致，修改后在这部分增加的建筑虽然依然采用红砖墙，但是完全遮蔽了原有的建筑造型。

后来购物中心在东南部扩建了新的入口，新扩建部分建筑体量比较大，对原有建筑产生很大的影响，现在只有北侧立面保存比较完整，但是停车场和物流车辆对环境干扰较大，其实影响更大的是室内空间，原来两侧的拱顶被分隔的商业空间遮蔽住了，只有中间的拱形采光天窗能够看到，但是各种装饰和后增加的巨大的通风管道都对原有建筑空间和细节造成不利影响。

埃拉蒂奥·迪埃斯特

埃拉蒂奥·迪埃斯特1917年12月10日出生于乌拉圭北部城市阿蒂加斯，1943年毕业于蒙德维的亚的共和国大学工程学院结构工程系，结构工程师的专业背景为他日后的创作提供了独特的条件与基础。1956年，迪埃斯特与大学同学尤金尼奥·蒙坦内兹合作，成立了“迪埃斯特与蒙坦内兹事务所”，迪埃斯特毕生都致力于利用配筋黏土砖作为建筑结构的主体材料，设计建造了数十座形式独特的建筑。“他们的事务所成功的一个重要原因，是既承接设计也负责施工。两者相辅相成，促进事务所独创的设计概念与高效的建造施工。不拘常规的施工技术所体现的竞争力，使迪埃斯特和他的同事们能够实现大量富于创造性的作品。”①

除了工程设计与建造外，迪埃斯特还长期在母校兼职任教，迪埃斯特于2000年去世，他一生的大部分时间都停留在乌拉圭，其中蒙得维的亚购物中心和基督圣工教堂都是他的代表作。在今天看来，正是迪埃斯特的特立独行给他的建筑设计创作带来了完全不同的结果，在现代主义横行的时代，迪埃斯特的朴实建造和不落窠臼的创作精神更加值得称道。

蒙得维的亚—阿特兰蒂达

距离：约 45 千米

在购物中心简单吃了个快餐后我们乘车前往约 45 千米外的阿特兰蒂达小镇，去看埃拉蒂奥·迪埃斯特最重要的代表作品——基督圣工教堂。阿特兰蒂达小镇位于蒙得维的亚的东部，我们乘车沿着海岸线一直向东走,北侧是一座座小镇,南侧是浩瀚的南大西洋,景色非常优美。

基督圣工教堂

地接公司和基督圣工教堂的管理人员事先约定好了参观时间，我们可以在下午两点至三点之间进入教堂参观。下午一点半我们就赶到了这里，一个驼背的老妇人接待了我们，看样这里平时很少有人来参观，更别说是中国人了，老人家热情地给我们介绍了教堂的现状，并说明由于地下室被水淹了，现在无法进去。

基督圣工教堂是迪埃斯特的早期代表作品，1955 年开始设计，1958 年 3 月份开始建造，1960 年 7 月建成使用，1998 年被列为“国家历史建筑”。从屋顶、墙体到地面，整座建筑全部使用红砖建造。同蒙得维的亚购物中心相同，教堂东西两侧的砖墙也是采用双曲面，形成波浪状的起伏造型，在阳光照射下，形成了多变甚至诡异的阴影，令人叫绝。从资料照片上可以看到，这座教堂是先砌筑两侧墙体，然后再砌筑屋顶，最后砌筑入口与后面圣坛的墙体，足可以看到双曲面墙体的整体刚度。教堂屋顶也是采用双曲面的拱顶，墙面与屋顶在北侧主入口处被巧妙地“缝合”在一起，入口上方 3 层红砖墙反向交错，形成独特的采光口，阳光透过浅色大理石照射进来，形成柔和而神秘的光线，这时只有关上教堂的大门，你才会感受到迪埃斯特的良苦用心，各种形式的采光口再加上色彩斑斓的玻璃把五颜六色的光影洒满了教堂大厅，一大六小的圆形采光口把7束光线照射到十字架上的耶稣像，圣坛被一道弧形墙体分隔开，巧妙地形成了小礼拜厅、圣坛、圣器室以及圣器收藏室等多个空间。

教堂西侧还有一座红砖砌筑的高高的圆形钟楼，钟楼内“挑板式”旋转楼梯是用双层红砖砌筑而成，看起来非常神奇，当然红砖中间一定会有钢筋，钟楼的顶部采用圆锥形屋顶，如果你把照相机伸到钟楼里向上拍摄，会拍到效果奇特的照片。

在教堂的东侧有一个地下室的入口，从这里可以进入地下的洗礼室，洗礼室是一个圆形的空间，上部是圆锥形的屋顶，露出地面部分有通气孔，也可以透光，从洗礼室可以直接进入教堂，由于洗礼室被水淹了，很遗憾我们没有看到内部的光线效果，应该是非常特别。

从某些方面来看，迪埃斯特有点像印度的多西，使用当地的建筑材料进行朴实建造，不同之处是迪埃斯特始终坚持使用当地的红砖这种单一材料来建造房屋，有些地方我们甚至能够看到西班牙建筑大师高迪的影子。

快到下午3点的时候，陆续有人来到教堂，他们约定下午3点有活动，看起来他们都是七八十岁的老人，步履蹒跚，也许就是教堂建成时就一直来这里的忠实信徒，显然冬季的教堂室内有些阴冷，老人们将桌椅搬到室外，在大门外聊天，看到这幅温馨的画面我们也不忍心过多地打扰，下午3点我们离开这里返回蒙得维的亚。

回到蒙得维的亚市郊时，距离我们乘坐的晚间7点半飞布宜诺斯艾利斯的航班还有一段时间，我们选择在机场南部临近大西洋海边的一片别墅区走走，用一个小时的时间再去感受一下乌拉圭人的生活。

◇ 基督圣工教堂

◇ 教堂侧面的双曲面墙体

◇ 教堂室内光环境

◇ 蒙得维的亚卡拉斯科国际机场出港大厅

从卫星地图上看，这片区域是经过完整城市规划的，路网以临近海边的五星级酒店——蒙得维的亚索菲特大酒店为中心向四周放射，道路宽阔，植物繁茂，环境优美，周边的别墅从外表看有建成几百年的，也有建成不久的，还看到建筑工人正在使用砌块建造新的房屋。一些房屋显得破败不堪，明显看出来已经好久无人居住了和维修了。

离开别墅区去机场只有 15 分钟的车程，所以还有时间再看看机场的出发大厅，蒙得维的亚卡拉斯科国际机场规模不大，是一座军民两用机场，新航站楼于 2009 年底建成并投入使用，一座巨大的钢结构拱壳造型简洁、空间完整、施工质量精良，据说曲线轮廓的设计灵感来源于当地海岸线上连绵起伏的沙丘，航站楼历时 3 年建成，耗资 1.3 亿美元，由乌拉圭裔美籍建筑师拉斐尔·维诺利（1944—2023 年）设计。

引文注释

① 安德森，埃拉蒂奥·迪埃斯特：结构艺术的创造力［M］. 杨鹏，编译 . 上海：同济大学出版社，2013.

参考文献

[1] 斯坦福·安德森，埃拉蒂奥·迪埃斯特：结构艺术的创造力［M］. 杨鹏，编译 . 上海：同济大学出版社，2013.

[2] 弗兰姆普敦，张钦南，格鲁斯堡 .20 世纪世界建筑精品集锦（2）：拉丁美洲［M］. 北京：中国建筑工业出版社，1999.

[3]《亲历者》编辑部 . 南美洲旅行 Let’s Go［M］. 北京：中国铁道出版社，2015.

[4] 范毅，周敏 . 世界地图集：第 2 版［M］. 北京：中国地图出版社，2011.

第五章 魅力阿根廷

◇ 布宜诺斯艾利斯

◇ 拉普拉塔

◇ 伊瓜苏

历史与建筑

布宜诺斯艾利斯城市的名字非常长，记得最初是在20世纪80年代初期看的一部动画片《三千里寻母记》中第一次听到这个城市的名字的，当时感觉是那么的遥远，实际上这个城市的全名为“圣迪西玛特立尼达德圣玛利亚港布宜诺斯艾利斯”，据说是世界上全称最长的首都之一。

1516年欧洲人最早到达拉普拉塔河区域，1532年2月2日，西班牙远征队首次命名了布宜诺斯艾利斯这个港口城市，1536年阿根廷沦为西班牙殖民地，1810年5月25日阿根廷人驱逐了西班牙总督并建立临时政府，这就是阿根廷历史上著名的“五月革命”，5月25日也因此成为阿根廷的国庆日，1816年7月9日阿根廷宣布独立，布宜诺斯艾利斯的“五月广场”和“七月九日大道”就是纪念这两个重要的历史节点。

17—18世纪的海上贸易加速了布宜诺斯艾利斯的经济发展，城市中心区的规划建设也主要始于这个时期。由于两次世界大战都没有涉及南美大陆，反而为欧洲战场提供战略物资成为南美特别是阿根廷经济快速发展的动力，1914—1935年，布宜诺斯艾利斯的城市人口增加了两倍，到了20世纪50年代，阿根廷成为世界上最富有的国家，当时称赞一个人富有会说“你富得像个阿根廷人”。但是由于各种因素的影响，从20世纪80年代中后期开始阿根廷经济开始出现衰退。近些年来，政府出台了一系列激励政策，阿根廷经济开始缓慢复苏。

阿根廷现有人口约4500万，官方语言为西班牙语，绝大部分阿根廷人都是欧洲移民的后裔，其中意大利和西班牙移民后代最多，因此当你走在阿根廷街头时，与欧洲没有什么差别，其中包括行人，也包括城市与建筑。

布宜诺斯艾利斯是阿根廷的首都和最大城市，人口约1300万，是南美第二大城市，仅次于巴西圣保罗都会区。布宜诺斯艾利斯的建筑发展沿袭了欧洲近现代建筑的发展路径，从古典复兴风格的建筑，到现代主义建筑，这里应有尽有，建筑设计与建造品质也非常高。

由于两次世界大战都没有涉及到这片土地，加之近些年来阿根廷经济发展缓慢，建筑更新速度迟缓，这里建筑风貌保护得甚至比欧洲更为完整，因此有人将布宜诺斯艾利斯称之为南美的巴黎，行走其中，感觉这种称谓并不为过。

旅行规划

- 路线：蒙得维的亚—布宜诺斯艾利斯—拉普拉塔—伊瓜苏卡塔拉斯机场。
- 旅行时长：2天3宿。
- 住宿地：布宜诺斯艾利斯。

蒙得维的亚—布宜诺斯艾利斯

飞行时长：1 小时 25 分

乌拉圭首都蒙得维的亚距离阿根廷首都布宜诺斯艾利斯非常近，两个城市隔着拉普拉塔河相望，用不了一个小时就飞到了，豪尔赫纽伯里机场是布宜诺斯艾利斯的国内机场，通常起降阿根廷国内航班或者短途的国际航班，这个机场位于拉普拉塔河河口处，北侧是广袤的河水，南侧是城区，飞机降落时可以在机舱右侧俯瞰城市景色，特别是晚间降落时城市夜景更为迷人，因此被称为世界最美机场之一。

当我们乘坐的阿根廷航空公司的班机在豪尔赫纽伯里机场上空缓缓地下降，从机舱右侧的舷窗可以俯瞰城市夜景，布宜诺斯艾利斯给我们留下的第一印象是高楼林立、灯火辉煌。我们预订的旅馆位于市中心，这里距离七月九日大道上的方尖碑广场非常近。

布宜诺斯艾利斯—拉普拉塔

距离：约 60 千米

我们计划在布宜诺斯艾利斯停留两整天，考察的第一站是去拉普拉塔市，拉普拉塔市位于布宜诺斯艾利斯市区的东南方，这里是阿根廷重要的工业城市和港口，也是布宜诺斯艾利斯省的首府，距离布宜诺斯艾利斯市中心大约 60 千米，需要一个多小时的车程，按照当地的规定，凡是离开市区的游客必须在随身行李上挂好旅游公司准备的标签，以便随时被检查，导游的解释是，一切为了安全。

拉普拉塔市从 1882 年开始规划建设，面向东北侧的海港，棋盘状的方格网加上 45 度放射的道路成为该区域城市规划的最大特点，从空中看街道肌理特征十分明显，而吸引我们来到这里的原因，是勒·柯

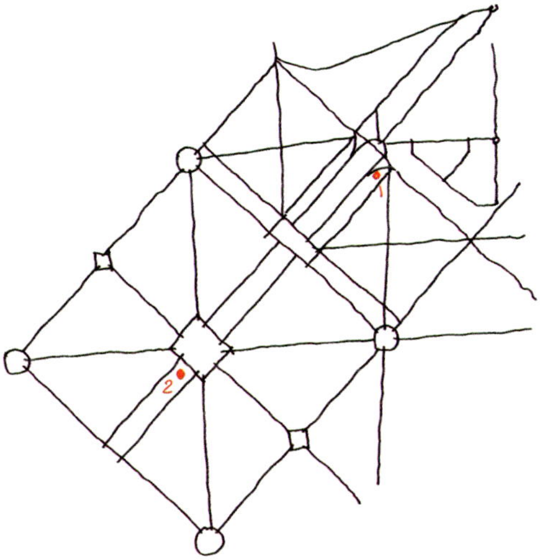

拉普拉塔建议考察项目分布示意图

1. 勒·柯布西耶设计的库鲁切特医生住宅
2. 拉普拉塔主教座堂

布西耶二战之后第一件建成的作品，也是柯布在南美唯一建成的建筑——库鲁切特医生住宅就在这里。

库鲁切特医生住宅

库鲁切特医生住宅位于拉普拉塔市中轴线的北端，建筑西北侧临街（南半球北侧为阳面），对面就是城市公园，这里是库鲁切特医生的居所兼牙科诊所，作为城市型住宅，场地左右及后部 3 面都已经有建筑。柯布西耶依然按照其现代主义建筑的固有模式展开设计，底层架空、屋顶花园、自由立面、自由平面、横向长窗以及惯用的长长的室内坡道在这里都表现得淋漓尽致。柯布西耶曾经在 1929 年到访过布宜诺斯艾利斯，“并在 1941 年为布市做了一个后来并未付诸实施的设计方案”。①

据说库鲁切特医生是柯布西耶的忠实粉丝，两人并没有见过面，是通过书信建立起联系，库鲁切特 1948 年提出邀请，柯布西耶于 1949 年

◇　库鲁切特医生住宅外观

◇ 二层诊所室内

◇ 三层起居厅

完成了设计方案，1954 年建成并投入使用。据资料显示，1987 年库鲁切特医生住宅被公布为阿根廷“国家历史古迹”，这里还曾经作为拉普拉塔市建筑师协会的办公楼。2016 年，柯布西耶设计的库鲁切特医生住宅等 17 座建筑，由阿根廷、印度、比利时、法国、德国、日本和瑞士等国家共同申报，获批世界文化遗产，如今这里已经改为博物馆，原来的车库改为管理用房，车库大门也被换成了玻璃门。

库鲁切特医生住宅的场地呈直角梯形，斜面临街，外面有栏杆式围墙，从钢筋混凝土结构的门套进入院内，通过坡道可以到达二层，二层临街为诊所，这里视线非常好，可以看到窗外的公园。在坡道的休息平台处可以进入到后部住宅的楼梯间，长长的坡道巧妙地将住宅与诊所分离开来，中间的庭院又将临街斜向的诊所与后面方整的住宅联系起来。

临街一层为车库，住宅下面的一、二层是锅炉房、洗衣房、厨房和楼梯间，主要起居室和卧室都在三、四层。诊所的屋顶部分为三层的起居厅提供了一个巨大的屋顶花园平台，从这里可以俯瞰对面的城市公园，起居厅主体有两层高，并与四层的居住空间局部连通。

建筑立面钢筋混凝土的方格形成了很好的遮阳作用，同时也赋予了这座小巧的建筑应有的尺度感，混凝土构件制作精巧，建造质量精良，是我看到的柯布西耶作品中施工质量最好的一个。整个建筑刚刚修葺一新，除了家具与陈设外，室内还完整地保留着当年的状态，我们在这里停留了一个小时，细细地品味着大师的精彩设计。

拉普拉塔主教座堂

既然来到拉普拉塔市，自然要顺路看看市中心的拉普拉塔主教座堂，教堂位于拉普拉塔市几何中心莫雷诺广场的北侧，始建于1884年，据说经历了100多年，一直到2000年才最后竣工，这是一座具有哥特风格的大教堂，教堂最大的特点是外墙采用红砖和石材作为饰面材料，两座高达110多米的高塔及深色的尖顶非常醒目，教堂室内外装饰华美，建造精美，浅色石材在深红色大理石地面和木地板的映衬下显得格外的沉静。离开拉普拉塔主教座堂后我们即刻返回布宜诺斯艾利斯市区。

◇ 拉普拉塔主教座堂

◇ 拉普拉塔主教座堂室内

拉普拉塔—布宜诺斯艾利斯

距离：约 60 千米

布宜诺斯艾利斯建议考察项目分布示意图

1. 新市政厅
2. 圣马丁广场
3. 卡瓦纳大厦
4. 马尔维纳斯沦陷纪念碑
5. 拉丁美洲艺术博物馆
6. 阿根廷国家图书馆
7. 雅典人书店
8. 哥伦布大剧院、方尖碑和七月九日大道
9. 五月广场和总统府
10. 布宜诺斯艾利斯大教堂
11. 伦敦和南美银行
12. 女人桥
13. 南码头 9 号改造项目
14. 博卡区
15. 阿根廷国民议会广场及国会大厦
16. 雷格莱塔公墓
17. 城市之花雕塑
18. 开放式的玫瑰园

新市政厅

诺曼·福斯特设计的布宜诺斯艾利斯新市政厅位于城市中心区的南部，场地为直角梯形，北侧面对一座小型的城市公园，这里原本是一块工业用地，地块上有两座小型工业建筑，2010 年开始设计方案时是要求福斯特为布宜诺斯艾利斯市银行设计一座新的总部大楼，到 2014 年即将竣工之前，又将建筑的使用权移交给布宜诺斯艾利斯市政府，作为新市政厅。

建筑北面为主入口，地上 4 层，地下 3 层，由于地势高差的原因，南侧为地上 5 层，地下 2 层，这里可以容纳 1500 名职员办公，还有一座 300 人的会议厅，场地地下均被挖空，用来建设多层的地下空间，总建筑面积为 4.5 平方米。整个建筑的屋顶被 3 跨巨大的钢筋混凝土拱所覆盖，两侧拱翼高高翘起，使原本沉重的混凝土构件出现了强烈的飘逸感。玻璃幕墙环绕的建筑呈长方形，巧妙地把梯形空间留给了北侧室外的拱廊，建筑内部空间

◇ 布宜诺斯艾利斯新市政厅

◇ 市政厅内部大厅

前部为开敞式大厅，4层空间相互连通，空间开敞，可以清楚地看到办公的职员，由于4层平台呈台阶状的布置，每一层都可以透过玻璃幕墙看到对面的公园绿地。室内巨大的混凝土拱顶和高高的柱子均裸露着混凝土浇筑的痕迹，也提供了高敞的室内空间，巨大的玻璃天窗和玻璃幕墙让阳光洒满了大厅，屋顶上悬挂的环形灯具令人印象深刻。

圣马丁广场

离开布宜诺斯艾利斯新市政厅，我们来到城市北部的圣马丁广场，圣马丁纪念碑位于广场的西南角。圣马丁广场是布宜诺斯艾利斯最古老的广场之一，始建于1862年，为了纪念圣马丁献身南美独立运动50周年而建立，据说圣马丁的骑马雕像是用整块铜雕刻而成的，1878年在圣马丁100周年诞辰时，将这个广场命名为圣马丁广场。

卡瓦纳大厦就位于圣马丁广场的东侧，这是一块三角形的场地，该建筑由阿根廷建筑师格雷戈里奥·桑切斯等3位建筑师联合设计，1936年竣工，具有简约的装饰艺术风格。资料显示卡瓦纳大厦曾经在1939年获得美国建筑师学会奖，1999年被列为阿根廷“国家历史古迹”。高达120米的卡瓦纳大厦，是阿根廷早期现代主义建筑的代

◇ 马尔维纳斯沦陷纪念碑

◇ 圣马丁纪念碑

◇ 卡瓦纳大厦

表，也是布宜诺斯艾利斯城市的地标建筑之一，还曾经是世界上最高的钢筋混凝土建筑，并保持多年南美最高建筑的记录。卡瓦纳大厦共有 105 套公寓，12 部电梯，据说科里纳·卡瓦纳先生曾经长期居住在大厦 14 层的公寓里。

圣马丁广场的北侧是个坡地，从这里的观景平台上可以俯瞰北侧的纪念钟塔。圣马丁广场的南缘是马尔维纳斯沦陷纪念碑，用以纪念阿根廷与英国之间在 1982 年爆发的马尔维纳斯群岛战争，纪念碑前伫立着两位身穿传统军装的军人，纪念碑的一侧有马岛的版图，看来马岛一直是阿根廷人的心痛。

拉丁美洲艺术博物馆

离开圣马丁广场，继续向西北走，下一站去看号称拉丁美洲最好的美术馆——拉丁美洲艺术博物馆。布宜诺斯艾利斯拉丁美洲艺术博物馆（简称MALBA）是阿根廷一家著名的艺术博物馆，2001年建成使用，这里拥有世界上最精彩的拉丁美洲艺术收藏，是一处保存、研究和传播拉丁美洲艺术的重要场所，曾经被《纽约时报》评为南美最好的美术馆。这是一家私人博物馆，由爱德华·克斯坦蒂尼创建。

2018年底G20第十三次峰会在布宜诺斯艾利斯召开，其间第一夫人们就曾经来到拉丁美洲艺术博物馆参观。

建筑师将两组体量空间交错搭接在一起，通过三角形的共享大厅形成交通枢纽空间，将各层展厅很好地联系起来，在满足梯形地块的同时也赋予了室内外空间的丰富变化，博物馆西南侧的玻璃幕墙将公园和道路景观引入咖啡厅，将室内外空间巧妙地结合起来。

◇ 拉丁美洲艺术博物馆

◇ 拉丁美洲艺术博物馆多层大厅

◇ 阿根廷国家图书馆

阿根廷国家图书馆

离开拉丁美洲艺术博物馆，我们来到不远处的阿根廷国家图书馆，这座建筑由阿根廷著名建筑师克洛林多·特斯塔（1923—2013 年）主持设计，图书馆的场地位于一座坡地上，从下面城市道路可以仰望山坡上的图书馆。据资料记载，1960 年阿根廷政府就批准了国家图书馆的新馆址用地，新馆于 1961 年开始设计，1971 年 10 月 13 日奠基，但由于种种原因一直到 1992 年才竣工，1993 年投入使用。

阿根廷国家图书馆共有 7 层，地下有 3 个书库，主阅览室有 400 个座位，据说阅览室居高临下向外眺望时有绝佳的视野，报告厅可容纳 300 人，总面积达到 2.2 万平方米，2017 年国家图书馆被阿根廷国家和地方古迹委员会列为“国家历史古迹”。图书馆采用混凝土外墙，具有典型的粗野主义风格，也是阿根廷以混凝土外墙为标志性特征的粗野主义建筑的收官之作。图书馆的主体在上部，由 4 座粗壮的钢筋混凝土墩子支撑起来，整座建筑设计手法繁杂，几乎囊括了当时流行的各种做法，包括悬吊拉杆，堆砌感十足，阿根廷国家图书馆曾经被评为“世界最丑陋的建筑之一”，身临其中确实倍感压抑。

雅典人书店

离开阿根廷国家图书馆到达位于闹市区的雅典人书店时已经是晚上 5 点半了，这家位于闹市区的书店名气很大，在谷歌地图上用汉语就可以直接搜到它的位置。雅典人书店号称南美最大的书店，书店的标志就是一座雅典神庙，书店由一座建于 20 世纪初期的欧式传统大剧院改造而成，两侧三层的看台和包厢、布满绘画的顶棚、舞台台口甚至幕布都完好地保留下来，通过入口处的自动扶梯可以下到地下一层。

◇　雅典人书店

书店里装饰华丽、灯光柔和，营造出一种温馨的书香氛围，人们在这里休息、看书，还能获得艺术殿堂的熏陶，正像网友评论的那样：雅典人书店是一座书的殿堂，她将自己变成了全球人心目中的“诗与远方”。离开雅典人书店时布宜诺斯艾利斯已经是华灯初上，晚餐后我们到七月九日大道上的哥伦布大剧院和方尖碑广场转了转，还感受了一下布宜诺斯艾利斯独立而高效的公共交通系统。

哥伦布大剧院

第二天一早我们选择步行去哥伦布大剧院，昨天还是蓝天白云，今天却是个阴天。哥伦布大剧院又被称为科隆剧院，据说这座剧院是仅次于美国纽约大都会歌剧院和意大利米兰拉斯卡拉大剧院的世界第三大剧院，1908 年开业，剧院拥有卓越的音响效果，2010 年重新装修，目前可以对外参观，一大早就能够看到剧院侧门旁排起了长长的参观队伍。

◇ 七月九日大道上的方尖碑广场

◇ 从七月九日大道看哥伦布大剧院

哥伦布大剧院采用20世纪初期典型的折中主义设计手法，它临广场的东侧比七月九日大道一侧造型更为丰富，这个横跨3个街区的城市公园由3个广场组成，周边大都是老建筑，是老城区里重要的城市节点，值得细细品味。在广场上有许多蓝色的画框，这里是观赏相关建筑的最佳视角，非常有趣。

五月广场

离开城市公园广场我们乘车前往著名的五月广场去看阿根廷总统府，五月广场位于五月大道的东端，而西侧不远处就是国会广场，那里有著名的国会大厦。据资料介绍，五月广场始建于1580年，是布宜诺斯艾利斯最著名的广场，号称布宜诺斯艾利斯的“心脏”。

1810年5月25日，布宜诺斯艾利斯起义民众赶走了西班牙总督并成立第一届政府委员会，后来就将这一天定为阿根廷国庆日，这座广场也被更名为五月广场，这里有五月革命纪念碑、总统府和布宜诺斯艾利斯大教堂。

这时五月广场的中央被大量帐篷和标语所覆盖，是在纪念失踪的阿根廷海军“圣胡安号”潜艇事件，2017年11月15日，阿根廷海军排水量2264吨的“圣胡安号”潜艇在距离阿根廷瓦尔德斯半岛大约439千米的南大西洋海域失踪，潜艇中共载有44名艇员，其中还包括阿根廷历史上的第一位女潜艇员。在撰写本篇文章时，也就是潜艇

◇　五月广场上的总统府

失踪一年后，媒体报道在南大西洋 800 米深的海底发现了“圣胡安号”潜艇的残骸。

阿根廷总统府

阿根廷总统府又被称为“玫瑰宫”，因其粉红色的外墙涂料而得名。总统府的规模不大，中间三层，两翼为两层，由于布宜诺斯艾利斯天气比较炎热，建筑顶层设有开敞式的拱廊，这种外廊式的阳台既可以纳凉又可以遮挡阳光。1997 年上演的电影《贝隆夫人》曾经借用总统府二楼北侧的拱廊作为取景地，麦当娜站在那里深情演唱《阿根廷不要为我哭泣》的场景令人深受感动。总统府内的白厅、北厅和荣誉厅可以供游人参观，其中最吸引人的当然是贝隆夫人的珠宝展览。

布宜诺斯艾利斯大教堂

布宜诺斯艾利斯大教堂位于五月广场的西北角，教堂始建于 1723 年，是一座仿罗马式风格的教堂，几百年来经历了多次改建与扩建，充斥着多种风格，入口处的科林斯巨柱间距非常近，11 开间的柱廊显得有些比例

◇ 布宜诺斯艾利斯大教堂

◇ 圣马丁将军墓

失调，而吸引我们进入教堂的原因是圣马丁的陵墓就在教堂的侧厅里。

教堂内部的装饰依然华美，大理石的墙面和圆拱以及马赛克的地面都非常精致，教堂中安放着许多名人的灵柩，其中规模最大的就是圣马丁的墓室。这是一座专门设计的圆形纪念厅，精致的穹顶覆盖在圆厅之上，中间就是圣马丁将军的石棺，石棺三面有三座白色大理石雕像，分别代表阿根廷、智利和秘鲁，以此纪念圣马丁将军带领南美人民开展的独立解放运动，石棺上面覆盖着阿根廷国旗，圆厅入口处有军人把守。

1778年2月25日，何塞·德·圣马丁诞生在一个西班牙人的家庭里，少年时圣马丁曾经回到西班牙马德里的贵族学校学习，受到过良好的教育。1812年，圣马丁返回阿根廷，参与南美的独立和解放运动，与玻利瓦尔齐名，是拉丁美洲独立解放运动的缔造者之一。1820年7月圣马丁宣布秘鲁独立，并担任秘鲁护国公。正当圣马丁的政治生涯达到顶峰时，却在1822年7月26—27日与玻利瓦尔举行著名的“瓜亚基尔会晤”之后，辞去所有职务并退出政坛远走法国。1850年8月17日，圣马丁在法国去世。

在圣马丁 100 周年诞辰之际，他被阿根廷、智利和秘鲁 3 个国家尊称为“祖国之父”，因此在 3 个国家都有圣马丁广场或者圣马丁的雕像。“1880 年，阿根廷派军舰迎回了圣马丁的遗骸，安葬在布宜诺斯艾利斯大教堂的荣誉墓穴，以表示对圣马丁的崇高敬意和永恒的缅怀，实现了他生前‘让我的心能在布宜诺斯艾利斯公墓得到安息’的遗愿。”[②]

伦敦和南美银行

伦敦和南美银行位于五月广场的北侧，与广场只隔着一个街区。在 20 世纪 50 年代末期，伦敦和南美银行是世界上最重要的银行之一，为了建设布宜诺斯艾利斯的新总部大楼举办了一次设计竞赛，特斯塔、埃利亚、拉莫斯与阿格斯蒂尼事务所（SEPRA）合作的设计方案获选，该座银行于 1960 年开始设计，1966 年建成使用，现在是国家抵押银行。克洛林多•特斯塔出生于意大利，母亲是阿根廷人，很早就移民阿根廷，1947 年毕业于布宜诺斯艾利斯大学建筑学院，深受柯布西耶设计思想的影响，是阿根廷最重要的现代建筑师之一。

◇　伦敦和南美银行入口

伦敦和南美银行这座混凝土的建筑充满了时代气息，建筑师充分利用了混凝土的力学特征，建筑入口部分设在街口，退后的空间形成了一个小型的广场，建筑两侧具有显著工程力学特征的支柱充满了张力，钢筋混凝土墙板和支柱上开设的洞口显然受到柯布西耶印度昌迪加尔高等法院的影响。这座建筑与周围建筑显得格格不入，即便如此，由于建筑体量受到控制，并没对街区产生太大的影响，我们获准可以在银行大楼的门厅里停留参观，可惜不允许拍摄照片，银行大楼内部多层的共享空间变化非常丰富。

博卡区

我们去博卡区主要是想看看五颜六色的小房子和色彩艳丽的涂鸦，还想看看探戈舞，据说这里是探戈舞的发源地，也是布宜诺斯艾利斯最早的港口，是多元文化相互碰撞的区域。冬季的博卡区显得有些冷清，游人不多，如今昔日繁华的景象已经一去不复返了，许多建筑已经被废弃，河水里漂浮着垃圾，但是色彩丰富的建筑却成为这个区域的标志，也让博卡区成为游客必到之处。虽然我们团队中没有真正的球迷，但是导游还是顺路把我们带到了博卡青年队的主场馆，深蓝色和明黄色放到一起特别醒目，许多球迷来到这里就是为了拍张合影照片，在对面的礼品店买一件球队的纪念品。

马德罗港

著名的马德罗港位于总统府的东侧，据史料记载，1882 年，爱德华多·马德罗奉命在拉普拉塔河入海口处建设一座新港口，当时聘任了 3 位英国工程师负责设计建造，港口仿照英国利物浦港的形式规划建设，马德罗港的 4 座码头先后建成于 1887—1898 年，同时还建造了大量的码头仓库和连接市区的桥梁。

◇ 曾经热闹的港口如今冷冷清清

◇ 博卡区的地标建筑

但是，这座耗资巨大的马德罗港口计划很快就无法满足大型货轮进出港口的要求，1911—1919 年阿根廷政府不得不在马德罗港北侧新建一座港口，马德罗港在 20 世纪 80 年代后逐渐被废弃，期间阿根廷政府曾经多次出台振兴马德罗港口区的计划，直到 1989 年，阿根廷内政部和布宜诺斯艾利斯市政府联合签署了开发马德罗港的协议，1991 年开始征集改造方案，最后任命建筑师胡安·曼努埃尔主持改造规划设计，多家知名事务所参与设计，1994—1998 年完成第一期改造项目。

马德罗港地区的既有工业文化遗产得到很好的保护，16 座老仓库被完整地保留下来，起重机伫立在码头，成为标志性的工业遗产景观，向游人展示着这里曾经的过往。同时这一区域还建设了大量的现代建筑，如今这里已经成了布宜诺斯艾利斯最时尚和现代化的区域，水面上西班牙建筑大师卡拉特拉瓦设计的女人桥更是为这一区域增添了时尚的色彩，女人桥建成于 2001 年，全长 160 米，宽 6 米，重达 800 吨。女人桥可以旋转 90 度打开，以便需要时供大型船只通过，在水面中央预留了一座桥墩，以保证打开前后均形成完美的造型。马德罗港口遗产保护项目值得花半天时间去仔细看看。

◇ 马德罗港

阿根廷国民议会大厦

国民议会大厦位于国会广场的西侧，与五月广场东侧的总统府相对应。国民议会大厦建于1887年至1906年，呈现出折中主义晚期的建筑风格，建筑形式烦琐，建筑造型复杂，整个国会大厦形式上最特殊的地方在于建筑的穹顶部分，直径达20米的绿色铜制穹顶像橄榄球的造型一样，看起来怪怪的，穹顶下方的围廊四周还建有三角形的山花，石雕精美、造型奇特、引人注目。在国会广场上还有一座两会纪念碑，纪念碑顶部的女子铜像手拿象征胜利的月桂枝，与国民议会大厦上的雕塑遥相辉映。

玫瑰园

我们最后去了玫瑰园。虽然深秋并不是玫瑰的开花期，但是精心维护的园林，红色的沙土地，绿色的植物，白色的廊桥，静静的河水，让我们尽情地感受布宜诺斯艾利斯傍晚的时光。

◇ 阿根廷国民议会大厦

◇ 静静的玫瑰园

布宜诺斯艾利斯—伊瓜苏卡塔拉斯机场

飞行时长：约 2 小时

来到南美，除了考察城市和建筑之外，自然景观也是考察的重点，因此伊瓜苏大瀑布是不应该错过的。伊瓜苏大瀑布位于阿根廷和巴西两国交界处的伊瓜苏河上，资料显示，伊瓜苏河发源于巴西境内，汇集了 30 多条河流，一路奔向这里。伊瓜苏瀑布落差达到 70 多米，宽度达 2700 米，由 275 处大大小小的瀑布群组成，号称世界上最大的瀑布。在计划行程时，我们选择了从布宜诺斯艾利斯飞往阿根廷一侧的伊瓜苏机场，然后在陆路出关进入巴西，考察结束后从巴西一侧的机场飞往里约热内卢。

来到机场时天色已经完全黑了下来，办理完行李托运手续，与导游挥手告别，完成安检进入候机区域等待登机。不久机场广播中传来信息，我们的航班因为阿根廷伊瓜苏卡塔拉斯机场的天气原因被取消了，只能改为明天的早班飞机，天气原因造成的航班延误航空公司又不提供住宿，我们只能在机场熬一夜了，这种经历我们以前从来没有过。

终于等到了第二天早晨，登机前却又被告知一个队员没有座位，她只能乘坐中午的航班，于是我们临时决定大部队先看阿根廷一侧的瀑布，等另外一个队员赶到后再一起去看巴西一侧的瀑布。

1541年，出任乌拉圭总督的西班牙人卡巴扎·德·瓦卡最早发现了热带雨林中的大瀑布，使其开始为外人所知，但是直到20世纪初才逐渐被开发成旅游目的地，“伊瓜苏”是“大水”的意思，而当地原住民瓜拉尼人将这一区域称之为“云的故乡”。伊瓜苏瀑布大部分在阿根廷一侧，一小部分在巴西一侧，但是两侧景致完全不同，各有千秋，多年来关于伊瓜苏瀑布壮观的景色，两国都各持己见。1934年阿根廷建立了伊瓜苏国家公园，1939年巴西也成立了伊瓜苏国家公园。1984年和1986年联合国分别将阿根廷和巴西两国的伊瓜苏国家公园列为世界文化遗产，两个国家在瀑布一侧都建有各自的机场，阿根廷一侧为伊瓜苏卡塔拉斯机场，巴西一侧为巴西福斯—伊瓜苏卡塔拉斯机场，从阿根廷或者巴西一侧来看瀑布，需要降落不同的机场，然后再在陆地上过境。

伊瓜苏瀑布

不到两个小时，我们就飞到了伊瓜苏，阿根廷一侧的伊瓜苏卡塔拉斯机场规模比较小，设备设施也很简陋，航站楼还在扩建之中。由于临时调整了行程，我们先到的队员去了阿根廷一侧的瀑布，天气很阴沉，从公园大门进入，到处都可以看到悠闲觅食的胖胖的“果子狸”，让我们想起了国内多年前暴发的“非典”。徒步一段路程后，需要乘坐小火车前往下一站，当然你也可以一直选择步行。

下了小火车，走过河上长长的栈桥，伊瓜苏河水缓缓流淌，河水里有大鱼在慢慢游动，树枝上鸟儿在鸣叫，远处则雾气升腾，隐约能够听到瀑布的声响，走到栈桥的端头可以近距离地观看大瀑布。这里是瀑布的中心，水流和落差都很大，静静的河水突然倾泻下来，变成白色的瀑布，响声震耳欲聋，最震撼的地方是一处“马蹄形”的瀑布。这里水流最大，被人们称为“魔鬼的咽喉”，阿根廷一侧的伊瓜苏瀑布可以用“险峻”来形容。

下午全部队员会合在一起，在公园餐厅吃完午餐后，从陆路通过两国的边界，前往巴西一侧的大瀑布，如果用“险峻”来形容阿根廷一侧的伊瓜苏瀑布，巴西一侧可以用“气势磅礴”来形容，从巴西一侧可以居高临下看到伊瓜苏瀑布的全貌，在视线所及的范围内，伊瓜苏瀑布群以排山倒海之势奔流而下，气势磅礴。

晚上5点多我们才离开大瀑布，穿行在静静的巴西伊瓜苏国家公园里，感受24小时的变化，大家觉得由于看到了阿根廷和巴西两侧的大瀑布，也算在机场没有白熬一夜，当然伊泰普水电站就没有时间去看了。

◇ 从巴西一侧看到的大瀑布

考察建议

事后总结，由于伊瓜苏瀑布区域水汽很大，当地经常云雾缭绕，航班延误很容易发生，因此建议最好搭乘早班飞机前往，这样一旦延误还可以改乘其他航班，关键是这样安排可以从阿根廷和巴西两边去欣赏不同的瀑布景色。

巴西一侧的游客接待中心和机场要比阿根廷一侧的游客接待中心和机场大很多，航班也多不少，如果从巴西一侧来看大瀑布应该会更便利一些。

引文注释

① 弗兰姆普敦，张钦南，格鲁斯堡.20世纪世界建筑精品集锦（2）：拉丁美洲建筑［M］.北京：中国建筑工业出版社，1999：89.

② 毛丽霞.再现世界历史：拉丁美洲的独立［M］.济南：山东科学技术出版社，2017：53.

参考文献

[1] 弗兰姆普敦，张钦南，格鲁斯堡.20世纪世界建筑精品集锦（2）：拉丁美洲建筑［M］.北京：中国建筑工业出版社，1999.

[2] 毛丽霞.再现世界历史：拉丁美洲的独立［M］.济南：山东科学技术出版社，2017.

[3] 董经胜，林被甸.冲突与融合：拉丁美洲文明之路［M］.北京：人民出版社，2011.

[4] 《亲历者》编辑部.南美洲旅行 Let’s Go［M］.北京：中国铁道出版社，2015.

[5] 范毅，周敏.世界地图集：第2版［M］.北京：中国地图出版社，2011.

[6] 欧文.有生之年非看不可的1001座建筑[M].李诗晴，胡朦，译.北京：中央编译出版社，2014.

[7] 张玲霞.世界遗产之旅：自然奇景［M］.北京：中国旅游出版社，2005.

第六章

意犹未尽的巴西之旅

◇ 福斯—伊瓜苏

◇ 里约

◇ 巴西利亚

◇ 圣保罗

历史与建筑

过去的400多年里，巴西曾先后在萨尔瓦多和里约热内卢两个海滨城市建都，两个地方建都时间大约都是200年。在20世纪60年代设立新首都——巴西利亚之前，里约是巴西的首都，因此里约具有国家首都所具有的一切功能。

里约热内卢，位于巴西东南沿海，濒临大西洋，简称里约。里约热内卢，葡萄牙语原意为“一月的河”，据史料记载，1502年1月20日，葡萄牙探险家佩德罗·阿尔瓦雷斯·卡布拉尔发现了瓜纳巴拉湾，并称该处为“一月的河”，这就是里约名称的由来。1555年，法国在这里建立了殖民地，1565年，葡萄牙人又赶走了法国人开始了城市建设，后来为了躲避法国人的入侵，葡萄牙皇室曾经逃亡到里约，并将里约作为葡萄牙的首都，因此“里约热内卢是唯一一个欧洲国家在欧洲以外地区设立首都的城市”。①

里约背山面水、山水相连、风光秀美，具有美丽城市的所有要素，被人们称为南美最美丽的城市，经常可以在网络上看到这样一句话：上帝花了六天时间创造世界，第七天创造了里约，因此，里约又有了“天选之地”和“上帝之城”的美誉。经过几百年的发展，里约已经成为巴西经济最发达的地区之一，仅次于圣保罗，是巴西第二大城市，这里有世界三大天然良港之一的海港，是巴西重要的交通枢纽。里约的通信、文化旅游、金融保险业举世闻名，也是南美洲著名旅游胜地，然而严峻的治安状况也给里约的旅游业蒙上了一层阴影。之前我们对里约的认识除了尼迈耶在这里有许多作品外，就是耶稣山上的耶稣像，还有就是2016年第31届夏季奥林匹克运动会在里约举行，如果你仔细看过里约奥运会的开幕式，你会发现其中有许多尼迈耶和巴西现代艺术家的影子。

巴西联邦共和国的首都巴西利亚位于巴西中部高原，马拉尼翁河和维尔德河汇合而成的三角地带里，这里海拔平均高度为1158米，是巴西第四大城市，与里约和圣保罗两个城市的距离差不多一样远，由于地处高原，巴西利亚四季气候宜人，树木繁茂，鲜花盛开。

以前我们对巴西现代建筑的了解，大多停留在奥斯卡·尼迈耶这位第二代现代主义建筑大师身上，对其他重要的第三代或者中青年建筑师及其代表作品却知之甚少。20世纪50、60年代是巴西经济高速增长时期，涌现了一大批优秀的建筑师和建筑作品，同样为发展中国家，巴西现代建筑的发展对于我们的借鉴意义也许会更大，这也是我们前往巴西考察的重要原因。

旅行规划

- 路线：伊瓜苏—里约热内卢—巴西利亚—圣保罗。
- 旅行时长：5天5宿。
- 住宿地：里约、巴西利亚、圣保罗。
- 巴西是此次南美之行唯一需要提前办理护照，签证的国家。

伊瓜苏—里约热内卢

飞行时长：约 2 小时

里约热内卢建议考察项目分布示意图

1. 耶稣山上的耶稣像
2. 大台阶
3. 里约热内卢主教座堂
4. 巴西教育与卫生部大楼
5. 明日博物馆
6. 里约艺术博物馆
7. 联邦警察局旧址
8. 涂鸦漫画街以及港口保护项目
9. 西尼兰地亚广场
10. 巴哈达蒂茹卡艺术城
11. 大众剧院
12. 尼泰罗伊现代艺术博物馆
13. 甜面包山
14. 现代艺术博物馆
15. 声音与影像博物馆
16. 佩德雷古柳住宅区
17. 桑巴舞表演场地雕塑
18. 尼迈耶自宅

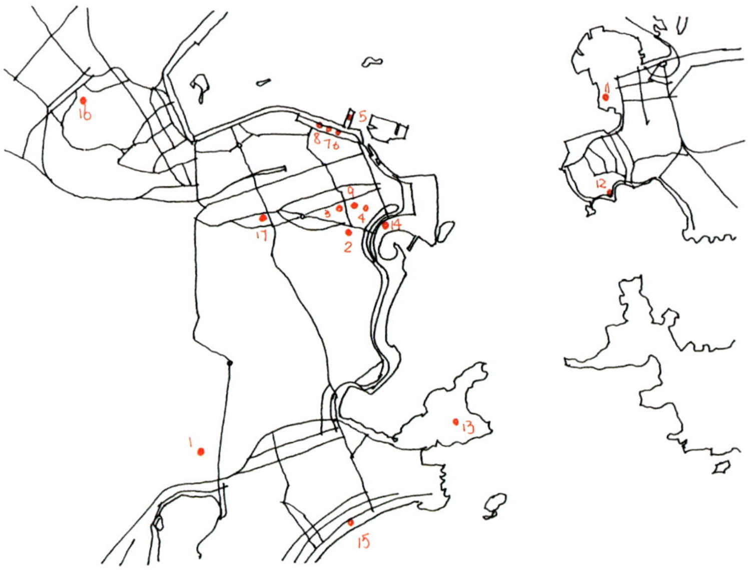

耶稣山

里约考察的第一天天气非常晴朗，我们决定先去耶稣山，无论是普通旅游者还是专业考察团，这里绝对都是里约之旅的首选地。我们住在科帕卡巴纳海滩附近，旅行车在罗格里格湖畔弯曲的道路上行驶，湖光山色交相辉映，景色优美，令人心醉。耶稣像坐落在面积为 5 平方千米的国家雨林保护公园内，海拔高度 710 米的耶稣山（即科尔科瓦多山，又称为驼背山）上，山顶上气象多变，经常是云雾缭绕，里约之旅如果天气晴好应该首先去登耶稣山。旅行车可以直接到达山顶的停车场，之后你可以乘坐自动扶梯，也可以步行上山，200 多步台阶，很容易就登上山顶。据史料记载，在里约建造一座纪念碑的设想源于 1921 年，用以纪念巴西独立 100 周年（1922 年），最终由政界和宗教人士确定在科尔科瓦多山顶峰建造一尊巨型雕像，法国雕塑家保罗·兰多被选为雕像的设计师，为了保证建造质量，保罗·兰多特别做了1:1的头部和手部模型。耶稣像内部为钢结构和钢筋混凝土结构的支架，外壳为钢筋混凝土结构，具有极强的抗风能力。经过5年的建造，耶稣像于1931年落成，雕像总高达38米，其中耶稣像高30米，重达1145吨，基座高8米，雕像左右手指间的距离为28米，头部高近4米，手长3.2米，耶稣像表面都贴满了三角形的绿色石片。耶稣像头部和手臂上部均设有避雷带，在雕像顶部还设有出口。耶稣像还与中国万里长城、约旦佩特拉古城遗址、墨西哥奇琴伊察玛雅古城遗址、意大利古罗马斗兽场、秘鲁马丘比丘印加遗址和印度泰姬陵并称为世界新七大奇迹。2012年耶稣山等区域以“卡里奥克景观”的名义被列入《世界文化遗产名录》。

远远望去，耶稣像仿佛是一个巨大的十字架，无论白天还是夜晚，在里约市区内的大部分地区都能看到耶稣像，耶稣像已经成为里约乃至巴西的象征，在耶稣像的基座内还有一个小型的教堂。从耶稣山上可

◇ 仿佛仙境一样的甜面包山

◇ 耶稣像正面

以居高临下俯瞰整个里约热内卢，此时，远处的“甜面包山”云雾缭绕，仿佛仙境一般。从耶稣山下来，会路过一片贫民区，无数个小房子铺天盖地地从山脚下一直延伸到山顶。

塞勒隆台阶

离开耶稣山，我们最先来到了山脚下的塞勒隆台阶，这里原本是里约市区内的一条大台阶，1990 年智利籍艺术家塞勒隆在此居住，开始用彩色瓷片粘贴在台阶及沿途围墙和建筑的墙面上，瓷片以红色基调为主，形成了一道独特的城市景观，瓷片中就有塞勒隆先生的身影，游客蜂拥而至，使这里成为里约游客密度最高的景点之一，很多人都模仿塞勒隆先生的姿势拍照留影。

里约热内卢主教座堂

离开塞勒隆台阶，我们来到不远处的里约热内卢主教座堂。该教堂又被称为圣塞瓦斯蒂安大教堂，整个教堂外部结构仿佛是一部云梯，故被人们俗称为天梯教堂。据资料记载，从 1964 年开始，这座教堂历经了 12 年的建造，于 1976 年落成投入使用，由埃德加·丰塞卡主持设计，现在已经成为里约的标志性建筑之一。

◇ 塞勒隆台阶是里约游人最密集的地方

整个教堂呈圆台形，四面都有一条彩色玻璃窗直达屋顶，并在屋顶处形成等臂的十字架。建筑整体都采用裸露的钢筋混凝土墙面，在形成遮阳的同时也为教堂内部营造了神秘的光环境。教堂高达 80 米，底座直径为 106 米，可容纳 2 万人。教堂主入口在北侧，入口广场上

◇ 里约热内卢主教座堂及钟楼

◇ 教堂内部空间

是教皇保罗二世的铜制雕像，西北角是造型别致与教堂风格协调的钟楼。最让人震撼的还是教堂的内部空间，4 条巨大的彩色玻璃窗会聚到屋顶，与顶棚的光十字架相交。圆台形的外侧墙面从遮阳板内反射出柔和的光线，既可以自然通风，又营造出天堂般的视觉效果。

巴西教育与卫生部大楼

巴西教育与卫生部大楼又被称为古斯塔沃·卡帕内马宫，是为了纪念前巴西教育部长古斯塔沃·卡帕内马，巴西教育与卫生部大楼是巴西现代主义重要的标志性建筑，它的建造为巴西现代建筑发展打下了坚实的基础。

1936—1945 年，受巴西教育部长的委托，巴西早期现代主义建筑大师卢西奥·科斯塔负责主持巴西教育与卫生部大楼的设计项目。为此，科斯塔特别组建了由巴西青年建筑师组成的设计小组，其中包括卡罗·里奥、乔治·莫利拉、阿方索·爱德华多·雷迪、恩纳尼·瓦斯科谢罗斯和奥斯卡·尼迈耶，同时科斯塔还聘请了现代主义建筑大师柯布西耶担任这个项目的设计顾问。

1936 年 7 月，柯布西耶亲临里约热内卢，开始主持总体规划和设计工作，该建筑完成后即刻成为当时整个拉丁美洲最具有现代风格的建筑，这座办公大楼具有鲜明的柯布西耶个人风格，14 层高的主楼由底层架空的柱子高高举起，精心设计的细密遮阳板让建筑外立面空透

◇ 巴西教育与卫生部大楼

而轻盈，顶部曲线形的构筑物仿佛就是萨伏伊别墅顶部空间造型的放大，建筑一层外部的蓝白瓷砖壁画是由巴西著名画家设计完成，巴西著名景观设计师罗伯托·布雷·马克思（1909—1994 年）负责该项目的景观设计。在巴西教育与卫生部大楼的设计过程中，奥斯卡·尼迈耶开始显露其设计才华。

通过这个设计项目，柯布西耶将现代主义建筑思想通过这批巴西青年建筑师传入了拉丁美洲，并影响和培养出了像尼迈耶这样后来享誉世界的大师级人物。然而 70 多年过去了，如今的巴西教育与卫生部大楼旧址已经被闲置并废弃多年了，甚至门窗都被拆卸下来，围挡上布满了涂鸦，院落内一片荒凉。

马拉维拉港区

离开巴西教育部大楼旧址，我们来到了位于瓜纳巴拉湾的马拉维拉港区，这里原来是一个旧港码头，为了迎接 2016 年里约奥运会，投资近 40 亿元对周边环境与建筑进行了大规模的升级改造，其中最大的手笔就是拆除了沿瓜纳巴拉湾沿岸长达 5 千米的高架路，恢复这一区域原有的尺度和风貌，开设了一条轻轨线路，并将码头上的库房等历史建筑完整地保留下来。同时还邀请了西班牙建筑大师圣地亚哥·卡拉特拉瓦在突出的码头上设计建造了造型奇特的明日博物馆，该建筑 2015 年底建成，设有 5000 平方米的临时展厅和常设展厅。

卢西奥·科斯塔

卢西奥·科斯塔（1902—1998年）是巴西现代建筑发展的先驱，科斯塔出生在法国，少年时代在英国接受过教育，1924年毕业于里约热内卢艺术学院建筑系，1930年成立自己的建筑设计事务所。卢西奥·科斯塔是巴西建筑和规划界的领袖人物，当时正担任国家美术学院的院长，科斯塔非常了解现代主义建筑运动，希望能够将国家美术学院办成像包豪斯一样的新型设计学院。为此，科斯塔参考了包豪斯的教学体系与办学理念，以及柯布西耶的设计思想，开创了拉丁美洲现代主义教育的先河，科斯塔本人也因此被视为巴西现代建筑的奠基人。

奥斯卡·尼迈耶

尼迈耶1907年出生于巴西里约热内卢，1934年，尼迈耶毕业于里约热内卢的国家美术学院，随后即进入卢西奥·科斯塔的建筑设计事务所学习和工作。在后来的巴西利亚新首都建设中，尼迈耶主持设计的巴西国会大厦（1958—1960年）、巴西利亚大教堂（1958—1970年）和总统官邸（1958—1960年）等建筑得到建筑界的广泛好评。1961年，尼迈耶成立了自己的设计事务所，先后接受了巴西、意大利、法国和以色列等地的工程项目。1968年以后，尼迈耶在里约热内卢大学建筑系任教，成为巴西最著名的建筑学教授，他还相继设计了巴西国防部大楼（1968年）、阿尔及利亚民族党总部大楼（1976年），以及里约热内卢瓜纳巴拉湾南部海滨的当代艺术博物馆(1997年)等建筑。

尼迈耶的设计理念与创作手法可以分为早期和后期两个主要阶段，早期阶段主要受到柯布西耶的影响，设计手法现代、大气，虽然有所变化但仍然不失理性。后来尼迈耶逐渐受到军事独裁统治的排挤，离开巴西流亡欧洲等地，在意大利、法国做了大量的设计作品，其中不乏延续甚至模仿之前的创作手法，例如位于意大利米兰的蒙达多利出版社大楼（建于1968—1975年）与巴西利亚外交部的外廊就非常相似。

巴西建筑大师奥斯卡·尼迈耶毫无疑问是拉丁美洲最重要的现代建筑师，1988年获得普利兹克建筑奖，对其设计思想和作品的评语是：当某个人抓住了一个国家的文化精髓并通过某种形式把它表现出来了，这就是该国家值得纪念的历史性时刻。很多时候人们是用音乐、绘画、雕塑或者文学的形式来表现文化的，而在巴西，奥斯卡·尼迈耶用他设计的建筑来表现巴西文化的精髓，他设计的建筑是色彩、光线和巴西本土感觉的综合体。

明日博物馆仿佛是一副白色的巨兽骨骼，匍匐在瓜纳巴拉湾边，由于场地的限制，整个建筑长度为 338 米，南面临广场一侧悬挑达到了惊人的 75 米，而北面临海湾一侧悬挑达到 45 米，屋顶的巨大构架可以开合。站在建筑北端，远眺尼泰罗伊大桥，棕榈树点缀其间，浅水池与海湾融为一体，海天一色，令人心旷神怡。

明日博物馆斜对面就是伯纳德·雅格布森建筑事务所设计改造的里约艺术博物馆，新建建筑规模不大，将新旧 3 个建筑整合在一起，2013 年建成开馆。建筑底层大部分都采用架空的形式，设有建筑入口及垂直交通，将更多的空间还给城市。建筑外墙采用 U 形玻璃，形成透光不透视的朦胧效果，与邻近的历史建筑形成鲜明对比。新建筑最大的特点是屋顶上“飘动”的钢筋混凝土板式屋顶，它将新旧建筑有机地联系在一起，既整合利用了原有建筑，也增加了一处眺望海港的休闲平台。

沿着码头库房向里走，一列造型时尚的轻轨电车迎面开来，首先看到的建筑是联邦警察局的办公楼，这座建筑具有典型的早期现代主义建筑的特征，再往里走就可以看到整修一新的码头仓库等历史建筑，而最令人吃惊的是破旧建筑上精美的涂鸦作品，我们在这里逗留了很长

◇ 明日博物馆

◇ 精美的涂鸦作品

◇ 里约艺术博物馆将新旧建筑连接起来

时间，眼见天色已晚，我们只能赶往今天的最后一站——市中心的西尼兰地亚广场，去看看里约市立剧院和市政厅。

西尼兰地亚广场

西尼兰地亚广场位于老城的市中心，广场东侧是巴西国家图书馆，西侧是里约热内卢市政厅，北侧是里约热内卢市立剧院，市立剧院建成

◇ 里约热内卢市立剧院

◇ 里约热内卢市政厅

于1909年，绿色的穹顶加上金色的线脚显得富丽堂皇，剧院在形式上有明显模仿巴黎歌剧院的痕迹，但是建筑规模上要小很多，也使得建筑造型显得比较局促。而市政厅两层的双柱柱廊以及塔楼的形式则显现出巴洛克建筑风格的韵味。正值当晚有演出，越来越多穿着盛装的人们向这里聚集，天色渐暗，广场中间纪念碑下的流浪汉让导游不安起来，我们于是乘车返回了旅馆。

巴哈达蒂茹卡艺术城

几乎和布宜诺斯艾利斯一样，我们在里约的第二天也是阴天，而且天空还下起了小雨。今天第一站是去看巴哈达蒂茹卡艺术城，这是一座巨大的集观演、展出、学术活动和餐饮为一体的综合性艺术城，由法国建筑师包赞巴克设计。艺术城位于里约西部的新区巴哈达蒂茹卡，这里远离里约市中心，距离科帕卡纳海滩大约20千米。艺术城位于城市高速路的交通节点上，这里有一块近500米见方的用地，连接着东西南北两条主干道，这是科斯塔在20世纪60年代规划设计的，其中一半是城市交通枢纽中心，轨道交通、BRT，甚至货物运输在这里集散，也为艺术城提供了非常好的交通条件，从艺术城通过地下通道，可以非常便捷地到达对面的交通枢纽。

◇ 巴哈达蒂茹卡艺术城西侧

艺术城为 200 米长、90 米宽的平行四边形，一层是架空的，只有交通空间和设备设施落到地面，主要功能区都在距离地面十米高的平台之上，这对于人流集中的艺术城来说非常便于观众的疏散，设计方案在演出大厅的隔震，以及降低周边高速路的交通噪声影响等方面都做了大量的工作。建筑外部采用预应力钢筋混凝土墙板替代了大量的柱子，营造出一座超尺度的巨型建筑，也算是和巨大的场地尺度相协调。但是显然里约人并不喜欢这座建筑，还曾将该建筑评为里约最丑陋的建筑之一，再加上距离市中心比较远，营业 10 年后这里依然冷冷清清，缺少人气，很多地方甚至还没有投入使用。

克里斯蒂安·德·包赞巴克

克里斯蒂安·德·包赞巴克 1944 年出生于摩洛哥卡萨布兰卡，1970 年毕业于巴黎美术学院，1980 年创立包赞巴克事务所，1994 年获得普立兹克建筑奖，是第一个获得该奖项的法国人，多年来事务所设计了包括巴黎歌剧院在内的 30 多个剧院和音乐厅项目。2002 年包赞巴克受里约文化部门的邀请开始设计艺术城方案，2009 年艺术城建成投入使用。

里约热内卢—尼泰罗伊

车程：约 30 分

离开艺术城，乘车跨过瓜拉巴拉湾上的尼泰罗伊大桥，去到里约对面的尼泰罗伊市看尼迈耶设计的两个项目——大众剧场和现代艺术博物馆，由于当天是星期一，大部分博物馆都不开放，我们只能去碰碰运气了。

尼泰罗伊大众剧场

2007 年 4 月 5 日，尼迈耶的最新作品，位于巴西里约热内卢州尼泰罗伊市的大众剧场正式落成，已经 100 岁高龄的尼迈耶手拄拐杖亲临现场。大众剧场紧邻海湾，从这里可以眺望对面的里约，这里一共有 3 栋建筑，一栋是剧院，另外一栋球冠状的白色建筑现在是罗伯特·西洛韦拉纪念堂，纪念堂内部空间狭小而局促，北侧现在是尼迈耶基金会的办公楼，3 栋建筑规模都比较小，剧场只有 350 个座位，由于没有演出，剧场没有对外开放，但是工作人员还是非常热情地冒雨带领我们到各处走走。

白颜色的墙面，球冠状的建筑造型，鲜艳色彩的点缀，再加上奇怪的曲线坡道，全部都是尼迈耶晚年惯用的设

◇ 纪念堂和小剧场

◇ 尼迈耶基金会办公楼

◇ 远眺现代艺术博物馆

计手法，3 栋建筑直接放在水泥地面上，再加上没有环境景观设计的配合，甚至许多构造设计明显不合理，使得 3 组建筑无法有机结合，只能孤零零地伫立在那里，只有剧场曲线屋顶内部的城市壁画和基金会深色玻璃幕墙中的影射让人眼前一亮。

尼泰罗伊现代艺术博物馆

尼泰罗伊现代艺术博物馆（1997 年竣工）位于瓜纳巴拉湾南部海滨一处突出的悬崖边上，整个建筑造型像一个白色的飞碟落在断崖之上，近看更像一个高脚杯，尼迈耶介绍其设计构思来源于“岩石中绽放的花朵”。整个建筑高 16 米，直径达到 50 米，外侧有两层近百米长的曲线坡道盘旋而上，博物馆在广场下面有一层空间，上面有三层展厅空间，充分展示了建筑大师对建筑结构和材料的掌控能力，由于是周一，博物馆不对外开放，我们只能在外面看看，要想拍摄到角度比较好的照片，需要远离建筑，到下面的海滩处去拍摄。现代艺术博物馆的建设经历了多年的等待，设计构思在 1954 年就形成了，但直到四十多年后才建成。

尼泰罗伊—里约热内卢

车程：约 30 分钟

里约现代艺术博物馆

我们里约之行的最后一站是现代艺术博物馆，这座建筑紧邻卢桑托斯杜蒙特机场，距离机场航站楼不到 500 米，非常适合作为里约的最后一个考察项目，可以根据时间长短来从容地调整考察时间。建筑场地西北侧紧邻城市道路，东南侧临近格洛里亚码头的港湾，整体建筑由三部分组成，即主展馆、学术大厅和附属建筑咖啡厅组成，由著名建筑师阿方索·爱德华多·雷迪主持设计，始建于1953年。雷迪是巴西国家美术学院的教师，曾经作为科斯塔的助手参与巴西教育与卫生部大楼的设计工作，深受柯布西耶设计思想和创作理念的影响，他后来协助卢西奥·科斯塔推动了里约热内卢建筑学校的建筑教育。

主展馆为三层，为了不阻挡美丽的海湾景色，建筑一层采用整体架空的形式，只留有门厅部分，门厅内有一部令人震撼的钢筋混凝土旋转楼梯直达二层，二层和三层部分为展厅，并设有屋顶花园。主展馆最突出的部分是整体结构都支撑在倾斜的门式框架上，裸露的混凝土展现了20世纪50年代初期柯布西耶深深的影响力。

现代艺术博物馆的西南角是巴西第二次世界大战纪念碑，有时间也可以去看看。里约之行天气不太理想，再加上治安状况的干扰，早晚自由行受到很大限制，总感觉到意犹未尽。

◎ 现代艺术博物馆

里约热内卢—巴西利亚

飞行时长：约 2 小时

我们乘坐的飞往巴西利亚的巴西戈尔航空的航班是晚上 6 点半起飞，进入航站楼时天已经黑了，卢桑托斯杜蒙特机场航站楼候机大厅的最大特点是拱形的屋顶和墙面都是透明玻璃的，从室内看就像汽车的全景天窗一样。从里约到巴西利亚的飞行时间不到两个小时，巴西利亚是世界上最年轻的世界文化遗产地。

我们预定的旅馆位于巴西利亚“机头”的东北方，靠近总统府，北侧紧邻人工湖帕拉诺阿湖。清晨醒来，窗外阳光明媚，不时传来孔雀的鸣叫声，走到帕拉诺阿湖边散步，蔚蓝的天空、清新的空气，再加上凉爽的温度，使我们很快就忘却了里约的阴霾，巴西利亚，我们来了！

◇ 从旅馆远眺帕拉诺阿湖

巴西利亚与卢西奥·科斯塔和奥斯卡·尼迈耶

谈及巴西利亚新城的规划与建设，必须要提到两个人，即卢西奥·科斯塔和奥斯卡·尼迈耶。

1955年，巴西政府为了加强中西部地区的建设，在新当选的巴西总统库比契克的积极倡导和推动下，决定在巴西中部一片荒芜的沙漠高地上建设新首都，取名为巴西利亚。

1956—1961年期间，尼迈耶受库比契克的任命成为总统顾问，负责主持巴西首都建设的政府工作小组。1956年，在全国性的设计竞赛中，卢西奥·科斯塔提出的规划设计方案获胜，科斯塔最初的方案呈十字架形状，经过多次反复的修改，最后的规划设计方案将巴西利亚整个城市设计成一架昂首起飞的喷气式飞机的形状，寓意巴西飞速发展的未来。41个月后，一座新的城市诞生了，这就是巴西的新首都——巴西利亚。

处于东方的“机头”部分就是由尼迈耶主持设计的三权广场，这里有联邦政府的3个权力部门（行政、立法和法院）的办公大楼，一条200多米宽，全长约8千米的东西向的纪念大道像飞机的机身，将政府办公区与商业区以及各种公共服务区贯穿起来，城市的东南两面由全长约40千米的河流和人工湖环绕。巴西利亚的建设同印度的昌迪加尔一样，都引起了全世界的轰动，1987年，巴西利亚被列入《世界文化遗产名录》，成为“最年轻的世界文化遗产”。

规划建设伊始，巴西利亚就一直是一个非常有争议的城市，应该说巴西利亚的城市规划与建设为当时世界范围内的城市发展提供了一种新模式和新样板，特别是立体交通与标准社区的规划建设，为人们提供了便利的生活。但是经过几十年的发展与建设也暴露出许多问题，有些是新兴城市必然出现的问题，例如历史文化的缺失，这方面巴西利亚就无法与里约相提并论；也有些是当初规划设计理念造成的，例如缺乏人性化的设计，街区尺度过大，过度依赖机动车，从“机翼”一侧到另外一侧交通线路过长；功能分区过于形式化，街区空间单调乏味；建筑整体设计水平无法满足城市发展的需求，除了主要的标志性建筑外，普通社区内的建筑设计水平不高，建筑形象单一乏味。

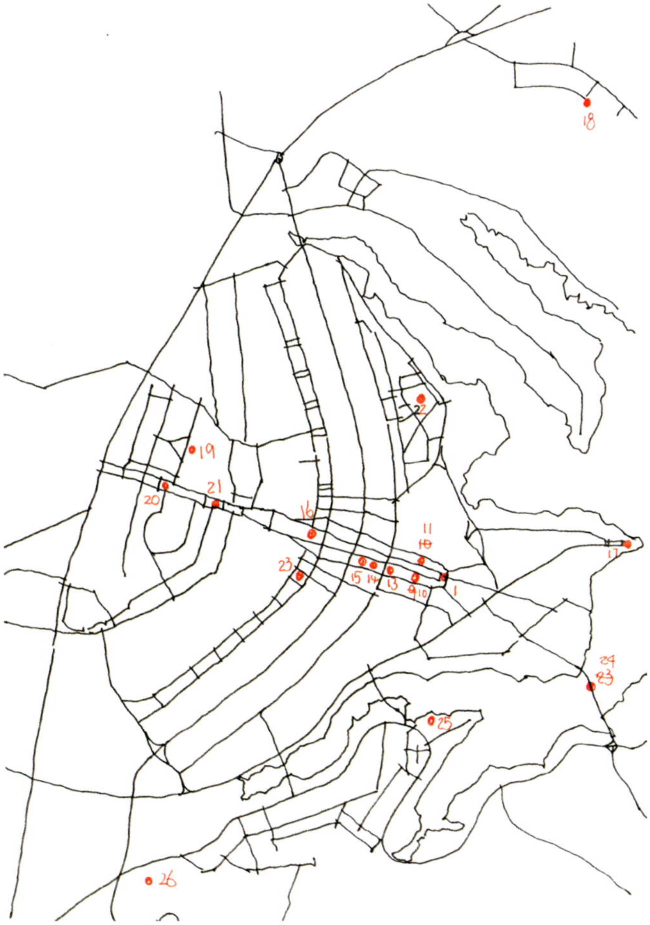

巴西利亚建议考察项目分布示意图

1. 三权广场
2. 巴西利亚成立纪念碑
3. 鸽子楼
4. 游客中心
5. 城市规划展览馆
6. 万神殿
7. 联邦最高法院
8. 总统府
9. 国会大厦
10. 外交部
11. 司法部
12. 开拓者铜制雕像
13. 巴西利亚主教座堂
14. 国家博物馆
15. 国家图书馆
16. 巴西利亚电视塔
17. 巴西总统官邸
18. 巴西利亚数码电视塔
19. 巴西国防部大楼
20. 军人教堂
21. 库比契克总统纪念馆
22. 巴西利亚大学
23. 蓝色教堂
24. 库比契克大桥
25. 别墅区
26. 机场

三权广场

我们考察巴西利亚的第一站就是著名的三权广场，这里是巴西的政治中心，总统府、最高法院和国会大厦分列广场的 3 面。广场上及周边还有著名的开拓者（或称为勇士）铜制雕像、巴西利亚成立纪念碑、鸽子楼、半地下的游客中心、处于地下的巴西利亚城市规划展览馆（或称为卢西奥·科斯塔博物馆）、联合国教科文组织的标志牌，以及万神殿等重要景点，除了开拓者雕像外，均为尼迈耶不同时期的作品。考虑建筑朝向和光线的问题，为了拍摄好每一栋建筑，我们多次往返三权广场，这里也是我们返回旅馆的必经之路，但是却漏掉了巴西利亚成立纪念碑旁边的一个小型纪念碑，直到回来整理照片时才看到。开拓者铜制雕像是两个直立的人物雕像，他们手持长矛，象征着巴西利亚的开拓者，是巴西著名雕塑家布鲁诺·乔治的作品，我们在许多书籍和文章中都看到过它们的身影。

巴西利亚成立纪念碑位于三权广场的西侧，临近道路，这座 T 形的纪念碑造型简洁，巨大的悬挑尺度令人震撼，纪念碑中间有推动巴西利亚建设的库比切克总统的头像，纪念碑始建于 1958 年。纪念碑北侧就是后来增加的以色列·皮涅罗（1896—1973 年）的纪念碑，纪念碑高度不高，

◇ 开拓者铜像

◇ 巴西利亚成立纪念碑，左侧就是皮涅罗纪念碑

尺度很小，很容易被忽视，我们当时就没有注意到它的存在，纪念碑中间的洞口内是皮涅罗的头像，皮涅罗曾经在大学期间学习土木工程，1956—1960 年期间接受库比切克总统的任命主管巴西利亚的城市建设，为巴西利亚的发展做出了重要贡献。

鸽子楼

广场上的鸽子楼是专门为鸽子设计的栖身之所，造型奇特，像一个晾晒衣服的“夹子”一样，它也是广场上唯一一座不是白色的建筑，有很好的调节广场空间构图的作用，万神殿和鸽子楼均为尼迈耶设计。万神殿也叫作自由与民主神殿，位于三权广场的最东端，由建筑、纪念碑、造型墙片等多个元素围合而成，主体建筑远远望去就像一对白色的鸽子，室内展厅面积不大，是常设专题展览，记录着巴西人民为自由和民主奋斗的历程，倾斜墙面内侧的彩色玻璃窗让人联想起教堂，也与柯布西耶的创作风格非常相似，万神殿于 1985 年设计，1986 年 9 月举行了揭幕仪式。

半地下的游客接待中心设计得更为巧妙，通过下沉式的广场进入，地面上只有一米多高，尽量减少对广场的视线阻挡，可惜当时游客接待

◇ 万神殿和鸽子楼

◇ 万神殿

◇ 半地下的游客接待中心

◇ 巴西利亚城市规划展览馆

中心还没有开放，里面也许会有巴西利亚城市建设的相关书籍资料。

巴西利亚城市规划展览馆

巴西利亚城市规划展览馆（也称为卢西奥·科斯塔博物馆）位于三权广场中央的地下空间内，可以通过广场上的大台阶进出，内部陈列着巴西利亚城市规划的相关资料和模型，拱形的屋顶提供了大跨度的室内空间，通过地面上的格栅巧妙地将自然光引入地下展厅。

联邦最高法院及总统府

联邦最高法院（1957—1958 年）的规模不大，完全没有受到传统法院建筑形式的影响，平屋顶，深深的挑檐，四周形成回廊，显得平和近人，白色的曲线形板式支柱十分醒目，建筑底层架空，北侧是一条宽大的坡道。在最高法院门前有一座持剑蒙眼的女子雕像，象征着不被外界干扰、秉公执法的“正义女神”，由巴西著名雕塑家阿尔弗雷多·塞西亚蒂创作，塞西亚蒂与尼迈耶有多次合作的经历。联邦最高法院门前平时是完全开敞的，当天由于广场上有位老人扎起了帐篷，许多支持者乘车而来，打着旗帜和标语，为了维持秩序，最高法院前放置了隔离栏杆。

广场北侧是总统府（1957—1958 年），总统府与最高法院的形式相近，

◇ 从巴西利亚成立纪念碑远眺最高法院

◇ 正义女神雕像

◇ 巴西总统府

但是规模要大一些，一层抬高的比较多，入口处一条长长的坡道直通二层。由于这个时候太阳光线还停留在国会大厦的东侧，西侧还是暗的，我们下一站就去了巴西利亚主教座堂。

巴西利亚主教座堂

巴西利亚主教座堂俗称巴西利亚大教堂，位于纪念大道中段的南侧，大教堂于 1958 年奠基，直到 1970 年才建成。教堂的大厅和洗礼厅均位于地下，需要通过地下通道进入。穿过低矮而阴暗的地下通道，进入到宽敞明亮的大厅，令人豁然开朗，因此巴西利亚大教堂也获得了“世界上最明亮教堂”的美誉，天空中悬吊了 3 尊灰色的天使雕像，是由阿尔弗雷德·塞奇亚蒂和但丁·克洛斯于1970年合作设计完成的，其中最大的天使雕像高达 4.2 米。而内部蓝白相间的彩色玻璃则由法裔艺术家玛丽安•佩勒蒂于 1990 年设计完成的，她和尼迈耶有过多次合作。位于地下入口两侧的 4 尊青铜雕像——福音传道者，是由阿尔弗雷德•塞奇亚蒂和但丁•克洛斯于 1968 年设计完成，应该说巴西利亚大教堂融会了多位巴西艺术家的设计成果。

教堂露在地面上的只有双曲面皇冠般造型的教堂屋顶、白色的钟楼（上面安放着西班牙捐赠的 4 座铜钟）和飞碟状的洗礼厅屋顶，教堂大厅的屋顶部分由 16 根巨大的曲线钢筋混凝土异形柱搭接而成，每根柱子重达 60 吨，充分发挥了钢筋混凝土的可塑性。室内空间最大直径达到 70 米，高达 75 米，最多可以容纳 4000 人。

从当年的施工照片上可以清楚地看到，曲线支柱是现场浇筑的，木制模板的支护十分复杂，曲线支柱在顶部与钢筋混凝土圆形屋盖相连接，而内部彩色玻璃顶是室内独立的一层界面，安装在玻璃窗内部，形成了现在奇特的内部空间，那个最早立在教堂外边的木制十字架现在就陈列在大厅一角。白色的圣坛是由罗马教皇保罗六世捐赠的，圣坛下有一间小型礼拜堂。由于缺少地面景观环境的设计和阻隔，再加上屋

◇ 巴西利亚主教座堂，左侧为飞碟状的洗礼厅屋顶

顶周围的环形水池已经干涸，游人可以走到屋顶玻璃窗附近。由于缺少管理，一些售卖纪念品的小贩都堵在教堂入口处，显得很杂乱，白色涂料破坏了混凝土的原始质感，还是最初的曲线异形构架更震撼人心。

巴西国会大厦

离开巴西利亚大教堂我们又返回了国会大厦，由尼迈耶主持设计的巴西国会大厦（1958—1960 年）位于巴西利亚三权广场主轴线上的西侧顶端，它是由参众两院和办公大楼组成，建筑底部是一座水平伸展的两层长方形建筑，柱子排列整齐，纪念大道两侧的道路被逐渐抬起，与二层屋顶在一个标高上交会，形成了巨大的下沉式广场。广场中的水池倒映着建筑的影子，显得十分宁静，行人可以通过坡道直接上到二层建筑的屋顶上，机动车可以直接进入半地下的一层廊道内。

参众两院的会议厅分别位于高层办公楼的南北两侧，其中北面是参议院，其造型如同倒扣的大碗，寓意决策国家大事；南面是众议院，形如一只开口朝天的大碗，寓意广纳民意。中部后方是 27 层高的行政办公大楼，由两座并排而立的板式大楼组成，中间有天桥凌空相接，

◇ 巴西国会大厦

◇ 巴西司法部

◇ 巴西外交部

据说其造型来源于 HUMAN 的 H 形造型，寓意保障人权，行政办公大楼北侧朝阳一面布满了遮阳板。

国会大厦的设计具有强烈的象征性，其造型独特，也因此惹来许多非议。例如，“碗状”造型，经常出现漏水等问题，为了保持行政办公大楼的 H 形造型，两座大楼之间只有一道细小的天桥联系，非常不方便使用。

外交部与司法部大楼

巴西国会大厦西侧纪念大道两侧分别是外交部（建于 1959—1967 年）和司法部大楼（建于 1957—1958 年），均为尼迈耶主持设计的。两栋建筑的规模与体量也相仿，外侧均建有柱廊和遮阳板，以抵御阳光的照射，混凝土外墙上的模板印迹非常清晰，给建筑应有的尺度感。

南侧外交部周围建有水系景观，水中植物栽培的非常精细，连同内部庭院都是由巴西著名景观设计大师布雷·马克斯设计的，建筑倒影其中，结合雕塑和绿色植物，周边环境显得十分宁静。北侧司法部的南面建有跌落的水景，笨重的钢筋混凝土悬挑成弧形的构件，上面有流水落下，打破了原有的宁静，赋予建筑以动感。

国家图书馆和国家博物馆

这两座建筑在一个地块内，位于巴西利亚大教堂的西边，两座建筑的规模都不大，均为尼迈耶设计。国家图书馆东西两侧窗户外布满了方形的钢架网格，可以起到很好的遮阳作用，细密的网格甚至阻挡了人们的视线，图书馆的底层基本上是架空的，2 层外窗采用拱廊的形式，图书馆内既有图书阅览，也有大量的临时展览和文化活动。

国家博物馆（1965 年）为半球形，一个悬挑巨大的弧线坡道从 2 层凌空跨越飞到 3 层，令人惊奇，而内部的展品却少得可怜，要想拍摄到博物馆最好的视觉形象，就必须在西侧隔着圆形水池进行拍摄。但是无论如何，我们都无法将这两个建筑与国家级联系在一起，特别是国家博物馆更是不靠谱。按照习惯我们都会选择一个国家或者城市中最重要的博物馆去看看，受巴西利亚国家博物馆名称的干扰影响，我们没有去看位于里约的巴西国家博物馆，而后者在我们回国一个多月后的 2018 年 9 月 2 日毁于一场大火，2000 万件文物毁于一旦。

◇ 国家博物馆

◇ 国家图书馆

◇ 巴西利亚电视塔

◇ 巴西利亚数码电视塔

巴西利亚电视塔

尼迈耶在巴西利亚设计过两个电视塔，最早的电视塔位于纪念大道轴线西部的一处高地上，电视塔建于 1967 年，钢结构，塔高 224 米，重达 378 吨，在 75 米处建有观景平台，许多俯瞰行政中心的照片都是在这个电视塔上拍摄的，我们去考察时电视塔正在维修，不对外开放。从电视塔下的广场上可以远眺圆形的巴西利亚国家体育场（2013 年建成投入使用）。

尼迈耶设计的另外一个电视塔是巴西利亚数码电视塔，它位于城市的北部一块地势较高的台地上，2010 年建成，距离市中心有 20 多千米的路程，再加上当时沿途道路正在维修，路途上耽误了很多时间。数码电视塔的主体形式依然是尼迈耶常用的设计手法，两侧观景平台仿佛是大树上长出的两个“小蘑菇”，看起来有点滑稽。这里地势比较高，可以远眺巴西利亚市区，但是据管理人员说这里已经有很长时间不对外开放了，巨大的停车场空空荡荡。

巴西国防部大楼

巴西国防部大楼位于市区西部，纪念大道轴线的北侧，入口大门巨大的弧线拱顶下设有检阅台，造型像是一把剑鞘，而前面的纪念碑则像一把利剑。这个考察项目是导游自己增加的，回国后才发现巴西国防部大楼居然也是尼迈耶的设计方案，真可以说在巴西利亚，尼迈耶的设计无处不在。检阅台和办公大楼始建于 1968 年，大门南侧原来是礼堂，始建于 1968—1972 年，现在是佩德罗·卡尔蒙剧院，一

◇ 巴西国防部大楼

部分空间展示着巴西军队的发展历程。检阅广场的对面是“水晶广场”，用混凝土雕塑模仿水晶造型很有创意。从巴西国防部大楼返回时，在车上看到了位于行政中心轴线上帐篷形的军人教堂。

即使你把行程做得再细致，恐怕也会在巴西利亚错过尼迈耶的作品，因为尼迈耶的作品实在是太多了，除了前面说的代表性建筑外，还有各大部的办公楼，看到一处特别的建筑就需要多留意一下，例如国家剧院（建于 1958 年），这是一座深色的金字塔般造型的建筑，位于纪念大道轴线中段的北侧。

库比契克总统纪念馆

1981 年建成的库比契克总统纪念馆位于纪念大道轴线西侧的高地上，用以纪念库比契克总统对于巴西利亚城市建设所做出的重要贡献。纪念馆展厅主体在地下，通过大台阶进入纪念馆。纪念馆前面设有巨大的跌落水池，入口处有高达 28 米形似“镰刀”的纪念碑，纪念碑上面站立着库比契克总统的雕像，面向国会大厦方向挥手致意。纪念馆的顶部有一个突出的白色钢筋混凝土拱壳，里面安放着库比契克总统的灵柩。

◇ 库比契克总统纪念馆

巴西利亚大学

巴西利亚大学位于城市北部的“机翼”外侧，靠近帕拉诺阿湖一侧，校园面积非常大，由科斯塔主持的规划设计，是巴西利亚规划设计试点方案的一部分。校园内有许多尼迈耶设计的建筑，例如图书馆、行政楼，以及长达 700 米的教学楼。即使是普通餐厅都设计得很认真，让我们深深感受到 20 世纪 50、60 年代巴西现代建筑的整体发展水平。

尼迈耶设计的教学主楼（1961 年）仿佛就是巴西利亚城市的微缩版，两条 700 多米长的曲线形教学楼就像飞机的两翼。教学楼地上两层，地下一层，为钢筋混凝土预制装配式结构，许多地方还预留了钢筋头，这与尼迈耶以往的创作相比，工业化的趋向是一个巨大的变化。这座建筑外表看起来比较简单，而内部空间变化却异常丰富，长廊外侧的树木花草繁茂，营造出质朴而温馨的校园环境。

◇　巴西利亚大学教学楼长廊

◇　巴西利亚大学行政楼

◇　巴西利亚大学图书馆

◇　巴西利亚大学餐厅

◇　巴西利亚大学教学楼室内楼梯

虽然巴西利亚大学的行政楼因为年久失修，外挂的混凝土板有的都脱落了，但是内部空间非常丰富，特别是长长的室内坡道和造型独特的排水管都令人印象深刻，行政楼门厅里有巴西利亚大学校园的模型。

从学校图书馆屋顶的巨大伞盖上能够明显看到柯布西耶昌迪加尔行政中心的影子，尺度巨大的预制混凝土遮阳板更是令人震撼。

蓝色教堂

蓝色教堂位于纪念大道轴线南部的社区里，原名为圣博斯科大教堂，由卡洛斯·阿尔贝托·纳维斯设计（1958 年），因为梦幻般的蓝色玻璃窗而得名“蓝色教堂”，这座教堂因意大利裔神父圣博斯科而建立，在教堂地下室的玻璃棺材里就展示着这位神父的蜡像，由于蜡像制作得过于逼真，看起来有点让人害怕，据介绍，“1883 年，一位意大利的名为博斯科的教士在梦幻中看到了巴西未来的新首都的地点。现在每年 8 月的最后一个星期日，巴西利亚人都会举行游行活动以庆祝博斯科教士的梦的纪念日。”②

◇ 蓝色教堂

◇ 蓝色教堂室内令人眩晕的色彩

蓝色教堂平面呈正方形，现在已经成为巴西利亚重要的旅游观光景点。教堂外观充满了现代感，混凝土墙面的模板印迹标志着那个时代的痕迹，双圆心的尖拱具有哥特风格的语境，最震撼人心的是教堂内部梦幻般的色彩。走进教堂仿佛就像踏进了无际的星空，据说教堂内部由2万多平方米的12种蓝色调的彩色玻璃装饰而成，教堂中央的大型玻璃吊灯重达3000千克，由9000片玻璃和435盏小灯组成，而木制的十字架是由整根雪松雕成的，教堂内部随着光线的变化呈现出丰富的色彩渐变与退晕，令人陶醉。

总统官邸

1956—1957年完成设计，1958年建成的总统官邸是巴西利亚新城建成的第一栋建筑，也被称为“黎明宫”，由尼迈耶主持设计。总统官邸位于“机头”东侧的最前端，三面环湖，一面接陆地。为了结合地形进行规划，总统官邸被布置成东西向，北侧有一座小型的天主教堂，东侧建有游泳池。虽然有卫兵把守，但是陆地上只有一道3米多宽的水池分隔，水池中锦鲤鱼在慢慢地游动，由于陆地一侧朝向西面，下

◇ 巴西总统官邸和小教堂

午来这里拍摄效果会更好。总统官邸定期向公众开放，但是需要提前预约并通过安全检查。

总统官邸依然延续了尼迈耶的系列设计手法，平屋顶、前后廊，加上帆形的支柱显得平实无华。小教堂为螺旋形平面，造型独特，与总统官邸之间通过半地下通道相连，尼迈耶 1955 年开始设计总统官邸小教堂的方案，其构思明显受到柯布西耶朗香教堂的影响，特别是入口空间的形式处理。

库比契克大桥

从总统官邸的停车场可以远眺帕拉诺阿湖上的库比契克大桥，这座大桥 2002 年才建成通车，由巴西建筑师亚历山大·陈主持设计，主桥为悬索结构，3 座巨型的钢结构拱采取错位的布置形式横跨在湖面上，近 2000 米长的桥面穿行其中，库比契克大桥因其独特的造型于 2004 年被世界桥梁协会评为“世界最美丽的大桥”。

◇ 远眺库比契克大桥

虽然没有预约上国会大厦、总统府和总统官邸几个重要的建筑进入室内参观，但是两天的巴西利亚之行还算比较圆满，天气也一直晴朗，因此我们把最后的时间安排在三权广场南部湖对面的半岛南部生态公园，去感受一下巴西利亚高品质住区的生活，从这里可以眺望国会大厦和库比契克大桥，而且距离机场很近，考察时间容易控制。

两天来巴西利亚良好的生态环境也给我们留下了深刻印象，其中印象最深的一次是在我们离开巴西利亚前的那天晚上，大家在旅馆靠近湖边的酒吧喝酒闲聊，突然感觉到身后传来窸窸窣窣的声音，回头一看吓了一大跳，我们被大小十几只动物包围了，大的像小猪，小的像猫那么大，正在草地上吃草，我们一动也不敢动，赶紧与导游联系，导游告诉我们不要害怕，这些动物当地人叫“水猪”，晚上它们拖家带口从湖里爬上岸来吃草，不会伤人。后来查找到这种动物叫水豚，资料显示，水豚是一种半水栖的食草动物，也是世界上体型最大的啮齿类动物，成年水豚体重能够达到 50 千克，多以家族集群的形式在植物繁茂的沼泽地带生活，善游泳和潜水，水豚样子很呆萌，一点也不怕人。

◇　巴西利亚旅馆岸边的水豚

巴西利亚—圣保罗

飞行时长：约 2 小时

圣保罗建议考察项目分布示意图

1. 圣保罗大教堂
2. 国父广场改造项目
3. 科潘大厦
4. 圣保罗州立美术馆改造项目
5. 圣保罗艺术博物馆
6. 圣保罗体育馆
7. 巴西雕塑博物馆
8. 洛查自宅
9. 圣保罗大学建筑与城市学院
10. 拉丁美洲纪念馆建筑群
11. SESC 文化体育中心
12. 伊比拉普埃拉公园建筑群
13. 圣保罗建城 400 周年纪念碑等建筑

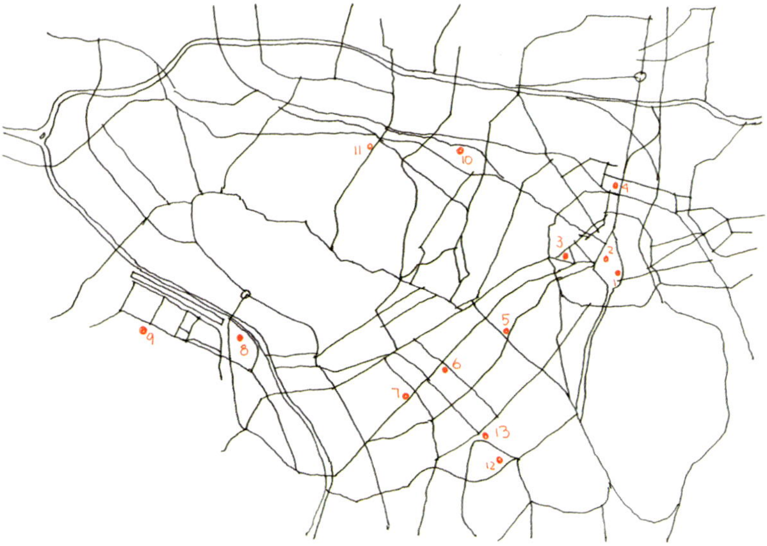

圣保罗位于巴西东南部，东距里约 400 多千米，市区人口 1000 多万，是巴西最大的城市。据史料记载，1554 年 1 月 25 日，耶稣会传教士何塞·安切塔和玛努埃尔发现了巴西东南面的一个小村——皮拉蒂宁卡村，并在此建立了圣保罗经院，1711 年圣保罗正式立市。19 世纪末期，圣保罗迎来了一股移民潮，大量移民来到新开垦的咖啡种植地和农场，负责接待我们的汽车公司司机是日本人的后裔，但是他并不会说日语，据说当年有许多日本人来巴西种植稻米。虽然南临大西洋，但是圣保罗不像里约那样是临海而建的山水城市，圣保罗市区距大西洋海岸线有 70 多千米，七八月份是这里一年最冷的季节，但最低平均温度也在 10℃以上。

◇ 圣保罗大教堂

本次拉丁美洲之行的最后一个国家是巴西，而巴西考察的最后一个城市是圣保罗，我们留给这个巴西最大的城市只有一天的时间，需要抓紧时间多看看，第一站就是圣保罗大教堂。

圣保罗大教堂

圣保罗大教堂位于市中心，老教堂毁于 1823 年的一场大火，现在的教堂始建于 1913 年，直到 1954 年才建成。圣保罗大教堂面对北侧的广场，门前是两排高大的棕榈树，东侧是法院大楼，广场上有喷泉流水，还有城市雕塑，原本这里应该是旅游胜地，但是由于治安问题，这里变成圣保罗最危险的地区，虽然有警察在周边巡逻，但是广场上席地而坐的流浪汉却让许多游客对这个地方敬而远之。由于建设时期比较晚，圣保罗大教堂的建筑风格是混搭的，它既有高高的哥特风格的尖塔、飞扶壁，还有尺度上很不协调的硕大穹顶，灰绿色的塔楼尖顶更是少见。大教堂在 2000 年时刚刚经历了两年的封闭维修，教堂内部的石雕及木刻非常精美，顶部的肋架拱采用红砖砌筑，很有新意，既经济又实用。

科潘大厦

离开圣保罗大教堂我们去了尼迈耶设计的弧形的科潘大厦，这座建筑始建于 1950 年，1966 年正式营业。原设计方案是两栋建筑，体量巨大的弧形建筑是一栋 30 层 115 米高的公寓大楼，可以容纳 2000 多居民，建筑平面呈自由曲线状，水平的遮阳板、自由伸展的曲面，科潘

◇ 科潘大厦底层局部

◇ 科潘大厦对面的圣保罗州法院

大厦曾经被评为圣保罗最美丽的高层建筑，但是其巨大的体量对整个街区及周边的建筑产生了很大的影响。

科潘大厦前面的旅馆设计方案后来被取消，改为另外一位建筑师设计的银行大楼方案。由于科潘大厦正在维修，我们只在大厦楼下短暂停留了一会，看到建筑一侧立有保护牌，介绍这栋建筑的基本情况，对面的圣保罗州法院倒是看着很眼熟。

圣保罗艺术博物馆

离开科潘大厦，我们去了圣保罗艺术博物馆，由意大利裔女建筑师丽娜设计的圣保罗艺术博物馆建于1957—1968年。场地位于一处坡地上，西侧是城市公园和圣保罗重要的商业街，东侧是坡地。整个建筑被吊在两个巨大的钢筋混凝土门型支架上，支架被涂成格外醒目的红色。由于博物馆的一层被架空，形成一个小型的城市广场，同时利用东侧坡地上建筑的屋顶部分扩大了广场规模，在广场上休息的人们可以透过架空的一层看到对面的城市公园和街道上的行人、车辆，建筑底层架空将宝贵的空间又送还给城市，尽管这里躺满了流浪汉。整个建筑除了 4 个钢筋混凝土柱子落到地面外，只有一部楼梯和一部电梯落下来，圣保罗艺术博物馆巨大的悬挑跨度达到了惊人的 70 米。

巴西雕塑博物馆

巴西雕塑博物馆建在一片居民区中，由巴西建筑师保罗·门德斯·达·洛查设计。建筑场地呈直角梯形，大部分室内空间都被设计在地下或半地下，为社区保留了一片珍贵的城市公园。博物馆标志性的建筑是跨度达到 60 米的钢筋混凝土巨梁，西南角三角形用地被设计成水池，为满视野沉重的混凝土构件增加了些许灵动的元素，洛查充分利用了混凝土材料的原始特性，模板的印迹清晰可见。通过建筑体量的穿插，台阶和坡道的引导，再结合水系和环境景观的衬托，构成了丰富的空间变化，实际上巴西雕塑博物馆内的展品少得可怜，而博物馆本身就是最重要的一件展品。

◇ 圣保罗艺术博物馆令人吃惊的跨度

◇ 巴西雕塑博物馆

丽娜·波·巴迪

丽娜·波·巴迪1914年出生于意大利，1939年毕业于意大利罗马大学建筑系，1942年丽娜在米兰建立工作室，开始接触设计领域，1946年随丈夫移居巴西，1951年设计了自宅——玻璃屋，1992年丽娜在巴西圣保罗去世。

丽娜一生多才多艺，除了建筑设计，还从事家具设计和插图设计，2018年度《时代》杂志评选出“世界十位最杰出的女建筑师”，丽娜和扎哈等人位列其中，丽娜·波·巴迪被认为是巴西20世纪最重要的建筑师之一，其代表作品是圣保罗艺术博物馆和圣保罗庞培娅艺术中心（1977—1986年）。

保罗·门德斯·达·洛查

1928年9月25日，保罗·门德斯·达·洛查出生于巴西，父亲是巴西人，母亲是意大利后裔，1954年毕业于巴西麦克肯兹建筑与城市规划学院，1959年开始在圣保罗大学建筑与城市学院任教，1998年获得该校终身教授，其创作特点是善于利用"材料的原始特性"，巴西雕塑博物馆（1988—1995年）是洛查最重要的代表作品，2006年，78岁的洛查获得普利兹克建筑奖，是巴西历史上第二位获得该奖项的建筑师。2021年，洛查在圣保罗因病去世，享年92岁。

圣保罗大学建筑与城市学院

圣保罗大学位于城市的西南部，与老城区隔着皮涅罗斯河，我们来圣保罗大学重点是看建筑与城市学院的教学楼。这栋建筑由J.V.阿蒂加斯和C.卡思卡尔迪在1960共同设计，1968年建成投入使用，是"圣保罗学派"最重要的代表作品。

建筑与城市学院教学楼位于一处坡地上，建筑中间是一座巨大的中庭，四周是教学、办公和实验用房，中庭西北侧是一部巨大的坡道，成为联系各层空间的交通枢纽，屋顶天窗的自然光结合人工照明照亮了整个庭院。建筑外部四周有尺度巨大的围廊，从而减少日照对室内的影响，起到很好的遮阳作用。最吸引人眼球的是柱廊支柱独特的造型，混凝土浇筑的质量令人赞叹。

◇ 圣保罗大学建筑与城市学院教学楼

◇ 教学楼局部

有方空间对阿蒂加斯的评价更为到位：身兼建筑师和工程师两职的阿蒂加斯不仅赋予了建筑简洁有力的外部形态和连续开放的内部空间，还将结构组件的形式和功能进行了完美结合。

教学楼对面三角形的建筑及圆弧形下沉广场都很好地呼应和衬托了教学楼，形成了良好的环境氛围。除了建筑与城市学院教学楼外还可以去看看伊卡罗·德·卡斯特罗·梅洛设计的圣保罗大学体育场看台，这位运动员出身的建筑师设计了多座体育建筑，这座半圆形的体育场完全采用钢筋混凝土结构建成，充满力量感，我们曾经在巴西利亚远观过他设计的巴西利亚国家体育场。

◇ 教学楼明亮的中庭

洛查自宅

保罗·门德斯·达·洛查自宅位于圣保罗大学东部，临近皮涅罗斯河的一个高档住宅区中，我们找了很长时间也没有找到，最后还是凭借导游对当地的信息查询确定了建筑的具体位置。

这里有两栋建筑并排相邻，形式很相近，其中一栋是洛查姐姐的住宅，临近道路一侧的是洛查自宅，当时两栋建筑都在装修改造过程中，洛查姐姐的住宅可以进入，洛查自宅只能看外观。

洛查自宅建于 1964—1966 年，场地在一块坡地上，住宅只有两层，一层是架空层，有车库和楼梯，主要使用空间在二层，由一部出挑的楼梯相连通，柱子、墙面和屋顶都采用裸露的混凝土面层，屋顶的密肋梁出挑深远，起到很好的遮阳作用，虽然局部有天窗，但现今周围的树木高大而繁茂，遮挡了大部分阳光，室内显得有些昏暗，大面积

◇　住宅入口部分

的单层玻璃钢窗下部可以开启，便于保持良好的自然通风。洛查自宅临路一侧有突出的混凝土盒子，里面是扇窗户，这种设计造型在尼迈耶设计的巴西利亚大学建筑中曾经看到过。

拉丁美洲纪念馆

原计划我们最后要去看伊比拉普埃拉公园和圣保罗建城 400 周年纪念碑，伊比拉普埃拉公园中有尼迈耶设计的美术馆、音乐厅等建筑群（1951—1955 年），公园对面还有圣保罗大学当代艺术博物馆，但是后来还是听从了导游的建议，去了尼迈耶设计的拉丁美洲纪念馆。纪念馆位于圣保罗市区的北部，这里紧邻快速路，距离圣保罗瓜鲁尔霍斯国际机场只有不到 30 千米的车程，去机场的时间比较好控制，这座巴西最大城市的交通状况还是比较拥堵的。

据相关资料记载，1964 年 12 月，在秘鲁国会倡议下，阿根廷、巴西、哥伦比亚、哥斯达黎加、智利、萨尔瓦多、危地马拉、尼加拉瓜、巴拿马、巴拉圭、秘鲁、委内瑞拉和墨西哥等 13 个国家的 119 名议员在秘鲁首都利马召开大会，决定成立拉丁美洲议会，其宗旨是促进拉美和加勒比国家的团结与地区一体化进程。1965 年 7 月，拉丁美洲议会在利马正式成立，总部设在利马。1993 年 7 月总部迁往巴西圣保罗，圣保罗的拉丁美洲议会总部建筑群就是在这个背景下规划建设的，由大礼堂、议会大厦、创新展览馆、管理中心、天桥、手掌雕塑、多功能厅、图书馆、餐厅、控制室、巴拉芳达车站等 10 多个分散的大小建筑组成。2008 年拉丁美洲议会总部又迁往巴拿马的首都巴拿马城，圣保罗的拉美议会建筑群便更名为“拉丁美洲纪念馆”。

拉丁美洲纪念馆被城市道路分成南北两部分，中间由一条曲线形的人行天桥相连接，建于 1986—1988 年。整个建筑群大量使用曲线来表达拉丁美洲人民热情奔放、追求自由解放和团结奋进的精神，尼迈耶自己认为：“吸引我的是那自由、激发美感的曲线——是我在自己国家的山区里、在那河流蜿蜒的河道里、在天空的云朵里、在我爱的女人的躯体中所发现的曲线。”[③]

进入这一区域，我们首先看到的是大礼堂，面积为 7756 平方米，是纪念馆中规模最大的建筑，由 3 座巨大的混凝土拱组成，中间拱由跨度达到 40 米的巨梁支撑。大礼堂内部是连续的大空间，两端是看台，中间是面积达到 300 平方米的舞台，这里可以举办会议和戏剧音乐表演，入口处的弧线雨篷非常低矮，南侧是南美独立解放运动的重要领袖玻利瓦尔的头像，北侧即为美女的躯干雕塑。

圆形的议会大厦于 1992 年 12 月竣工，这座建筑的形式与内容之间的矛盾最为明显，这里原本是召开议会会议的地方，由大小不一的会议厅和办公室组成，圆形的玻璃幕墙看起来却像是一座旅馆或办公楼，怪异的曲线坡道又再次出现，曲线雨篷的尺度和造型看起来怪怪的。

创新展览馆只有一层，面积为3110平方米，长长的曲线造型让我想起了巴西利亚大学的教学楼，这里正在举办拉丁美洲服饰和艺术品展览。管理中心的规模很小，主体结构悬吊在混凝土的支架上，不由得让我联想起丽娜设计的圣保罗现代艺术博物馆。

跨过拱桥首先看到的是尼迈耶设计的《手掌》雕塑，让我又自然联想起柯布西耶在昌迪加尔的《张开的手》雕塑，尼迈耶设计的《手掌》雕塑是混凝土浇筑的，手心上有红色的拉丁美洲版图，并从中演变成流淌的鲜血，象征着拉丁美洲的独立和自由是无数人流血牺牲换来的。

多功能厅的规模非常小，但是立面却做得很夸张，两端高达二十几米的圆柱间的横梁只是为了支撑圆拱的一边，入口一侧的水池中有雕塑家布鲁诺·乔治的小型雕塑，小巧而柔美的曲线应该正是尼迈耶喜欢的主题，室内还有著名的拉美艺术家完成的浮雕和绘画作品。

图书馆与多功能厅的形式相似，两端的圆柱更加粗壮，中间悬吊着两侧的圆拱。原来的圆形餐厅现在已经改为一座小型的美术馆，反而规模最小的控制室表现出很好的艺术气质。

多功能厅、图书馆、圆形餐厅和《手掌》雕塑共同围合成一座城市广场，除了建筑、水池和雕塑外，广场上没有任何植物，也许正向尼迈耶所说的那样：这个空间是用来做大型集会的，没有理由在这里栽种植物，如今这里显得冷冷清清、空空荡荡。

黄昏暖阳下的拉丁美洲纪念馆显得有些破败，甚至荒凉，很多建筑都已经挪为他用，有的建筑甚至闲置多年。与尼迈耶设计的里约大众剧场相似，分散的建筑体量，相互之间缺乏整体的联系，更没有景观设计相呼应，显得支离破碎，许多设计细部和构造措施都很不成熟，难以和尼迈耶设计的巴西利亚标志性项目相提并论。

◇ 拉美纪念馆创新展览馆和议会大厦

◇ 拉美纪念馆大礼堂

◇ 拉美纪念馆多功能厅

◇ 拉美纪念馆图书馆

◇ 《手掌》雕塑

引文注释

① 弗兰姆普敦，张钦南，格鲁斯堡.20世纪世界建筑精品集锦（2）：拉丁美洲［M］.北京：中国建筑工业出版社，1999:89.

② DK公司.伟大的旅程［M］.翟娜娜，译.北京：北京美术摄影出版社，2013:260.

③ 博特.奥斯卡·尼迈耶［M］.张建华，译.北京：辽宁科学技术出版社，2005:218.

参考文献

[1] 博特.奥斯卡·尼迈耶［M］.张建华，译.北京：辽宁科学技术出版社，2005.

[2] 弗兰姆普敦，张钦南，格鲁斯堡.20世纪世界建筑精品集锦（2）：拉丁美洲［M］.北京：中国建筑工业出版社，1999.

[3] DK公司.伟大的旅程［M］.翟娜娜，译.北京：北京美术摄影出版社，2013.

[4] 毛丽霞.再现世界历史：拉丁美洲的独立［M］.济南：山东科学技术出版社，2017.

[5] 董经胜，林被甸.冲突与融合：拉丁美洲文明之路［M］.北京：人民出版社，2011.

[6] 《亲历者》编辑部.南美洲旅行Let' s Go［M］.北京：中国铁道出版社，2015.

[7] 张玲霞.世界遗产之旅.自然奇景［M］.北京：中国旅游出版社，2005.

[8] 帕金.世界70大建筑奇迹［M］.姜镔，吉生，惠君，译.桂林：漓江出版社，2004.

[9] 夏普.20世纪世界建筑：精彩的视觉建筑史［M］.胡正凡，林玉莲，译.北京：中国建筑工业出版社，2003.

[10] 李之吉.中外建筑史［M］.北京：中国建筑工业出版社，2015.

第七章 短暂的美国之行

◇ 底特律

历史与建筑

底特律是世界知名的汽车城，美国汽车工业的三巨头——通用、福特、克莱斯勒公司的总部都设在这里。这个因汽车制造业而繁荣的城市从20世纪60、70年代的种族冲突开始，因大量的人口迁出，开始走向衰败，2013年7月18日，底特律正式申请破产保护，从而成为美国历史上最大的破产城市。

旅行规划

- 路线：圣保罗—底特律—北京。
- 旅行时长：3小时。

由于从巴西圣保罗经美国底特律返回北京的航班性价比最高，最终我们选择在底特律进行中转，在美国转机必须先出关，然后再入关，这个航班在底特律的中转时间近 7 个小时，考虑到进出关的时间，顺利的话，我们应该有三四个小时的空余时间，可以计划进入底特律市区看一看，这样从早晨 8 点离开机场，到中午 11 点返回机场就有了我们 3 个小时短暂的美国底特律之行。

圣保罗—底特律

飞行时长：11 时 30 分

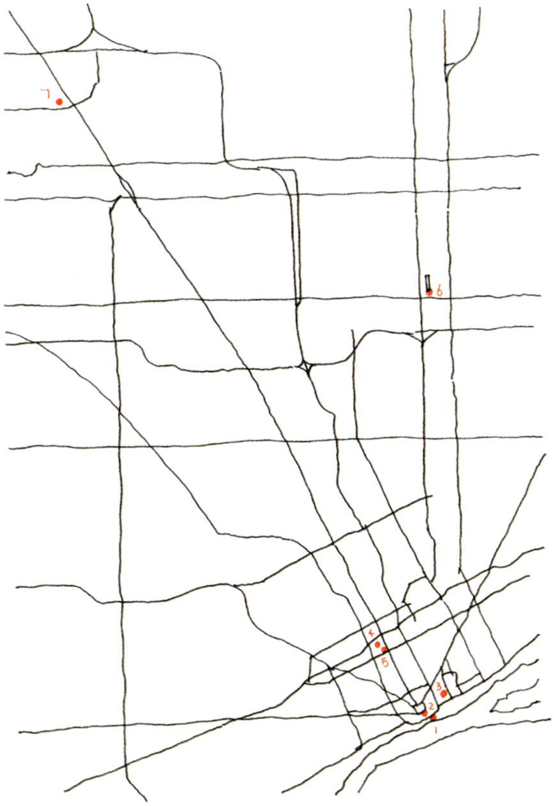

底特律建议考察项目分布示意图

1. 文艺复兴中心
2. 美国国税局大厦
3. 密斯 · 凡德罗设计的办公楼
4. 麦格拉格纪念会议中心和教育学院
5. 海伦 · 德 · 罗伊堂
6. 小沙里宁设计的通用汽车技术中心
7. 赖特设计的阿弗莱克之家

原计划我们在底特律要有一天的行程，这里有约翰·波特曼设计的通用文艺复兴中心，菲利普·约翰逊设计的美国国税局大厦，密斯·凡·德·罗设计的办公建筑，山崎实设计的韦恩州立大学麦格拉格纪念会议中心，以及城市北部由小沙里宁设计的通用汽车公司技术中心等著名建筑，由于时间有限，我们决定首先在市中心停留一段时间，然后再去韦恩州立大学。

文艺复兴中心

机场距离市中心只有半个小时的车程，沿途道路上的车辆很少，路上的行人更是稀少，道路两侧不时能够看到因长期无人居住和维修而破败不堪的房屋，底特律城市衰败的景象历历在目，也许是时间还早，河边只有零零星星的跑步者，底特律安静得有点吓人，我们第一站就是去底特律市中心，看看波特曼设计的底特律通用文艺复兴中心建筑群，去感受一下波特曼的共享空间。

1978 年建成的文艺复兴中心是底特律城市风景最美的地方，与加拿大城市温莎隔底特律河相望，这里现在是通用汽车公司的新总部，通用汽车公司 1996 年将总部搬到这里，并花费巨资进行装修改造。中心由 5 栋建筑组成，中间是高达 73 层的圆柱形玻璃幕墙大楼，为国

◇ 文艺复兴中心

际连锁酒店；4座正方形建筑均为39层，现为办公楼，中心建筑群顶上“通用国际”的标志和线脚可以不断变换色彩。中心底部大厅现在是通用汽车的展厅，展示着各个时期通用汽车的设计产品，最初波特曼设计的中心建筑是文艺复兴第一旅馆，底部大堂延续了波特曼一贯的共享空间设计理念，开阔而高耸的室内空间震撼人心。

在通用文艺复兴中心西侧的城市广场上，可以看到许多城市雕塑和纪念碑，例如临河而建的国际地下铁路纪念碑，巨型雕塑——喷泉，以及远处圆环状的密歇根劳动遗产纪念碑，而北侧建筑群中尖形屋顶的建筑就是约翰逊设计的具有后现代主义风格的美国国税局大厦。

◇ 尖顶建筑是约翰逊设计的国税局大厦

◇ 文艺复兴中心内的通用汽车展厅

韦恩州立大学

离开底特律城市中心，我们一直向北去看韦恩州立大学，这所大学校园里有多座山崎实设计的建筑，其中最著名的是1955年设计的韦恩州立大学“麦格拉格纪念会议中心”。资料显示，美国韦恩州立大学创建于1868年，设有13个学院，300多个专业，校园占地面积达80多万平方米，是美国最大的公立学校之一。进入校园，正值暑假期间，校园里十分安静，我们首先去了麦格拉格纪念会议中心，这座建筑是山崎实的早期作品，刚刚修缮一新，会议中心采用混凝土折板结构在室内外形成强烈的韵律感，以三角形为母题的设计元素遍布建筑室内外，使这样一座小型的建筑充满了空间变化，麦格拉格纪念会议中心于1960年建成，建筑走廊的墙壁上有特雷西·麦格拉格先生（1969—1936年）的纪念牌。建筑前面是一座下沉式广场，山崎实在这里设计了微型水景观，平板桥、假山石充满了东方园林的意境，静静的水面将建筑倒映其中，显得十分的宁静。

山崎实

1912年，山崎实出生于美国西雅图一个日本移民的家庭中，父亲原来是日本本州富山县的农民，早年移民美国，山崎实从小在家庭中受到日本传统文化和习俗的熏陶，这对他日后的设计风格和设计思想都有一定的影响。1934年，山崎实毕业于西雅图华盛顿大学建筑系，曾经在纽约的一些建筑事务所学习和工作，1943—1945年，山崎实到纽约哥伦比亚大学建筑系任教，1945—1949年期间，曾到底特律一家著名的建筑设计事务所工作，1949年，山崎实与乔治·赫尔穆斯、约瑟夫·莱因威伯合作开设了建筑设计事务所。面对当时流行的国际主义风格的建筑形式，山崎实有自己不同的看法，并在20世纪50年代的美国建筑杂志《建筑实录》上发表了现代建筑的六条原则。

这标志着山崎实走出了“探索修正国际主义风格”的第一步，这些设计思想在他设计的“麦格拉格纪念会议中心”里都有所体现。

◇ 麦格拉格纪念会议中心

◇ 北侧入口

◇ 室内中厅

麦格拉格纪念会议中心对面的教育学院也是山崎实的作品，从中能够清晰地看到山崎实后来大量使用的，具有现代哥特意境的典雅主义的设计手法。校园南部有座规模不大的建筑——海伦·德·罗伊堂，依然采用山崎实习惯使用的设计手法，预制外墙的装饰构件制作精美。

返回底特律都会韦恩县机场时刚刚过 11 点，离下午两点的飞机还有 3 个小时，还有时间在机场内看看。底特律都会韦恩县机场规模很大，我们搭乘的达美航空公司班机在 EM 号航站楼，由于航站楼长度非常长，在候机大厅内还开设了轨道车用于转运旅客。

◇ 教育学院

参考文献

[1] 夏普 .20 世纪世界建筑：精彩的视觉建筑史［M］. 胡正凡，林玉莲，译 . 北京：中国建筑工业出版社，2003.

[2] 美国 / 日本大宝石出版社 . 美国［M］. 张强，译 . 北京：中国旅游出版社，2012.

[3] 李之吉 . 中外建筑史［M］. 北京：中国建筑工业出版社，2015.

◇ 教育学院局部

◇ 海伦 · 德 · 罗伊堂

写在后面

在结束2018年寒假考察之后，我被印度、埃及、约旦、以色列和巴勒斯坦的建筑历史与文化深深吸引，于是开始筹划通过撰写考察笔记的形式将这次考察经历分享给大家，同年5月第一篇的文字部分已经基本完成，后来又将2018年暑假考察的南美之旅加了进去，形成了目前这本书的基本内容。

由于以往我们对南美的建筑历史，特别是现代建筑的发展关注得比较少，相关资料也比较稀缺，写起来很吃力，为了查证一座建筑或者一个雕塑的设计师往往需要收集和查阅很多资料，吃了不少苦，但也激发了深入探究下去的兴趣，这样断断续续直到2019年新年钟声敲响之前总算把第二篇的内容完成了，形成了初稿。

在进行第一轮修改时，我刚刚结束了2019年寒假期间墨西哥湾周边美国、古巴和墨西哥三国的考察行程，于是又将墨西哥的尤卡坦半岛之行加在了书中，最后形成了15万字、400多张照片的第二稿。

原本还计划将2020年寒假考察的阿联酋、沙特阿拉伯、巴林、印度和斯里兰卡五国之行加在书中，但是突如其来的疫情使我不得不中断马上就要开启的行程。

在考察行程的编制和本书的撰写过程中，得到了多方面的支持与帮助，特别是新媒体给予的帮助最为便捷，其中包含了许多人的考察经历。另外还要特别提及谷歌地图、谷歌地球、携程网的信息支持，在此深表谢意！同时，还要感谢家人的支持，以及一同考察的友人，正是他们的鼓励和支持，才使得我们的考察能够成行。

以一己之力完成这样一个跨越世界的旅行计划，难免出现这样那样的错误，希望读者给予更正，待疫情过后，我们一起出发，去找寻行走世界的快乐！